MAZE CUTTER
COMPLEJO DE DIOSES

› **Título original:** *The Godhead Complex*
› **Dirección editorial:** María Florencia Cambariere
› **Edición:** Melisa Corbetto con Stefany Pereyra Bravo
› **Coordinación de arte:** Valeria Brudny
› **Coordinación gráfica:** Leticia Lepera
› **Armado de interior:** Florencia Amenedo
› **Ilustración de portada:** Fernando Baldó

*un sello de
VR Editoras*

MÉXICO: Dakota 274, colonia Nápoles,
C. P. 03810, alcaldía Benito Juárez, Ciudad de México.
Tel.: 55 5220-6620 · 800-543-4995
e-mail: editoras@vreditoras.com.mx

ARGENTINA: Florida 833, piso 2, oficina 203
(C1005AAQ), Buenos Aires.
Tel.: (54-11) 5352-9444
e-mail: editorial@vreditoras.com

Primera edición: noviembre de 2023

ISBN: 978-607-8828-82-1

Impreso en México en Litográfica Ingramex, S. A. de C. V.
Centeno No. 195, colonia Valle del Sur, C. P. 09819,
alcaldía Iztapalapa, Ciudad de México.

Traducción: Julián Alejo Sosa

MAZE CUTTER
COMPLEJO DE DIOSES

UNA NOVELA DE MAZE RUNNER

JAMES DASHNER

Prólogo

Hace 31 años
La noche de la Evolución

Nicholas no era la clase de persona que evitaba el peligro, pero tampoco salía precisamente a buscarlo; excepto esta noche. Para probar la última variante de la Cura era necesario que entrara directo a la guarida del demonio, o como los ciudadanos de Denver, Colorado, la llamaban: el Palacio de los Cranks. Se puso su capa negra con la capucha firme sobre su cabeza, de modo que ningún hombre, mujer o Crank pudiera ver sus facciones. En su bolsillo derecho, llevaba dos jeringas que movía como un par de esferas chinas, cada aguja hipodérmica giraba alrededor de la otra a un ritmo relajado mientras cruzaba las puertas sagradas. *CLIC CLAC, CLIC CLAC…*

Gritos y chillidos circundaban las paredes internas del deprimente lugar. El fuego ardía en los pozos de llamaradas. El humo rondaba por el aire y los cuerpos rondaban por las sombras. Más allá de todas las veces que había visitado estos pozos del infierno, y con orgullo los había visitado a todos, nada había preparado a Nicholas para los nuevos gritos helados de desesperación que invadieron todo su cuerpo cuando cruzó esas puertas. Gritos de muerte que imaginaba como almas que ardían desde su interior.

Continuó girando las jeringas dentro de su bolsillo, *CLIC CLAC*, un baile de oportunidades para alguien esta noche dentro de las paredes sagradas del Palacio de los Cranks original. *¿Qué mejor manera de rescatar al pasado de sí mismo que venir a Colorado?* Nicholas sintió a alguien que se acercaba por detrás y volteó para ver los pies que tenía detrás de él. Un Crank pasó a los tropezones. Necesitaba ser más cuidadoso con la prueba esta vez. El último sujeto de prueba casi llama demasiado la atención. Cuando pusiera a prueba la Cura, necesitaba a aquellos que tenían las mentes más puras. Solo así, su más reciente experimento había demostrado que las intenciones de cualquier persona, su mente, podía cambiar en un instante. Una persona se convertía en una versión diferente de ella misma cuando estaba muriendo y no solo la parte que lentamente se convertía en un Crank. Incluso cuando usaba su don de la telepatía, Nicholas descubrió que una persona podía decir prácticamente cualquier cosa cuando estaba cada vez más cerca del final, pero cuando se les daba una oportunidad de vivir…

Ese era el momento en que sus propias creencias, miedos y deseos volvían a emerger más rápido de lo que los podían controlar. Más rápido de lo que era seguro.

Nicholas debía ser más selectivo esta vez.

Y quería a alguien que estuviera más allá del Final.

Si esto funcionaba tan bien como la última vez, necesitaba estar seguro de que el Crank curado, con su ADN revertido a un estado saludable, se mantuviera bajo su estudio durante los próximos años sin exención. Nicholas no sabía cuánto duraba la cura. *¿Un año?*

¿Dos años? ¿Toda la vida? No estaba seguro de eso, pero sabía que la variante dentro de las jeringas que tenía en su bolsillo funcionaba más rápido que lo que había imaginado, pero algún día quizás su efecto desaparecería con la misma velocidad. Se necesitaban muchos más estudios.

Un Crank bastante humano pasó caminando delante de Nicholas y soltó un quejido gutural profundo. Un sonido que podía haber sido de hambre o la vocalización del dolor causado por el resurgimiento de sus más profundos recuerdos. El quejido de la cordura desvaneciéndose. Nicholas siguió caminando. No podía elegir a un Crank que caminara, no. Necesitaba un Crank que estuviera más muerto que vivo. Uno en el suelo que estuviera retorciéndose del dolor quizás, pero uno que estuviera lo suficientemente cerca de la muerte que la promesa que él o ella le hiciera a Nicholas la cumpliera por siempre.

Probó variantes de la Cura en tantos Cranks que ya había perdido la cuenta.

Claro, en algún lugar oculto en los diarios de su biblioteca estaban las notas observacionales, la cantidad de experimentos y pruebas que habían intentado demostrar su hipótesis una y otra vez: los cambios en el ADN causados por la Llamarada se podían revertir y la misma Cura que borró la Llamarada podía desbloquear una gran parte del ADN no codificante en el cuerpo humano. Los genomas inactivos que los científicos llamaron "ADN basura" durante siglos en sus revistas académicas. Nicholas intentó contener una sonrisa mientras pensaba en el descubrimiento, pero ¿cómo podía algo tan monumental como la evolución no hacerlo sentir como un dios?

Pero era solo un sentimiento fugaz, seguro. *CLIC CLAC...* Giró las dos jeringas mientras miraba a los Cranks que tenía por delante. Un experimento fallido era un experimento fallido. Los éxitos eran solo temporales. Le informó a la Villa lo que debían modificar para el siguiente lote. Efectos secundarios, síntomas avanzados, muertes. La mayoría de las muertes ocurrían de manera natural; no se podía reprogramar el ADN de todos y no todos los cuerpos podían recibir la Cura. La muerte era una parte natural de los avances científicos, incluso aquellas causadas deliberadamente por el investigador. Como cuando el último Crank que había elegido Nicholas había gritado sobre la Cura dentro de las paredes del Palacio de los Cranks y puso la vida de Nicholas en peligro. *Estoy volviendo. Mis manos, ¡mira! ¡Me ha curado! ¡Este hombre es un dios!* La Cura en sí misma estaba en riesgo en el instante en que alguien mencionaba su existencia. El Crank había prometido permanecer en silencio y obedecer, pero ni bien empezó a recuperar el control de su vida, traicionó sus pensamientos y Nicholas tuvo que ponerle fin a la vida que había traído de regreso esa misma noche. Lo que fácil llega, fácil se va, se podría decir. Nicholas quería probarla en alguien que estuviera más allá del Final, alguien que fuera fácil de influenciar. Manipular. Controlar.

Nicholas caminó hacia un callejón detrás de los edificios del lado oeste justo cuando empezaba a llover y entrecerró la vista cuando vio a un Crank en el suelo con los brazos y piernas tan desparramados como un ciervo destripado. Acurrucado sobre el Crank había otro, pero Nicholas no podía realizar la prueba en dos sujetos a la vez. Cerró con más fuerza la capucha de su capa, pero la lluvia mejoró su telepatía y no podía evitar escuchar los pensamientos de la mujer. *Te quitaría este dolor si pudiera. Desearía ser yo quien estuviera infectada con esto, no tú.* Nicholas dejó de caminar y miró hacia las sombras del callejón.

¿Por qué rayos había alguien sano en el Palacio de los Cranks?

Nicholas no estaba infectado, pero su presencia era breve y

tenía un propósito. Esta figura frente a él parecía estar sufriendo por su amor perdido hacía tiempo. *¿No le tiene miedo a la Llamarada?* La única razón por la que Nicholas no tenía miedo era porque él había sido un sujeto de pruebas de su propio estudio, algo que la Villa no sabía. Al usar una de las variantes como algo preventivo, Nicholas sabía que no podía infectarse con la Llamarada, sino que podía protegerse de ella. Lo que no esperaba eran los poderosos efectos secundarios, cosas extrañas y aterradoras como la telepatía.

El ADN humano era algo curioso. Para un Crank, se trataba sobre sanar. Para los no infectados, la Cura resecuenciaba las estructuras del ADN que habían sido abandonadas en la humanidad, abriendo nuevos horizontes y habilidades cuyo potencial había quedado perdido o nunca había sido descubierto. Como las últimas piezas de un rompecabezas.

Pero el don de la telepatía de Nicholas también era su maldición. No podía confiar en nadie.

—¿Puede ayudarnos? —preguntó la voz acurrucada sobre el Crank que se retorcía de dolor. Nicholas le leyó la mente otra vez. *Por favor. Por favor, diga que nos puede ayudar.* De pronto, se sintió desnudo, como si ella pudiera ver a través de su capa la mano que sostenía la Cura—. Ayúdenos —sentenció con una confianza injustificada.

Nicholas se sintió atraído hacia ella. Su seguridad. Su audacia. Salió de las sombras y se acercó.

—¿Qué te hace creer que puedo ayudarte?

—Porque no está infectado. *—Puedo ver que es diferente.*

Nicholas bailó con los pensamientos de la mujer mientras la lluvia caía con fuerza.

—¿Y por qué crees eso? —preguntó.

—Sus ojos. *—Por favor, ayúdenos. Haría cualquier cosa para salvarlo.*

Nicholas se acercó y le hizo una pregunta imposible.

—¿Sacrificarías tu vida por él?

—Sí —respondió sin dudarlo.

Eso cambió su mente. Esa noche, haría algo que no tenía planeado.

Algo que nunca había hecho.

Una vez que salvara al Crank que se retorcía del dolor sobre el asfalto del callejón, también le inyectaría la Cura a su temeraria compañera y los estudiaría a ambos, a quienes llevaría a su círculo interno para crear el futuro un día a la vez.

Un infectado, otra que no.

—Haría cualquier cosa para salvarlo. *Por favor* —susurró sin lágrimas—. Solo dígame lo que quiere que haga.

Nicholas tocó las dos jeringas en su bolsillo.

—Te pediré silencio. No ahora, sino cuando abandonemos estas paredes y cada uno de los días que siguen. Pase lo que pase.

—Tiene mi palabra. —Sus pensamientos e intenciones estaban alineados—. ¿Puede salvarlo?

—Puedo intentarlo. Pero tendré que inyectarte a ti también, solo en caso de que tengas una infección asintomática. —No le contaría sobre la resecuenciación del ADN que atravesaría, ya que necesitaba descubrir cómo evolucionarían naturalmente sus dones, si es que evolucionaban.

—Lo que sea. Por favor. Es un regalo del cielo. Gracias.

—Dios no es nada más que un complejo, todos somos Dioses. Pronto lo descubrirás —dijo Nicholas y tocó suavemente la cara interior del brazo de la mujer para encontrar la vena. Se preguntaba cómo la secuenciación codificaría sus hebras únicas de ADN—. Vendrás conmigo luego de esto a Nuevo Petersburgo para que pueda mantenerte bajo observación.

—¿Alaska? ¿No está un poco lejos de Colorado?

—Sí, Alaska. —Clavó la jeringa lentamente para no inundar su cuerpo demasiado rápido con la Cura—. No es tan lejos en un Berg. —Esbozó una sonrisa y miró el rostro de la mujer a medida que se relajaba—. No debes emitir ningún sonido cuando le dé la inyección a él. Ni un quejido, ni un grito, ni nada que el mundo pueda escuchar. Si musitas algo más fuerte que un suspiro de alivio, tendré que…

—Por supuesto. —Lo siguió observando y Nicholas volteó hacia el Crank con la piel tan gruesa que debió hacer más fuerza con la aguja para poder atravesarla—. ¿Cómo se llama? —preguntó.

—Nicholas.

—Gracias, Nicholas. Estaremos por siempre en deuda. Mi nombre es…

—No importa —dijo Nicholas, levantándose del suelo húmedo y guardando las jeringas vacías en su bolsillo. *CLIC CLAC…*—. De ahora en más te llamarás Alexandra y él será Mikhail.

No sé qué nos espera más allá del Final. Supongo que podría "encontrar a mi creador", como alguien alguna vez dijo en el Área. O quizás tan solo me encuentre a mí otra vez... A mi yo entero, mis recuerdos, mi verdadero nombre, todo eso. Quizás, al final, las piezas rotas de la vida se junten.

Quizás tengan sentido. O quizás no.

Quizás sea un poco de ambas.

—*El diario de Newt*

PRIMERA PARTE

SELECCIÓN NATURAL

Capítulo Uno

Forjando el futuro

1

ISAAC

Las llamas se elevaban de su fogata nocturna, mientras Isaac observaba a sus amigos en un círculo alrededor del campamento, como si estuvieran de regreso en la isla luego de un festín. Como si todo fuera como antes. Pero, no. Todo había cambiado. Podía ver esos cambios en gran parte en el rostro de Jackie, ya que la pérdida de Lacey y Carson le habían quitado la chispa de sus ojos. O quizás haber matado a un casi Crank solo con las manos la había cambiado. Cualquiera fuera el caso, con cada kilómetro que se acercaban a la costa y se alejaban del Caminante destruido, lejos de Lacey y Carson, Jackie parecía cada vez más distante.

No hablaba sobre lo que había ocurrido todas esas semanas atrás e Isaac lo entendía a la perfección. Él tampoco quería hablar sobre cuando había perdido a su mamá, su papá y su hermana. Hablar de eso lo hacía realidad. Y no hacía falta que se sintiera más real que el vacío que quedaba en su hogar. Isaac le sonrió a medias y frunció levemente el ceño a Jackie, la única manera que conocía que podía enviarle una mirada comprensiva de apoyo y dejar que ella viera que él conocía el dolor y el tormento que ella estaba atravesando. No era solo la pérdida de sus amigos lo que Isaac comprendía bien, sino la sensación de lo que el viejo Sartén una vez había llamado "la culpa de los sobrevivientes", la sensación de seguir con vida cuando todos aquellos a quienes querías ya no estaban. Jackie sonrió a medias y también frunció el ceño levemente.

—Ey, ¿quién quiere escuchar el ladrido de una araña? —dijo Dominic, poniéndose de pie para estirarse y, antes de que Miyoko pudiera empujarlo fuera del círculo, lo hizo otra vez. Se tiró uno. Desde que habían escapado de los Berg, las flatulencias de Dominic se habían convertido en un arma de destrucción masiva que el grupo tenía que evitar. Trish miró a Dominic furiosa. Ella tenía una regla firme en la que prohibía que se tiraran gases cerca de una fogata.

—Un día nos prenderás fuego a todos, lo sabes —dijo Trish, poniendo los ojos en blanco y acercándose a Sadina, entrelazando sus dedos con los de ella. Luego de que secuestraran a Sadina y a Isaac, él no podía evitar notar que Trish estaba cada vez más pegada a Sadina, de cualquier manera posible. Isaac también la entendía. Estaba agradecido con el grupo, pero él mismo se sentía desconectado, como si un viento desolador hubiera soplado y se hubiera llevado todo. Quizás porque dormían a la intemperie como si estuvieran escapando. Extrañaba la seguridad de la yurta que había construido en la isla. Miró los árboles a su alrededor y los recursos disponibles; les tomaría tiempo, pero podría construir un refugio para todos.

—Gracias por la cena, Sartén —dijo Isaac mientras recolectaba las maderas talladas que usaron para los tazones y ayudaba a limpiarlas. Isaac nunca había visto al viejo Sartén más feliz que cuando se asentaron entre las montañas, comiendo liebres y plantas y cocinando para todos cuando tenía la energía.

—Incluso lograste que el estofado de Roxy fuera más delicioso, algo que creía imposible. —Minho se reclinó para estirarse.

—Le agregó una hierba pinchosa que encontró en el bosque —agregó Roxy, mientras ayudaba a Isaac a limpiar.

—Se llama romero. No sé cómo recuerdo eso, pero así es. —El viejo Sartén se acercó unos centímetros al fuego.

Roxy tomó todos los tazones de Isaac y los apiló juntos.

—Saldré a buscar comida temprano por la mañana, iré un poco hacia el este y veré qué encuentro por allí.

—Te acompaño, quizás podamos cazar algunas ardillas —dijo Naranja, quitándose unas ramitas molestas que tenía atoradas en su cabello por la cacería de hacía unas horas—. ¡Auch! Estas cosas duelen mucho para ser tan pequeñas. —Las hierbas, enredaderas y arbustos tenían armas propias en esta parte del mundo. Lo más doloroso en la isla eran las rocas, el agua, las medusas y el clima, pero aquí afuera habían demasiadas como para seguirles el rastro. Cada día parecía que Isaac descubría algo nuevo de lo que debía tener cuidado. Además de los Cranks y las máquinas asesinas gigantes.

—¿Cómo está la picadura? —le preguntó Isaac a Dominic.

—No creo que me haya picado. Creo que me clavó el aguijón —dijo Dominic, mirando su brazo—. Parece que fue una abeja, pero esa maldita era mucho más grande. ¿Creen que los Penitentes se puedan encoger y volar? —Todos excepto el viejo Sartén rieron.

—Los Penitentes no son cosa para hacer bromas —dijo el canoso veterano y el grupo se calló para mostrarle respeto.

—¿Quizás las abejas muerden aquí? —preguntó Miyoko.

—No veo marcas de dientes —dijo Dominic, examinando su brazo con mayor cuidado.

Roxy se acercó para revisar al pobre chico.

—Mmm… No fue una hormiga porque tendrías muchas más marcas. Parece que fue un avispón asesino. No es una buena señal.

—¿Un avispón asesino? ¿Se me caerá el brazo? —preguntó Dominic desesperado e Isaac no sabía si se lo creía o no—. ¿Moriré?

—¡Apuesto a que eso te sacó todos los gases! —exclamó Trish, riendo, hasta que Sadina le dio un golpecito con su codo.

Roxy aguantó la risa.

—Solo estoy bromeando. Quizás solo lo tengas inflamado por algunos días, pero estarás bien. —Miró detenidamente el brazo de Dominic y luego le dio una palmada para calmarlo—. Por suerte, no te picó más de una vez.

Miyoko y Trish pasaron sus dedos por el cabello de Naranja para quitarle los abrojos que habían quedado enganchados allí, convirtiendo su cabeza en un nido de aves. A pesar de que Minho y Naranja eran más intimidantes que la señora Cowan en ocasiones, Isaac estaba agradecido de tener su liderazgo dentro del grupo. De no ser por Naranja, todos estarían muertos.

Se sentó junto a la fogata y observó todo. El viento soplaba y las chispas del fuego le recordaban a las chispas de la fundición. Habría dado todo por volver a ser una aprendiz de herrero en su hogar, pero tenía un presentimiento de que incluso la vida en la isla ya no era precisamente "la vida en la isla". El fuego lo hacía sentir seguro y los baños de humo servían para limpiar al grupo lo suficiente para no apestar al quinto piso del infierno. El viento sopló una vez más, esta vez más fuerte y por más tiempo.

—¿Alguien más notó que las noches están empezando a ser más frías? —Solo lo había sentido en los últimos días, pero justo antes del atardecer la temperatura bajaba más y cada ráfaga de viento duraba más que el día anterior.

—Sí, es verdad —contestó Dominic.

La señora Cowan se acercó al fuego.

—Nunca sentí este frío en casa.

Las llamas parpadearon y resaltaron las sombras de estrés en el rostro de Cowan. Al igual que la caída de la temperatura, ella había estado incómodamente callada en las últimas noches. Isaac suponía que el peso de su decisión de abandonar la isla y desobedecer al gobierno debía continuar pesándole, en especial luego de perder a Wilhelm y Álvarez. Pero no había manera de que supiera que el viaje acabaría con tantas muertes.

—¿Cree que están todos bien en la isla? —le preguntó Isaac, pero Cowan ni siquiera pestañeó. Lentamente, una por una, las cabezas voltearon en su dirección.

—... ¿Señora Cowan? —insistió Isaac.

Incluso Naranja, Minho y Roxy, que nunca habían estado en la isla, esperaron la respuesta de Cowan, pero ella simplemente se quedó mirando al fuego.

—¿Mamá? —gritó Sadina desde el otro lado de la fogata.

La señora Cowan finalmente parpadeó.

—¿Qué pasa, querida?

—¿Crees que estén todos bien en casa? —Preguntó Isaac otra vez.

Cowan lo miró como si fuera una pregunta engañosa.

—Sí, claro. *Todos están bien*, estoy segura. —Pero la manera en la que bajó la voz sutilmente cuando dijo "todos están bien", le hizo un nudo en el estómago a Isaac. Un nudo que le decía que eran ellos, las once almas sentadas alrededor de la fogata, quienes *no* estaban bien.

—¿Cuántos Berg tienen en la isla? —preguntó Minho mientras le agregaba más leña al fuego y todos los habitantes de la isla intercambiaron miradas.

Trish contestó.

—Ninguno sabía lo que eran esas… cosas que ustedes llaman Berg hasta que volamos en uno de ellos.

—No, no teníamos Bergs en la isla. Se suponía que los isleños no tenían que salir…

Las últimas palabras de Cowan parecían teñidas de arrepentimiento. Isaac sintió el cambio de humor junto con el aire frío, pero Cowan finalmente salió de su trance.

—Miren, si no hubiéramos abandonado la isla, Lacey, Carson, Wilhelm y Alvares seguirían con vida. Estoy segura. —Respiró profundo a conciencia—. Pero le debíamos a la humanidad trabajar en una cura y si lo hubiéramos logrado… podríamos haber salvado cientos de miles de vidas. Quizás millones. Quién sabe.

—…si es que queda tanta gente —respondió Roxy con la voz más sombría posible.

—Todavía podemos hacerlo —agregó Miyoko cuando terminó de hacerle una trenza a Naranja en el cabello—. La Villa de la que Kletter hablaba no estaba lejos de donde estábamos cuando llegamos al continente. ¿Quizás a unos pocos kilómetros? —pausó antes de agregar—: Creo que dijo que era una caminata de dos días antes de que… —Y entonces Isaac supo por qué había dejado de hablar: porque no había ninguna manera agradable de decir *antes de que le cortaran la garganta*.

Sadina se metió en la conversación.

—Sí, supuestamente estábamos bastante cerca de la Villa. Y es por eso que Letti nos secuestró y no dejó de repetir lo mismo: no confiar en la gente de ahí ni en Kletter.

—¿Confías en algo de lo que salió de la boca de Letti o Timón? —preguntó Isaac, quien no creía que fuera necesario recordarle a su mejor amiga que las dos personas desquiciadas que se los habían llevado por la fuerza probablemente no eran los mejores para dar consejos. Claro, hubo momentos en los que Isaac había creído que quizás Letti y Timón los estaban ayudando a protegerlos de algo, ya que les habían permitido dejarles pistas al resto del grupo para que los siguieran, pero nunca les explicaron por completo qué era esa tal Evolución ni cómo la gente podía morir.

—Yo voto por volver a casa —dijo Dominic y un silencio se posó sobre todo el grupo, incluso sobre Minho y Naranja, para quienes la palabra *casa* sonaba como algo terrible.

El fuego crujió.

—Podríamos ir todos con Minho a Alaska —agregó Roxy con optimismo, pero la mención de Alaska hizo que el viejo Sartén se levantara y abandonara el círculo. Era entendible, dado que había visto suficiente de ese lugar para llenar varias vidas.

—No viví hasta esta edad para regresar al Laberinto. Prefiero morir aquí que poner otro pie en ese lugar olvidado por Dios. —Luego de ventilar sus dolores se sentó—. Hay heridas que no deben volver a abrirse.

Qué ocurriría si *de verdad* volvían a casa, se preguntó Isaac. La manera en la que habían partido en el *Maze Cutter*, yéndose misteriosamente luego de que toda la isla quedara dormida por un vino adulterado, podía parecer la mejor solución en ese momento, pero ¿qué diría Cowan si regresaban? ¿Mentiría y le echaría la culpa a Kletter? "Envenenó a todos en la isla y nos secuestró". O ser honesta y decir, "Ey, intentamos salvar al mundo, pero resulta que es muy difícil. Un grupo de científicos nos quiere muertos, los Cranks evolucionaron y algunos de nosotros escapamos gracias a dos huérfanos de la Nación Remanente. No se preocupen. ¡Volvimos!".

Incluso así, ¿qué tal si regresar a la isla solo provocaría que más gente como Kletter fuera a buscar a Sadina y a los isleños otra vez?

Los antiguos miembros del Área querían proteger a los inmunes y evitar que encontraran a sus descendientes. Parecía algo egoísta poner a todos en la isla en peligro otra vez. Pero ¿qué significaba eso? ¿Pasar el resto de sus vidas escapando?

—Muy bien. ¿Quieren hacer una votación? —sugirió Cowan. Y así sin más, ese campamento nocturno de manera improbable se convirtió en una especie de asamblea del congreso. Isaac nunca había querido ser parte de ninguna clase de toma de decisiones. Solo quería aprender a forjar metales y convertirse en un herrero. Pero se le secó la garganta ante la presión de tener que hablar.

—Secundo la moción de la votación —dijo Dominic poniéndose de pie y hablando de manera extravagante. Isaac no estaba seguro de qué quería hacer cuando llegaran a la costa… ¿Quedarse en la intemperie y construir una yurta? ¿Regresar a casa para disculparse por haberse ido? ¿Ir a Alaska y terminar una misión que no entendían? ¿Ver el antiguo Laberinto? ¿Ir a la Villa para encontrar a los científicos? Era demasiado, como de costumbre, como para procesar.

Sadina también se puso de pie.

—Mamá, ¿podemos…?

—No. Tenemos una democracia en la isla y tendremos una aquí —sentenció Cowan, actuando como si todo este viaje no hubiera girado en torno a Sadina y la posibilidad de que su sangre cambiara al mundo. Además, envenenar a la gente porque probablemente no estaría de acuerdo con ella no era exactamente lo que Isaac llamaría una democracia—. Votaremos levantando la mano. Solo voten una vez.

Isaac miró a Sadina y gesticuló las palabras "lo siento".

2
SADINA

En ocasiones, se había sentido agradecida de estar acompañada por su madre en este viaje, pero esta no era una de esas ocasiones. ¿Por qué no podían debatir la decisión durante algunos días y presentar distintas opciones, y escuchar qué opinaban los demás? ¿Por qué su mamá siempre tenía que hacer todo como en un foro público? *Como cuando envenenó a todos en el anfiteatro.* Sadina nunca habría reunido a todos los ciudadanos para envenenarlos y así poder escabullirse y aparentar que se la habían llevado por la fuerza.

Si la verdad no era una opción, ¿por qué no se marcharon a mitad de la noche en el barco y dejaron una nota con sus intenciones reales? Si encontrar una cura era un propósito tan noble, entonces, ¿por qué ocultar lo que hicieron? No debería importar que algunos miembros del Congreso en la isla no estuvieran de acuerdo, siempre era el caso. Sadina, a veces, solo quería un poco de sentido común. Como ahora. ¿Por qué no podían irse a dormir y tener un debate abierto por la mañana?

Pero su noción de lo justo no importaba. Nunca importaba para su madre.

Sadina no podía controlar lo que ocurriría luego, así como tampoco podía controlar que su sangre fuera especial. Solo podía esperar que sus amigos eligieran la mejor opción... Fuera cual fuera. Letti y Timón creían que Kletter era tan malvada como para matarla apenas tuvieron la oportunidad. Podrían haber matado a Isaac y al resto del grupo, excepto a Sadina, si querían que fuera más fácil manipularla, pero en su lugar dejaron a todos vivir. *¿Y no estaban trabajando con la Nación Remanente de algún modo?* Ellos nunca mataron a nadie, a pesar de tener la oportunidad de hacerlo. Era algo a lo que Sadina no dejaba de regresar porque no podía quitarse de la cabeza la rapidez con la que habían matado a Kletter. Porque *la Villa era mala*.

—Vota conmigo —le susurró Sadina a Trish.

—Donde sea que vayas, yo iré —dijo Trish y entrelazó sus dedos con los de Sadina y sostuvo su mano con firmeza, tan fuerte que los nudillos de Sadina le empezaron a doler.

—Donde sea que estés, yo estaré ahí —contestó con otro susurro.

La mamá de Sadina se aclaró la garganta.

—Tratemos esto como una votación. Lo que significa que nada de exabruptos, nada de discusiones. Lo que sea que votemos será lo que haremos, punto. ¿Entendido?

Todo el grupo asintió sin decir nada.

Sadina no sabía si en ese momento su mamá estaba actuando más como madre o como senadora. Los dos títulos tenían un tono de "porque lo digo yo", algo que Sadina prefería que no fuera el caso. *¿Qué tal si el voto por mayoría no es la mejor manera de usar su tiempo?*

—Todos los que estén a favor de quedarse, levanten la mano —dijo la madre de Sadina. El viejo Sartén levantó la mano como si estuviera conectada a una estrella fugaz en el cielo. La mano de Jackie acompañó al brazo del anciano en el aire. Pero los suyos fueron los únicos votos para quedarse y, una vez que *la senadora* los señaló como si a cada uno de ellos les dijera "Sus votos fueron tomados". El viejo Sartén y Jackie bajaron la mano.

—¿Por qué quieren quedarse? —le susurró Dominic a Jackie, pero la mamá de Sadina los calló a todos.

—Todos los que estén a favor de volver a casa, levanten la mano —anunció la mamá de Sadina, pero la mano de Dominic fue la única en levantarse. Miró a Jackie con el ceño fruncido, como si su voto y el suyo combinados pudieran haber inclinado la escala de la mayoría para regresar a casa. Sadina miró a Isaac. Estaba segura de que Isaac votaría por regresar a casa. Lo único de lo que había hablado en los últimos días era sobre abrir su propia fundición, pescar en el Cabo otra vez y ver cómo estaba la primera nacida en la isla, la señora Ariana.

Sadina le asintió a Isaac; debía estar esperando para votar con ella y, por eso, estaba agradecida. *¿Por qué estaba tan nerviosa con todo esto?* Respiró profundo con tanta intensidad que todos los huesos de su cuello crujieron. No podía creer que el viejo Sartén de hecho votara por quedarse, noche tras noche hasta la eternidad, porque incluso su propio cuerpo le dolía de tanto dormir en el suelo de piedras. La roca más pequeña o el montículo de tierra más leve la despertaban incómoda cada noche. Trish le tejió una manta de pasto, pero no ayudó mucho. No había suficiente pasto para hacer que se quedara allí. Rayos, incluso las tablas de madera y los catres medio destruidos del barco eran más cómodos.

—Siguiente votación —anunció la mamá de Sadina y se aclaró la garganta una vez más, como si eso hiciera que todo lo que dijera fuera más oficial—. Todos los que estén a favor de ir a Alaska, levanten la mano.

Sadina miró cómo, uno por uno, Minho, Naranja y Roxy levantaban la mano con confianza. Si tenía que estar en algún lugar cuando se presentaran los problemas, querría ser junto a Minho y Naranja. No podía quitarse esa sensación, como un cosquilleo en su espalda, entonces Alaska era donde debía estar. Quizás Timón y Letti no sabían todo, pero lo único de lo que estaban seguros era que la Villa no ayudaría del modo que Kletter creía que lo haría. O la manera en la que Kletter *mintió* que *podría* ayudar. Sadina presionó la mano de Trish y ambas se miraron fijo a los ojos. Dos manos juntas se elevaron por el aire, porque Trish no estaba dispuesta a soltarla, ni siquiera para votar. Porque Trish le cubría la espalda sin importar qué. Aunque Sadina estuviera equivocada.

Pero entonces Sadina miró a Isaac confundida. *¿Se olvidó de votar?* Esperó a que levantara la mano, pero no lo hizo.

—Todos aquellos que estén a favor de ir a la Villa, levanten la mano —dijo Cowan como última opción, la única que quedaba, y Sadina observó cómo Isaac y su mamá levantaban la mano, junto con Miyoko. ¿Cómo podía uno de sus mejores amigos y su mamá creer que sabían más que ella cuando se trataba de lo que debían hacer con su propio ADN? Claro, Kletter los había asustado para ir a la isla, pero ¿se estaban olvidando de que había matado a toda una tripulación de ocho personas antes de llegar allí? ¿Qué tal si Kletter era solo una manipuladora maestra? ¿Qué tal si esas ocho personas que mató eran todos científicos? Todavía quedaba mucho por descubrir y parecía que ir a Alaska para encontrarse con la Trinidad era la única manera de obtener respuestas. *Respuestas reales.*

Sadina soltó la mano de Trish.

—¿La Villa? ¿En serio? ¿Se olvidaron de que los científicos son los culpables de todo esto? —No pudo contenerlo—. El virus de la Llamarada. La coalición de la Llamarada, CRUEL, el Laberinto, las Pruebas, y aquí están, ¿votando por confiar en aquellos que ocupan ese mismo lugar? —No podía creer que ella fuera la única que estuviera cuestionando todo esto. Isaac y su mamá bajaron las manos, pero no dijeron nada.

¿Por qué no decían *nada*? Sadina tenía tantas preguntas en su cabeza que la mantendrían despierta toda la noche. Como… ¿Qué tal si los científicos querían infectarla a ella y a los isleños para enviarlos de regreso a la isla y así infectar a todos con algo nuevo, incluida a la pobre señora Ariana de los primeros nacidos en la isla?

¿Qué tal si esto no era sobre curar a nadie? ¿Qué tal si lo único que querían eran nuevos sujetos de pruebas? ¿Qué tal si las pruebas nunca terminaron? ¿En quién podía confiar Sadina? Eran todas las preguntas que flotaban en su mente y la mantenían despierta por la noche.

—Bueno, supongo que está decidido. Alaska gana la mayoría —dijo la mamá de Sadina con un entusiasmo fallido.

—¿Qué tal si tomamos a los dos primeros y votamos de nuevo para ver si...? —sugirió Dominic, pero la mamá de Sadina lo interrumpió.

—Esto no es un torneo de natación de verano como en la isla. Son las reglas de la mayoría. Iremos a Alaska.

Si bien su voto por Alaska había ganado la mayoría, Sadina odiaba cómo habían llegado a esta conclusión. ¿Por qué los votos de Isaac, Jackie y Miyoko se sentían como una traición?

Sadina miró al viejo Sartén tomar su diario de Newt y Jackie mantuvo la mirada perdida en el fuego. Isaac terminó de levantar los platos de la cena y Roxy y todos, excepto Minho, parecían sentir el peso de la responsabilidad de elegir el camino que debían seguir.

—Alaska —dijo Minho, arrojando un puñado de ramas al fuego, que pareció crujir con aprobación.

—¿Estás bien? —le preguntó Trish a Sadina.

—Sí —contestó sin pensar.

—¿Me estás mintiendo? —preguntó de inmediato Trish.

Sadina se detuvo para pensar. Trish tenía razón, la conocía mejor que nadie.

—¿Por qué siento que esta es la última vez que estaremos todos juntos? ¿Que no todos irán a Alaska? —Esperó a que Trish hiciera alguna cara como siempre hacía cuando Sadina estaba siendo un poco dramática, pero no lo hizo.

—Sé a lo que te refieres —contestó en su lugar—. Yo también tengo la misma sensación.

3
ALEXANDRA

Estaba parada sola en su balcón, mirando maravillada la inmensa paleta de colores de las auroras boreales que cubrían el cielo como nunca había visto antes. Las luces verdes difuminadas nunca se habían ido y cubrían al pueblo como neblina. Pero esta noche, el cielo estaba encendido de un modo que reflejaba todos los colores del arcoíris. Tonos azules, anaranjados y morados aparecieron como cintas en el cielo luego de tantos años sin ellas. Las luces rosadas flotaban bajo, atrayendo a las moradas, y si miraba con mayor detenimiento, incluso podía ver un remolino rojo que giraba rápido por encima de todo como si anunciara algo más. ¿Podía ser? *Sí. Era hora.*

Alaska estaba lista para la Evolución.

Alexandra estaba lista.

Y este momento que atesoraba ante ella era demasiado perfecto. Las luces que danzaban en el cielo habían recibido su nombre hacía una eternidad en honor a Aurora, la diosa romana del amanecer, y a Bóreas, el dios de los vientos del norte. Ya casi era la medianoche, pero para Alexandra era el amanecer de un nuevo día. La Evolución. Respiró profundo el aire frío de Alaska e imaginó a los antiguos y cómo debían haberse sentido cuando vieron por primera vez esas luces. Alexandra tenía el lujo del tiempo y el conocimiento que ellos carecían. A diferencia de ellos, no necesitaba crear ningún cuento de hadas para contarle a la gente de Alaska sobre dioses y carruajes, solo hacía falta la verdad. El cielo no era lugar para los dioses. Los dioses que se necesitaban en la Tierra estaban ahí mismo en la Tierra. Científicos. Académicos. Y todos aquellos que fueron bendecidos con el conocimiento infinito del mundo, *como ella*.

Incluso sin haber visto esta cantidad de colores de las auroras boreales antes, solo le tomó mirar una única vez al cielo brillante para que su mente se inundara con información. Hechos inmediatos sobre el evento, y vaya que era un *evento*. Los vientos solares estaban más activos que nunca. Las eyecciones de masa coronal operaban de manera independiente a las llamaradas solares y expulsaban partículas a millones de kilómetros en el espacio hacia el campo magnético de cualquier cosa que estuviera en su camino. Eran bendecidos con partículas que bailaban con el oxígeno de la atmósfera baja y producían las cortinas de luces verdes que se mecían en el cielo. Un azul radiante cubría la inmensa puesta en escena en lugares donde los vientos magnéticos se mezclaban con nitrógeno y las raras luces moradas se tejían entre las moléculas de hidrógeno de la atmósfera.

Ver tanta magnificencia y no entenderla sería un… pecado.

Sí, un pecado.

Notó la franja esmeralda que se extendía cada vez más lejos y más fuerte que los otros colores, así como ella sería la voz más fuerte de la Trinidad. Un verde que ya no era nebuloso, sino uno que albergaba la vida. Cómo deseaba que Nicholas y Mikhail pudieran ver su triunfo sobre Alaska como las luces que flotaban frente a ella.

En cierta medida, Nicholas *estaba* ahí para verlo. Volteó y abrió las cortinas de su balcón, apenas lo suficiente para que la cabeza decapitada de Nicholas, en su caja de cristal sellada, pudiera admirar la escena. Desprovista de párpados, sus ojos parecían salirse de sus cuencas y le recordaban su expresión intolerable cuando él presumía que podía leer la mente. El color de su rostro y la piel frágil de su cuello le revolvían el estómago, ya que pensaba en la presión que Mannus debió haber ejercido para romper cada músculo, cada tendón y hueso en su lugar.

Le resultaba gracioso el hecho de que una de las tres cabezas de la Trinidad ahora fuera, de hecho, una cabeza en sentido literal. Nicholas, siempre el estudioso, apreciaría la ocurrencia.

—Hasta que encuentren el resto de tu cuerpo, estás lejos de aquí.

Acomodó la caja de cristal sobre la mesa. No creía que encontrar el cuerpo de Nicholas tomara mucho tiempo, pero con todos los viajes secretos que hacía, nadie nunca notaba sus semanas de ausencia. Nadie lo extrañaba. Ella de seguro no lo extrañaba deambulando por sus pensamientos. La libertad que le trajo la muerte de Nicholas estaba más allá de su capacidad de finalmente poder ejecutar sus planes, le liberaba la mente de sus intromisiones. Incluso ahora, esperaba con ansias el día en que finalmente se librara de él de una vez por todas y no tuviera que mirar su rostro en descomposición. Pero necesitaba mantener lo que quedaba, apenas por tiempo suficiente para que Mikhail supiera que era *ella* quien tenía el control ahora.

Ella estaba por encima de todo. La Diosa del nuevo Amanecer.

Manchas de luz coloridas y brillantes giraban prominentes por encima, más intensas que nunca, y debajo de su balcón, los Peregrinos salían en grupos para mirar al cielo nocturno. La gente señalaba hacia arriba, sus brazos escuálidos por una difícil temporada de cosechas y sus túnicas amarillas sucias por la vida de todos los días. Pero este momento les permitió tener esperanza. Y ella, la Diosa Romanov, sería quien les traería esa esperanza.

Alguien llamó a la puerta y sus oídos zumbaron. Apartó el sonido de su cabeza y rápidamente avanzó para cubrir con un paño la caja de cristal con la cabeza de Nicholas.

—¿Qué quieres?

Flint abrió la puerta como si el rapto estuviera sobre ellos, sin aliento como si las escaleras pudieran matarlo. Nunca habría sobrevivido a los tiempos del Laberinto. A veces, Alexandra pensaba en enviarlo allí solo por una semana o tres para demostrarlo.

—Bueno, ¿qué ocurre? Estás respirando y resoplando como si el mundo estuviera en llamas.

—Las luces. ¡Las luces del cielo! —dijo Flint y señaló hacia el balcón, como si Alexandra no tuviera sus propios ojos.

—Sí, ya sé que regresaron las luces —dijo y acercó la cabeza cubierta de Nicholas hacia el balcón para que pudiera ver cómo ella cambiaba al mundo. Esbozó una sonrisa siniestra. ¿Cuántas veces le había rogado Nicholas que tuviera paciencia? ¿Cuántas le había rogado que no fuera imprudente?—. Las luces son una señal de la Evolución. Todo está evolucionando, Flint. Este solo es el comienzo.

—La gente está llorando en las calles. Hablan de sacrificios.

—No seas idiota —lo ninguneó Alexandra.

—Me asusta que haya más Vaciamientos esta noche —dijo Flint desde la puerta, ni afuera ni adentro, exactamente como actuaba en su vida, tambaleándose al borde de la fe o el miedo. Alexandra no tenía tiempo para tambalearse. Le evolución finalmente estaba sobre ellos, luego de años en pausa—. Nicholas debería calmar a la gente y…

Lo interrumpió enseguida.

—Yo calmaré a la gente. Dile a los Peregrinos que su Diosa les hablará mañana y que, si algún Vaciamiento tiene lugar esta noche, veré que aquellos que hayan hecho el sacrificio sean sacrificados luego. ¿Puedes encargarte de eso?

Asintió. Bajó la cabeza. Salió.

Alexandra quitó la tela que cubría la caja de Nicholas.

—Disfruta la vista.

Capítulo dos

El calor de la amistad

1

SADINA

Una ventisca fría la despertó. Intentó acomodar la alfombrilla de pasto que Trish le había hecho, pero no logró acomodarse. Su ascendencia de Sonya nunca se había sentido como una carga; en ocasiones, en la isla se sentía admirada y especial, incluso protegida; pero nada de eso pareció acompañarla en su viaje al continente.

Desde que el grupo llegó, Sadina se sentía insegura, vulnerable, como si su propia vida estuviera en peligro de extinguirse antes de descubrir la razón por la que el ADN de su familia podía ayudarla. Y quizás si más miembros de su linaje estuvieran con vida, la presión podría haberse esparcido entre otros hermanos, hermanas, primos, pero Sadina era hija única, al igual que sus padres. Se levantó lentamente en silencio de su cama improvisada junto a Trish y se acercó al fuego. Pasó junto a su mamá, al viejo Sartén y Minho, todos seguían durmiendo. Minho dormía con las botas puestas. Los soldados huérfanos hacían cosas raras.

Sadina se sentó de piernas cruzadas junto al fuego y se frotó la sien, mientras miraba las llamas moribundas. Un movimiento entre los árboles a su izquierda la desconcertó. Miró nuevamente a los cuerpos dormidos y contó las sombras, luego buscó algo a su lado, cualquier cosa, que pudiera usar como un arma. Su mano derecha encontró una roca; contuvo la respiración y escuchó cómo el movimiento aumentaba. *¿Qué era eso?* ¿Un animal, quizás? ¿Pero qué tan grande? Minho había contado historias sobre los animales que cazaban en el lugar del que venía. Animales más grandes que los que ellos tenían en la isla, y recordó que Isaac había contado historias sobre la fuerza que se necesitaba para matar a los casi Cranks. Sadina no estaba segura de que pudiera matar cualquier cosa más grande que una araña; nunca había tenido una razón para hacerlo. ¿Qué tal si se veía obligada a aplastar la vida de algo con su propio peso? El alboroto aumentaba y parecía acercarse. Sadina miró las botas de Minho y pensó que lo mejor que podía hacer con la roca que había encontrado era arrojársela a Minho y despertarlo. Él tenía armas, cuchillos y, si las cosas se ponían muy feas, también una especie de artillería antigua que estallaba cuando le quitabas un pestillo. Sadina se puso tensa cuando una sombra alta y oscura, encorvada, emergió de entre los árboles. Ella abrió los ojos para ver la mayor cantidad de detalles que fuera posible, pero el fuego moribundo hacía que fuera difícil ver más que la silueta de una persona que sostenía algo largo y delgado. Un arma. Estaba segura de eso. Su corazón se llenó con toda su sangre especial y latió rápido sin parar hasta que entendió que el miedo le había quitado lo mejor de ella.

—No te asustes. —Los susurros flotaron en el aire—. Solo me levanté a orinar y avivar el luego. —La imagen del viejo Sartén apareció en foco antes de que su cerebro pudiera identificar su voz.

—Ah, diablos, me asustaste —dijo Sadina, exhaló y soltó la roca.

—Bien. Y lo siento. No quería asustarte. ¿Qué haces despierta?

—No podía dormir. Estoy muy ansiosa por Alaska.

—Imagina mi entusiasmo —dijo Sartén, partiendo una rama en dos y acercando las dos mitades sobre el fuego moribundo. No tomó mucho tiempo para que las llamas se avivaran con intensidad.

—Lo siento —dijo y no sabía qué más decir—. Escuché todas las historias de los antiguos miembros del Área, pero, para ser honesta, siempre las sentí más como clases de historia y no como la vida real hasta que vi al primer Crank.

—Los Cranks… —resopló—. No son nada por lo que tengamos que preocuparnos. El tiempo hizo lo que pudo con los Cranks, pero la gente… Es de lo que nos tenemos que cuidar.

Sadina acercó las rodillas a su cuerpo.

—¿A qué te refieres?

—Me refiero a que… Cómo digo esto… —El viejo Sartén tomó un tronco para sentarse junto a ella y cambió el peso de su pensamiento—. La isla ha sido un lugar seguro, un refugio, durante tantos, tantos años. Pero aquellos que nacieron en esa seguridad no conocen el mal que existía, y aún existe, en el mundo exterior. Lo cual es bueno, ese es el punto de tener un refugio, pero lo que quiero decir es que…

—¿Te refieres a las personas en la Villa?

—No sé si las personas en la Villa son buenas o malas. Solo sé que no nos conocen tan bien como nosotros a nosotros mismos. Y no sabemos qué intenciones puedan tener. —La voz de Sartén de algún modo sonaba más fuerte cuando susurraba—. Ni las intenciones de la Trinidad.

—Si realmente quieren encontrar una cura para la Llamarada, deben ser buenos, ¿verdad?

—Ava Paige también quería curar la Llamarada —dijo con la mayor cantidad de rencor posible.

—Al igual que cualquier cosa, supongo. Las motivaciones de una persona pueden ser buenas, pero sus acciones pueden ser malas. O sus motivaciones pueden cambiar... —Levantó las vistas hacia las estrellas e intentó encontrar a la más brillante. No había manera de que pudiera volver a dormirse ahora mientras pensaba en todo esto. *¿Qué tal si la Trinidad tiene buenas intenciones, pero malos planes para ejecutar?* Al igual que su mamá, que tenía la mejor de las intenciones con la votación, aunque su acto "democrático" arruinara el estado de ánimo de su grupo.

—Todos desde aquí hasta el más allá tienen intenciones y, cuando conoces a alguien, también intentas conocer cuáles son las suyas. Ver si puedes descifrarlas. —El viejo Sartén arrojó otra rama al fuego—. Verás, los Cranks ya no me asustan porque no pueden pensar más allá de sus instintos primarios. La gente, por otro lado... La gente es manipuladora, está motivada por el poder, la avaricia y cosas que ni tú ni yo somos capaces de hacer.

Sadina deseaba que todo fuera blanco o negro, cura o no cura, odiaba todas estas áreas grises donde entraban personas como Ava Paige.

—¿Crees que fui una idiota al votar por Alaska?

—No —contestó el anciano casi tan rápido como para que ella lo creyera.

—¿Soy una ingenua por confiar en las dos personas que me secuestraron? —preguntó, esperando una respuesta honesta, incluso consciente de lo ridícula que era la pregunta en primer lugar.

—Yo no puedo decirte en quién debes confiar —contestó con gentileza y lentitud como su abuela Sonya hablaba. Los ancianos tenían una forma de hablar que hacía que sus palabras tuvieran mayor peso. Todas las experiencias de sus vidas yacían detrás de esas palabras y las hacían sentir pesadas.

Sadina deseaba tener un gramo de la sabiduría de su abuela con todo esto, pero la abuela Sonya había muerto hacía años.

—Bueno… —dijo Sadina y miró al fuego mientras pensaba en voz alta—. ¿Cómo sabías tú en quién confiar?

El viejo Sartén agregó otra rama al fuego como si la respuesta requiriera paciencia. Se sentó y suavemente dijo:

—Primero confía en ti antes que en nadie más.

—Entonces, ¿no debería confiar en nadie?

—Estás adelantándote demasiado rápido —enunció sus palabras más lento ahora—. Primero confía en ti y luego confías en aquellos *que confían en ti*. —Movió el fuego, las llamas reflejadas en sus ojos brillantes y arrugados—. El único error que puedes cometer es confiar en los que no confían en nada.

2
MINHO

Los huérfanos no tenían padres.

Los huérfanos no tenían hermanos.

Los huérfanos no tenían amigos… Solo enemigos.

Minho se sentó y buscó su cuchillo. Cuando desenvainó la hoja afilada, comprendió que solo se había despertado por los sonidos del grupo preparando el desayuno. El viejo Sartén partiendo dos ramitas. Roxy cortando los vegetales de raíz. Dominic tarareando una canción. Lentamente guardó el cuchillo en su estuche y evitó hacer contacto visual con alguien. Las mañanas, cuando deambulaba por ese campo de batalla entre los sueños y la vigilia, a menudo no entendía dónde estaba y sus manos se disparaban en busca de sus armas casi por instinto. En esos momentos tempranos del día, tenía una regresión a sus días como Huérfano. Listo para disparar. Listo para apuñalar. Listo para sobrevivir. Quizás el grupo sabía que sus reflejos estaban siempre en automático y por eso nadie dormía cerca de él. A veces, dormía tan bien, tan profundo, que incluso sus sueños no estaban en ningún lugar cercano a la Nación Remanente, pero cuanto más se alejara de su campo de entrenamiento, la realidad parecía volver con más fuerza cuando se despertaba. Guardó su cuchillo en su cintura y se recordó a sí mismo que tenía amigos y, ahora, una madre. Y, más importante aún, tenía un nombre. Su nombre era Minho.

—Naranja… —dijo Roxy en un tono que él imaginaba sería el de una madre cuando algo no está mal, pero tampoco precisamente bien.

—¿Sí? —Miró el tazón de Roxy.

—Toma. —Le hizo un gesto para que extendiera una mano—. Creo que esta patata que encontraste es una roca. —Levantó la roca del tazón y la apoyó sobre la palma abierta de Naranja.

—Ah —dijo Naranja, riendo por la roca con forma de patata. Minho nunca la había escuchado hacer ese sonido, una pequeña seguidilla de risas como la que hacían Trish y Sadina.

—¡Naranja estaba intentando rompernos los dientes! —gritó Miyoko con su propia carcajada.

Minho miró cómo Naranja mecía la roca en su mano, la cual podría haber usado para matar a tres personas sin dudarlo demasiado. Cualquier cosa que estuviera en las manos de un Huérfano se convertía en un arma.

Se preguntaba si ella también sentía la misma desorientación por las mañanas, si también tenía que disminuir su frecuencia cardíaca para mantener bajo control las prácticas de la Nación Remanente. Los Huérfanos eran entrenados desde los cuatro años. Entrenados para pelear. Para matar. Para sobrevivir. Pero hasta entonces, ¿los cuidaban niñeras hasta que pudieran pararse y mantener el equilibrio? No lo sabía. Su recuerdo más temprano eran del Penitente Glane que lo obligó a matar a una loba madre en frente de sus cachorros. Convirtió a esos cachorros en huérfanos solo para que después tuvieran el mismo destino que su madre. ¿Eso era lo que le había hecho la Nación Remanente?

—Tus ojos están abiertos, pero no hay nadie en casa —dijo Roxy, mirando a Minho como si lo que acababa de decir fuera una pregunta. Tenía maneras extrañas de decir "buenos días", a diferencia de la madre de Sadina que hablaba suavemente y decía cosas como, "¡Arriba, arriba, dormilones!".

—Llegando —contestó él. Minho no tenía el corazón para contarle a Roxy ninguno de estos pensamientos oscuros. Tanto pasados como presentes. Miró a Naranja con detenimiento, cada movimiento de la roca en su mano. Cada vez que se encontraba con la palma de su mano, esperaba que se la arrojara por la cabeza a Miyoko por haberse reído de ella. Arrojársela a Dominic por ser tan insoportable. Pero no lo hizo. Simplemente la arrojó hacia arriba y la observó caer.

Si tener amigos estaba cambiando a Naranja, quizás había esperanza. Quizás dejar a la Nación Remanente atrás también podía significar dejar atrás todas sus creencias impuestas.

Naranja arrojó la roca con forma de patata más alto esta vez. Cuando estaba al nivel de sus ojos, su codo se movió de una manera que hizo que los propios músculos de Minho se estremecieran por años de entrenamiento. Giró la muñeca con un movimiento de combate cuerpo a cuerpo y golpeó a la roca con el dorso de su mano, y salió despedida hacia un árbol cercano. Los isleños se quedaron boquiabiertos por su precisión. Minho sonrió.

—Guau —dijo Dominic—. Quiero aprender a hacer eso.

—¡Hazlo otra vez! —exclamó Miyoko, pasándole otra roca que encontró alrededor de la fogata—. ¿Es muy grande?

Naranja repitió el truco, un lanzamiento alto hacia el aire, un movimiento rápido del codo, un giro de su muñeca y la roca salió despedida lejos. Esta vez, un poco más cerca de Dominic, rozando sus oídos.

Minho suspiró, incluso aunque los otros festejaran. Naranja era una buena luchadora, pero merecía más que eso.

La humanidad merecía el derecho a evolucionar. ¿No? ¿Ser mejor que esto?

Aquellos luchadores innatos podrían evolucionar para convertirse en líderes innatos, si se les daba la oportunidad. Quizás incluso los huérfanos sin nombre que mataban a docenas de invasores podían convertirse en algo más. Algo mucho mejor.

Quizás.

O no.

Capítulo tres

Misión secreta

1

ISAAC

Isaac no tenía intenciones de mencionar lo de Timón y Letti otra vez, mucho menos mientras levantaban campamento, pero Sadina no podía dejarlo ir.

—La razón por la que confié en ellos, es que quizás Kletter mintió... Quiero decir, mató a toda su tripulación. Ocho personas. Es suficiente para no confiar en ella. Pero además de todo eso, la razón por la que creo que confío en Letti y Timón es que ellos *confiaron en nosotros* —dijo deambulando de un lado a otro, mientras Isaac doblaba su alfombrilla de pasto. Ella pateaba la tierra detrás de sí con cada paso que daba—. Lo dijeron ellos mismos, podrían haber matado al resto del grupo, al igual que a Kletter, pero los dejaron que siguieran nuestras pistas. Confiaron en nosotros.

Isaac le entregó la alfombrilla de pasto.

—No era porque confiaban en nosotros, solo nos manipularon para que creyéramos que todo lo que estábamos haciendo era algo que ellos querían que hiciéramos. La mitad del tiempo estaban frenéticos y... —se detuvo antes de decir *ni siquiera confiaban entre ellos*. ¿Acaso Sadina no recordaba lo que le hizo a Timón cuando se cruzaron con Roxy y Minho por primera vez? Todo el asunto del disparo en el aire, las menciones de traición. Algo sobre que ni siquiera Timón sabía su plan.

—Creo que necesitamos ir a Alaska. *Yo necesito ir*.

No tenía sentido discutir sobre algo que ya se había decidido.

—Entonces es bueno que iremos —dijo Isaac, pasando un brazo alrededor de ella para envolverla en un abrazo. Incluso si Sadina hubiera elegido regresar a casa, él la habría apoyado. Era lo más cercano a una familia y la familia no siempre tenía que estar de acuerdo.

—¿Y cómo demonio se supone que llegaremos allí? —preguntó Dominic, aún amargado por ser el único que votó por regresar a la isla. No era que Isaac no quisiera eso, claro que sí, pero no quería llegar como un fracasado. Quería hacer que el resto de la isla estuviera orgulloso de él, al menos decir que lo habían intentado. Si regresaban ahora, regresarían con más preguntas que respuestas.

—Sí, ¿cómo se supone que llegaremos a Alaska? —preguntó Miyoko, mientras empacaba los pocos trozos de leña ya cortada.

—Bueno, podemos regresar a la costa y subirnos al *Maze Cutter* —dijo Cowan, y se aclaró la garganta—. Nuevo Petersburgo está junto al Golfo de Alaska, viajar en barco nos permitirá ahorrar tiempo y energía.

La señora Cowan probablemente estuvo despierta toda la noche preocupada por cómo ser lo más diplomática con estas decisiones. Isaac creía que, con la votación ya terminada, la madre de Sadina estaría más relajada, o menos estresada, pero las ojeras alrededor de sus ojos se veían más oscuras que nunca y se movía tan lento como el viejo Sartén.

—Minho, ¿sabes manejar un barco? —preguntó Isaac.

—Puedo llevarlos allí. —Ni siquiera dijo que nunca había manejado un barco, pero, según Isaac, si podía maniobrar un Berg y un Caminante entonces podría encargarse del *Maze Cutter* sin problema. Además, la mayoría había visto algunos detalles en su viaje al continente para ayudarlo.

—Podríamos mantenernos cerca de la costa y acercarnos para cazar siempre que lo necesitemos —sugirió Naranja mientras empacaba.

La señora Cowan se aclaró la garganta otra vez, pero esta vez, no dijo nada.

2

Minho y Naranja guiaron el camino desde el campamento, pero la votación lentamente los había dividido en tres grupos: Minho, Naranja, Roxy, Sadina y Trish en la delantera, quienes habían votado por ir a Alaska. En el medio estaban Isaac, la señora Cowan y Miyoko, los tres que creían que la Villa era una mejor opción. Y atrás de todo estaban Jackie, Dominic y el viejo Sartén, quienes no querían ir a ninguno de esos lugares y se movían a una velocidad que dejaba eso en claro.

Isaac nunca le había prestado atención a la política en la isla porque nunca había tenido una razón para hacerlo. Pero el conjunto de leyes que tenían siempre se respetaba y rara vez había un problema que los dividiera. La última separación política en la isla ocurrió cuando agregaron nuevas leyes sobre estar cerca del agua durante una tormenta luego del accidente de la familia de Isaac.

Algunos dejaron en claro que estaban molestos porque no hubiera habido leyes antes y otros estaban molestos porque se necesitaran agregar y cumplir esas nuevas leyes. A Isaac no le importaba, porque no había ninguna ley en el universo que le ayudara a recuperar a su familia. Pero odiaba sentir que los votos de todos y las diferencias de opinión ahora estuvieran dividiendo a todo el grupo. ¡Lo odiaba!

Apenas podía ver al grupo de Sadina adelante y ya había perdido de vista al viejo Sartén por detrás hacía diez minutos. Solo sabía que estaban cerca porque escuchaba a Dominic armando alguna canción ridícula sobre cada una de las cosas que pasaban.

—¡Ey, descansemos un minuto para que nos alcancen! —le gritó Isaac al grupo de Sadina.

La señora Cowan se aclaró la garganta y asintió.

Miyoko chifló y le hizo una seña a Sadina y al grupo de la Trinidad para que se detuvieran. Casi parecía como si, una vez que decidió ir a Alaska, Sadina estaba dispuesta a ir con o sin el resto.

La señora Cowan se sentó sobre un tronco y tomó su cantimplora. Isaac esperó a ver qué grupo aparecía primero a la vista, pero algo no estaba bien en la manera en la que la señora Cowan bebió el agua, de a pequeños sorbos, pausando tras cada uno de ellos. La ausencia de entusiasmo por entablar conversaciones como solía ser antes. Quizás solo extrañaba su hogar al igual que el resto, quizás la culpa de aquellos a quienes habían perdido aún pesaba sobre sus hombros, pero Isaac no pudo evitar preguntárselo.

—¿Está bien, señora Cowan? —preguntó.

—Claro que sí, ¿por qué? —Miró a Isaac desde el tronco, pero incluso la manera en la que inclinó la cabeza parecía fuera de lugar.

—Parece que está sin aliento. ¿O le cuesta tragar quizás?

Y entonces notó las marcas en su cuello.

Los árboles dejaron de sacudir sus hojas. El viento de la costa dejó de soplar. Las aves dejaron de cantar. Lo único que no quedó en silencio fue el sarpullido que Cowan tenía en su cuello y parecía gritar obscenidades. ¿Qué era eso?

Se aclaró la garganta una vez más, mirando fijo a Isaac.

El pánico se apoderó de su mente. La Llamarada. Las variantes. Infección. No podía no recordar la imagen de los casi Cranks. De Jackie matando a uno con sus propias manos. Isaac no pudo evitar aclararse su propia garganta. Pensar en el virus lo golpeó como un martillo sobre el metal de la fundición, lanzando chispas de miedo hacia sus entrañas; el calor de un fuego desconocido que invadía todo su cuerpo.

La Llamarada. Las variantes. Infección.

3

Isaac siguió a la señora Cowan hacia los arbustos. Quizás era solo veneno. Quizás el sarpullido era solo eso, un sarpullido. Habían estado rodeados por plantas durante días, plantas que nunca habían visto antes; algunas con espinas que se pegaban a la ropa, a la piel y que Roxy decía que te podían matar tanto como una picadura. Quizás solo era eso.

Intentó hablar con ella.

—Señora Cowan… —Esperó una respuesta, pero solo escuchó el sonido de los vómitos. Un sonido que había escuchado a menudo de Jackie durante su viaje en el barco, pero nunca un sonido que hubiera escuchado de Cowan. Avanzó hacia el sonido nauseabundo. Inclinada y respirando con pesadez, el cuerpo de la señora

Cowan expulsaba al demonio de su interior, mientras mantenía su hombro apoyado contra un árbol.

—Mierda —dijo Isaac antes de disculparse—. Lo siento.

—Está bien. Estoy bien. Solo es una alergia. —Se reincorporó enseguida y acomodó el pañuelo que llevaba alrededor de su cuello.

—Señora Cowan... ¿está segura? —Señaló el lugar en donde la tela cubría su piel cicatrizada. Cowan tocó el sarpullido como si cubrirlo con su propia mano hiciera sospechar menos a Isaac—. Tenemos que avisarle a los demás y...

—No. —La señora Cowan enderezó su postura—. Exagerarán. Estoy bien.

—No puede ocultarle los vómitos al resto del grupo. Recuerda lo mal que estuvo en el barco. En especial con Dominic. —Estaba intentando romper el hielo, al recordarle el efecto Domi-Vómito que sucedía cada vez que Jackie se descomponía. Jackie eructaba y, si Dominic estaba lo suficientemente cerca para escucharla o verla, él empezaba a vomitar. Y luego eructaba con un olor tan asqueroso que cualquier persona que estuviera cerca también vomitaba.

Cowan esbozó una sonrisa falsa.

—Buenos tiempos, claro está. Estaré bien. Ya lo descifraré, ¿está bien? —Se aclaró la garganta, como el estruendo de un relámpago, y el sonido hizo que Isaac se estremeciera del miedo. El olor a su vómito también lo hizo temblar—. Y por favor, no le cuentes esto a nadie. Por favor.

Isaac no tuvo más opción que asentir.

Capítulo cuatro

Seguridad y divinidad en los números

1

MINHO

–¿De verdad crees que nos toparemos con algún Crank aquí afuera? –preguntó Naranja mientras caminaban por el bosque irregular. Miró cómo Minho sujetaba su arma, mientras ella llevaba la suya a su lado. Los árboles crujían cuando se mecían con el viento; las ramas y las hojas cantaban una melodía tenebrosa y airosa.

–Quizás –contestó Minho. Así fueran Cranks o alguna otra cosa, estaría listo. En especial cuando el resto del grupo se tomaba descansos para ir al baño en el bosque. Incluso los perros salvajes se protegían entre sí cuando uno de ellos tenía que ir a hacer sus necesidades. Naranja podía estar entrando en confianza con los isleños, pero Minho no podía bajar la guardia con tanta facilidad–. ¿Tú no?

–Creo que lo peor que nos podríamos encontrar está en… Nebraska –dijo Naranja, haciendo una mueca de dolor, y Minho concordó con ella en silencio. Incluso antes de conocer a gente como Roxy y la señora Cowan, sabía que las costumbres de los Portadores de las Penas, sin olvidar a sus sacerdotes y sacerdotisas, no estaban bien. Las guardias constantes. Los cronogramas rígidos. El entrenamiento y la vigilancia durante horas, ser obligado a matar a cualquiera que se acercara a los muros de la fortaleza–. Y llámame loca, pero creo que la Nación Remanente debe haber recolectado a todos los Cranks del mundo para su espantoso Ejército de Cranks, y es por eso que no vemos tantos aquí. –Apuntó su arma hacia la costa como si estuviera dejando en claro su punto.

Minho miró a Naranja para ver si estaba bromeando.

–Creía que solo los soldados de rangos más bajos creían ese rumor.

Naranja frunció el ceño y levantó las cejas.

–Yo creía que solo los soldados más tontos no lo creían.

–No se puede entrenar a un Crank. Y no pueden aprender a disparar –intentó razonar con ella–. El rumor sobre un Ejército de Cranks es solo algo con lo que los soldados más veteranos amenazaban a los soldados más jóvenes para asustarlos. Para hacerlos sentir que, si alguna vez desobedecían alguna orden, los convertirían en babosas descerebradas que combatirían en la misma guerra, quisieran o no.

–A veces, los rumores resultan ser verdad –dijo Naranja.

–Nómbrame uno.

–No sé, quizás el rumor sobre que los Portadores de las Penas arrojaban a los Huérfanos por acantilados cuando cumplían dieciocho. –Lo miró con sabiduría. *Meh.* Era una verdad a medias; a veces, arrojaban a los Huérfanos por el acantilado antes de que cumplieran dieciocho, como había sido el caso de Minho.

–Todo siempre es un poco exagerado. –Conocía el ritual y por qué los Portadores de las Penas enviaban a sus soldados más fuertes a cuarenta años de peregrinaje. Era obvio, querían deshacerse de ellos para encontrar a los que eran lo suficientemente fuertes para convertirse en Portadores de las Penas, ayudarlos a entrenar a la próxima generación.

—Todavía te tiran por un acantilado.

El crujido entre los matorrales trajo a Minho de regreso al presente. Roxy, Trish y Miyoko salieron del bosque tupido, seguidas por el viejo Sartén.

—¿Escuché bien? ¿Te tiraron por un acantilado? —preguntó Sartén y todos los ojos se fijaron en Minho.

Roxy era la que parecía más triste.

—¿Ellos qué…?

—No era tan alto. —No sabía por qué sentía la necesidad de defender a los Portadores de las Penas. Era más bien porque no quería que lo consideraran tan vulnerable como el resto—. Todos tienen que pasar por eso. Es un rito de pasaje.

—No parecen personas agradables —dijo Sartén, poniendo los ojos en blanco de manera exagerada—. Mucho menos confiables.

Minho se encogió de hombros. Aún estaba aprendiendo lo que era la verdadera confianza y escuchar a Naranja creer que algo como el rumor sobre el Ejército de Cranks lo hizo comprender que nunca podría contarle su verdadera razón por la que estaba yendo a Alaska; para unirse a la Trinidad. Porque si Naranja creía en los rumores de su infancia, entonces de seguro aún se mantenía aferrada a su entrenamiento. Le habían enseñado que debía matar a la Trinidad y Minho quería *unirse* a ella. No sabía cómo se separaría del grupo cuando llegaran a Alaska, pero había algo en su sangre que le gritaba: *Tú eres uno con la Trinidad*.

Y lo creía.

El Huérfano llamado Minho era uno con la Trinidad.

Con el tiempo, se lo probaría a todos los demás, pero por ahora debía guardar su secreto. Aún estaba aprendiendo sobre la vida afuera del muro de la Nación Remanente, pero había algo de lo que estaba seguro: los Dioses no podían confiar en los humanos.

2
ALEXANDRA

La tolerancia que uno tiene hacia el frío se rige por la genética y Alexandra siempre supo que ella tenía un buen ADN adaptable debido a su capacidad para soportar las gélidas temperaturas. O quizás era el poder de la mente sobre el cuerpo lo que le había permitido fortalecer sus principios con esos preceptos y la disciplina de la Llamarada. Fuera cual fuera la causa, otros a su alrededor estaban envueltos por completo con sus túnicas amarillas, mientras ella estaba cómoda solo con un delgado velo sobre sus hombros. Hacía que su fuerza fuera visible, lo cual le permitía sobresalir más entre la multitud. Le comunicaba a los Peregrinos que era una líder valiente.

Era su dios entre los hombres.

Y mientras se acercaba a la multitud ansiosa, la simple túnica se movía con sutileza y acompañaba cada uno de sus pasos, como la aurora boreal. Señaló a los cielos arriba y habló, vertiéndole toda la elocuencia que podía a sus palabras.

—El cielo brilla sobre nosotros con una nueva energía. Las luces de Alaska han regresado al cielo nocturno con todos los colores y toda la gloria del universo. —Solo dos peregrinos aplaudieron al oír esto; el resto la miró boquiabiertos, confundidos. No podía culparlos—. ¿Ustedes no fueron bendecidos para admirar los colores del cielo anoche? —preguntó. Alexandra trabajaba todos los días para fortalecer su mente y controlar sus pensamientos y emociones, pero en tiempos como estos cuando se sentía como si le estuviera hablando a un montón de niños, solo los dígitos la ayudaban.

—Las luces son una señal del fin de los tiempos —murmuró un hombre y, si bien Alexandra estaba preparada para que sus dudas se presentaran de muchas formas, no pudo evitar sentirse molesta. Los peregrinos de incontables religiones habían deseado que el fin de los tiempos cayera sobre ellos desde mucho antes de la historia registrada. ¿Por qué cada generación estaba atada a la falta de esperanza de la generación anterior? ¿Por qué no podía algo tan majestuoso como las auroras boreales ser una señal de que tiempos mejores estaban por llegar?

—Las luces del norte son una promesa de esperanza. Nos hablan de los tiempos que están por venir, la evolución del mundo que vendrá y…

Un peregrino ingrato y maleducado la interrumpió.

—¡El rojo apareció en el cielo antes de las Llamaradas Solares!

Alexandra enderezó su postura y recitó los dígitos en su cabeza. Estaba muy cansada luego de haber tenido una noche sin dormir para guiar a los ciudadanos hacia su futuro. Siempre, se veía obligada a consolar sus mentes débiles. Pero hoy, cambiar su perspectiva requería más tiempo del que ella podía con su paciencia. Siempre más tiempo. Odiaba progresar tan lento por semejante falta de proyección a futuro.

—El sol no volverá a quemar nunca más a la Tierra —dijo ella con tranquilidad. *Espero*—. Nicholas predijo tiempos como estos. Su Trinidad los ha preparado, ¿no les parece? —enunció cada palabra como si fuera a cortar sus dudas y miedos por la mitad.

—¡La Trinidad es buena! —gritó una mujer en la multitud mientras levantaba a su bebé por el aire. Aquellos a su alrededor murmuraron su apoyo y levantaron sus voces para secundarla y juntos repitieron:

—¡La Trinidad es buena!

Alexandra sonrió. Lo único que necesitaban era una voz para guiar a las otras de regreso a la fe. Hizo contacto visual con la mujer que sostenía al bebé y asintió con gratitud. Recordaba los rostros de aquellos que la apoyaban tanto como los rostros de aquellos que hablaban en su contra. Buscó a aquellos que habían expresado su miedo y repitió las palabras a la par de la multitud, mirándolos con una intensidad profunda a los ojos.

—La Trinidad es buena. La Trinidad es buena.

Las personas respiraban y cantaban como una única entidad, un único organismo que se movía y se mecía a la par de cada palabra. Algo le llamó la atención. Movimiento a lo lejos. Un hombre encapuchado caminaba en la dirección opuesta a la plaza del pueblo, de espaldas a la multitud. Pero no necesitaba ver su rostro para saber a quién le pertenecían los hombros que yacían bajo esa capa. Solo podía ser una persona: Mikhail. Y Alexandra sabía exactamente hacia dónde estaba yendo.

—La Trinidad es buena —cantó una vez más—. La Trinidad es buena. —Observó a Mikhail desaparecer por una esquina, hacia la izquierda, en dirección a la antigua casa de Nicholas. Su antiguo dios.

CAPÍTULO CINCO

QUERIDO NICHOLAS

1

MIKHAIL

Llamó a la puerta de madera de la casa de Nicholas una vez más.
Dos golpes, pausa, dos golpes, pausa, y luego una sucesión de golpes. Luego más fuerte, hasta que algunas gotas de sangre empezaron a brotar de su piel y formaron un magullón fresco alrededor de su meñique. *Paciencia, querido Mikhail.* Eso es lo que diría Nicholas, pero la sensación de pánico había seguido a Mikhail toda la mañana y ahora se intensificaba. *Tuvo el mismo sueño otra vez.* El sueño que solo lo visitaba cuando las cosas estaban fuera de rumbo. Mikhail golpeó una última vez, esta vez más fuerte. Intentó abrir la puerta. Cerrada.

La intuición de Nicholas era tan fuerte que lo único que debía hacer Mikhail era pensar en pasar a buscar algo, lo que fuera, y Nicholas por lo general lo esperaba en la puerta. *Siempre* estaba en la puerta. Bueno, a menos que se hubiera ido en uno de sus viajes. *¿Se había ido?* Mikhail buscó en su memoria, pero su memoria era una mierda. Pisada como papilla desde el Palacio de los Cranks. Al menos, cuando era Crank tenía todos sus recuerdos. Pero ahora, incluso las cosas que su cerebro recordaba, cosas que sabía con seguridad, no podía *pronounciar*. Espera, esa última palabra no sonaba bien en su cabeza. Eso pasaba, mucho. ¿*Pronounciar*?

Buscó sus llaves para abrir la puerta de la casa de Nicholas, sin perder tiempo en recordar qué llave de las seis en su colección serviría, probándolas todas.

Una por una, las llaves fallaron, hasta la cuarta, un punto rojo pintado sobre el metal, hizo el truco.

—¿Nicholas? —susurró Mikhail en caso de que se hubiera olvidado algo que debería recordar otra vez, pero ni bien el nombre brotó de su boca, el olor abrumador a putrefacción ahogó cada uno de sus sentidos, causándole arcadas. Mikhail tosió para aclararse la garganta, no podía encontrar el oxígeno. Solo descomposición y conocía muy bien el olor a la muerte desde el Palacio de los Cranks.

Desde que los sentidos de Mikhail volvieron a lo que Alexandra llamaba "un estado saludable", Mikhail creía que ya no quedaban olores buenos en la tierra. Sus nodos sensoriales funcionaban diez veces más que lo que solían funcionar y amplificaban los peores hedores de las peores ciudades. Los pozos de llamaradas olían a piel y huesos quemados. Días pastosos y nublados que apestaban a tierra enmohecida. El hedor del agua residual que flotaba con pesadez por el aire luego de una tormenta.

Pero esto… Mikhail se ahogó.

—¿Señor?

Caminó lentamente por la sala principal, donde de inmediato vio la túnica de Nicholas, sin vida en el suelo, envolviendo un cojín. Nicholas nunca habría hecho semejante cosa, descartar su túnica sagrada en el suelo, ni siquiera en su propio apartamento. Tosió una vez más, usando su propia túnica para cubrirse la boca. Finalmente, cuando sus ojos se acostumbraron a la luz tenue del apartamento, comprendió que no era un cojín lo que envolvía la túnica de Nicholas, sino un cuerpo hinchado. Le tomó algunos segundos entender lo que estaba mirando, no porque su cerebro estuviera confundido, sino porque jamás, hasta este momento, había visto un cuerpo sin cabeza.

2
ALEXANDRA

3, 5, 8, 13, 21...

Sentada en la mesa, recitó los números en voz alta mientras acercaba el maletín de cuero rojo que contenía la sangre de Newt. A pesar de tenerlo en su poder, aún se sentía ansiosa. Golpeó la caja de cristal con la cabeza de Nicholas tres veces, luego cinco, luego ocho, mientras esperaba a Mikhail. Entendía el poder de los dígitos mejor de lo que Mikhail y Nicholas alguna vez comprendieron. Una cosa era cierta, Mikhail era demasiado errático para recordar los números en su secuencia organizada. Pero Alexandra sabía la secuencia infinita y podía recitarla hasta donde quisiera. Era como si los dígitos hubieran nacido en su interior y ella los diera a luz cada vez que los recitaba. Cada número era igual a la suma de los dos que lo antecedían, creando dentro de la cadena de dígitos su propia secuencia de frecuencia. La Evolución siempre estaba dentro de ella y el tiempo había llegado para pasársela a los demás. Los guiaría como su único y verdadero dios, ya no más una divinidad de tres.

Si bien se arriesgaba con dejar caer el vial de sangre sellado cada vez que lo sacaba del maletín, no pudo contenerse, mientras susurraba los dígitos y sacó uno de los viales.

34, 55, 89, 144...

El pequeño tubo sellado se volvió más cálido en su mano, una calidez de posibilidades que la impulsaba durante las noches más frías de los últimos treinta años. Había esperado este momento cuando finalmente no tuviera que responderle a Nicholas. Cuando pudiera elegir quién estaba bendecido y quién cambiaría como ella alguna vez. Dejando de lado la ironía que él había sido quien la eligió a ella, después de todo.

A menudo, se preguntaba por qué lo había hecho, por qué la había elegido entre todas las personas todos esos años atrás, pero sus intenciones, incluso ahora, siempre fueron puras. Tan puras como para encontrarse con sus necesidades y deseos, claro.

Fueron las intenciones de Nicholas las que habían cambiado con los años.

Lo que comenzó como una relación basada únicamente en la supervivencia le permitió a Nicholas manipularla hasta su final. Durante años, ella le permitió pensar que él era mejor que ella, pero ahora era su turno. Alguna vez había leído una palabra divertida en un libro antiguo: artimaña. Esa palabra describía maravillosamente lo que había hecho. Al igual que las auroras boreales que regresaban a los cielos de Alaska, ella daría un paso para iluminar al mundo con el Sujeto A4.

Pero a pesar de su amor y aprecio por los números, no sabía qué demonios significaba "A4". Una letra y un número arbitrario que alguna vez, quizás, había contenido gran sentido y ahora era solo un símbolo. Pero incluso los números tenían vibraciones. ¿Acaso A4 vibraba con la frecuencia de Newt? No estaba segura.

El cuatro no era un número sagrado. No estaba en sus dígitos. Pero la cinta de laboratorio pegada en el vial, con el nombre de Newt, era innegable; esta tenía que ser la muestra de lo que quedó luego de que Nicholas los inyectara a ella y a Mikhail con las secuencias variadas del ADN de Newt. Pero incluso tres décadas más tarde, Alexandra nunca creía que la palabra "cura" fuera suficiente. Lo que hizo por Mikhail era más que eso. Era un milagro. Un milagro maldito. Partes de Mikhail habían regresado a su humanidad mientras que otras se mantuvieron animalísticas, como la urgencia de la insensatez. Locura. Rasgos de los Cranks. Cosas que le aterraban incluso aunque ya las hubiera dominado.

Lo que la secuencia de ADN levemente modificada le había hecho a ella era incluso más sorprendente. Había recibido la claridad del conocimiento. Tan claro como la caja de cristal que contenía la cabeza de Nicholas. La intuición que no solo predecía eventos futuros, sino también recibía elementos del pasado, como si sus propias células, una vez actualizadas, transportaran el conocimiento de civilizaciones previas en su interior. Como si las redes inalámbricas de la antigüedad estuvieran vivas una vez más y solo ella tuviera acceso a ellas directamente desde su cerebro. ¿Absurdo? Sí. ¿Verdad? También sí.

La reconfiguración de su ADN había sido sutil, pero poderosa, a diferencia del infierno que tuvo que atravesar Mikhail. Su cuerpo tuvo que reproducir físicamente células que estaban siendo comidas por la enfermedad. Sus células definitivamente no albergaban conocimiento. Le tomó meses volver a hablar e, incluso luego de eso, nunca fue el mismo. Las pesadillas lo atormentaban cada noche. Nicholas esperaba que Alexandra se arrastrara a sus pies cada día que pasaba para mostrarle gratitud por haber salvado a su querido Mikhail, pero lo había visto cambiar dos veces y la transición de regreso de más allá del Final era en cierta medida más difícil. Porque no volvió completo.

Para ella, él aún estaba lejos.

Su mente era más frágil que nunca, aun completamente desequilibrada. Entrar al mundo de los sueños solo por diez minutos, en ocasiones podía hacerlo caer en la paranoia. Pero sus visiones nunca tenían un sentido claro. Y gracias a su don, ella podía ver con claridad cómo se debía desencadenar la Evolución. Cómo era exactamente lo que el mundo necesitaba para continuar. Intentó decirle a Nicholas y a Mikhail las cosas que sabía, pero no la escucharon. Siendo justos, quizás nunca la hubieran entendido de todos modos. El mundo necesitaba más mentes brillantes como la suya para seguir avanzando. Visionarios. Dioses verdaderos y diosas verdaderas. Vaya que tenía ego.

La Evolución no era para todos, para que quedara claro. No. No podía entregarse como las rodajas de pan de los domingos. Necesitaban tomarse decisiones difíciles sobre quién avanzaba y quién permanecía dentro de los confines de su propia mente. Y ella claramente no podía dejar que se desperdiciara en una población ya infectada con la Llamarada. Era una cosa sagrada, la Evolución.

Con cuidado, guardó el vial nuevamente en el maletín de cuero.

Varios años atrás, habría dado la vida por tener la posibilidad de que Mikhail sobreviviera. Pero ahora… Alexandra le daría una única oportunidad de unirse a la Evolución o lo borraría por completo. Lo borraría sin una pizca de arrepentimiento.

Tristeza, quizás. Pero no arrepentimiento.

3
MIKHAIL

Mikhail controló su respiración, afuera en medio del aire gélido de Alaska, tal como Nicholas alguna vez le había enseñado: inhalar durante tres segundos, contener la respiración por otros tres segundos, y exhalar durante tres segundos. Repitió el proceso sin pensarlo. La trinidad. El poder de tres. La respiración era un intento de controlar su ira, pero su esfuerzo quedó desperdiciado. No había inhalación ni exhalación ni meditación consciente que pudiera calmarlo ahora.

Su cerebro chasqueaba con ira. El hedor del apartamento de Nicholas quedó aferrado a su nariz como si una rata se hubiera metido en su cráneo y llevara muerta varios días. Los pensamientos se convirtieron en sonidos dentro de su cabeza y esos sonidos eran las sinfonías de la guerra. Armas disparándose. Cuchillos clavándose. Espadas chocando. Los pies de Mikhail cubrieron el doble de la distancia mientras caminaba hacia el edificio de Alexandra.

¿Podría un peregrino desquiciado haber decapitado a Nicholas? Probablemente, pero no había duda en la mente de Mikhail de que Alexandra fue la voz detrás de esa orden. Cuando no encontró el Ataúd, el maletín rojo de cuero sellado que contenía la sangre de Newt, en el apartamento de Nicholas, supo de inmediato quién se lo había llevado. El amor por el poder que sentía Alexandra finalmente había sobrepasado su amor por la humanidad. O su amor por un humano amable. Nicholas estaba loco, pero era amable. Y sin su guía, Alexandra no estaría a su altura... y Mikhail tampoco. Él no tenía la capacidad.

Buscó en su memoria la voz de Nicholas. Recuerdos

fragmentados en su mente, recortes de conversaciones, vistazos desgastados de eventos, pero él sabía con certeza, mucha certeza, que su antiguo maestro había planeado liberar la Cura. Incluso le había advertido a Mikhail de todas las maneras en las que Alexandra intentaría interponerse en su camino. Mikhail corrió en su mente como un corredor del Laberinto para recordar lo que Nicholas le había dicho, aunque en realidad solo necesitaba recordar una cosa.

La Habitación Dorada.

Nicholas insistía que cuando se trataba de Alexandra, "Ella no sabe lo que no sabe". Pero, ¿cómo podría no haberlo visto venir? ¿O acaso él sabía de su propio final en manos de Alexandra, pero quería salvar a Mikhail del miedo inevitable que siguiera a tal conocimiento? La caminata, el edificio, las escaleras, el vestíbulo. Estaba ahí.

El calor invadió la mano de Mikhail cuando formó un puño para llamar a la puerta de Alexandra, pero ella abrió antes de que su carne tocara la madera. De inmediato, sintió el olor a vinagre y algas. Alexandra bebía un té verde tan potente que las hierbas olían a pescado y solo usaba vinagre cuando limpiaba algo en profundidad. La pulcritud era un rasgo de las deidades, era consciente de esto, pero cubrir las cosas con vinagre no convertían a nadie en un dios.

—Llegas tarde —dijo Alexandra cuando abrió más la puerta para revelar una mesa donde descansaba el ataúd de cuero rojo. *La Cura*. Mikhail inhaló por tres completos segundos, sintió el aroma pútrido del vinagre y contuvo la respiración otros tres segundos—. ¿Crees que eso te ayudará? ¿Ejercicios de respiración? —Miró a Mikhail con los ojos entrecerrados e inclinó la cabeza. Él exhaló por otros tres segundos.

—Creo que te ayudará a *ti*. —Necesitaba mantener la calma y la compostura, no podía dejar que su ira se equivocara al hablar, no podía revelar más información de la que tenía intenciones de que ella supiera. Él también tenía secretos. *Y ella no sabía lo que no sabía.*

—No deberías preocuparte por mí, *querido Mikhail* —copió abiertamente las palabras de Nicholas para dirigirse con cariño a ellos dos.

—¿Qué hiciste? ¿Quién mató al Gran Amo? —preguntó y pasó a su lado y se acercó a la mesa con la Cura. Alexandra tocó el borde de una tela negra envuelta alrededor de otro objeto, del mismo modo que la túnica de Nicholas cubría su cuerpo muerto. Mikhail se estremeció. Detrás del olor a vinagre había otro olor. Muerte. Dos veces en la última hora, ese hedor.

—Él nunca fue nuestro Amo. Quizás te controlaba a ti como una marioneta, pero el destino es mi Amo. —Con un largo movimiento, Alexandra quitó la tela negra para dejar al descubierto una caja de cristal transparente. Y allí estaba, en su interior. La cabeza.

Mikhail tosió. El aire abandonó sus pulmones tan rápido que no pudo detenerlo. La cabeza de Nicholas. Los ojos del antiguo Dios de la Trinidad miraron a Mikhail de un modo aterrador, horroroso, vacío.

—¿Tienes su cabeza? ¿Para qué? ¿Para este momento? —preguntó Mikhail y se apartó de Alexandra y de lo que quedaba de Nicholas en la habitación. Inhaló. Contuvo la respiración. Exhaló. Tres segundos cada acción.

Alexandra se acercó caminando a Mikhail y apoyó su mano con amor sobre su hombro, pero no había amor. Ya no.

—No te pongas errático conmigo. Los principios le hicieron esto a Nicholas —dijo y Mikhail se apartó de su tacto, de todo el vinagre en el aire. Su apartamento nunca volvería a estar limpio, y ella nunca sería un verdadero dios. No como Nicholas. No como él.

—Los principios… —Los conocía muy bien, estaban aferrados con fuerza a su cerebro, a pesar de sus dificultades. Pero no podía entender cómo Alexandra justificaba un asesinato para que encajara con esos principios. Nicholas había creado a la Trinidad bajo la esencia de tres verdades:

Paciencia en todas las cosas.

Integridad en todos los actos.

Fe en el destino.

Mikhail giró para enfrentar a Alexandra, lo suficientemente cerca para que ella sintiera la carne putrefacta de su Maestro atrapado bajo las fibras de su túnica.

—Tú ni siquiera has *planticipado* lo que Nicholas…

—¿*Planticipado*? —lo interrumpió Alexandra, riendo. Nunca se cansaba de corregirlo. Qué importaba si combinaba dos palabras que significaban lo mismo. Era solo una de las tantas formas que tenía de recordarle que no era tan inteligente como ella. ¿A quién le importaba una mierda de Crank si nunca hablaba en frente de la gente de Alaska como ella?

Mikhail tenía planes más grandes. Las guerras se peleaban con acciones, no palabras.

Sujetó a Alexandra por los hombros, ahora seguro de que ella podía sentir el olor a la muerte que aún tenía atrapado a su ropa. Necesitaba que ella sintiera asco por su propio crimen al igual que él.

—Lo que hiciste es irre… —esperó a que su cerebro atrapara sus pensamientos, sus visiones—. Irreversible. Irrevocable. —Esperó a que ella lo corrigiera, pero no lo hizo.

Alexandra se apartó de sus brazos.

—Sí. La Evolución *es* imparable. Tienes razón.

Pero eso no era a lo que Mikhail se refería y ella lo sabía. Sus ojos la siguieron mientras se acercaba al maletín de cuero rojo, lo destrababa y lo abría. Conocía todos sus gestos de poder. Sabía que no podía evitar sostener el vial con la sangre de Newt en frente de él y hablar sin parar sobre la Evolución. Inhaló. Contuvo la respiración. Exhaló. Tres segundos cada acción.

Pasó sus dedos sobre el vial como si estuviera provocándolo.

—Puedes hacer esto conmigo, lo sabes. Podemos hacerlo juntos.

—Nunca seré como tú. —Se acercó a ella, lo suficiente como para hacer estallar el vial en un momento de ira si elegía hacerlo. *¿Lo haría?* ¿Dejaría que la parte desquiciada de su cerebro ganara? ¿La parte que le urgía mostrarle al mundo exterior todo el caos que sentía en su interior?—. No entiendes el proceso y todo lo que… —pausó, esperando que su tren de pensamientos levantara a los pasajeros de sus palabras—. Lo que…

Alexandra nunca mostraba paciencia.

—La fe en el destino siempre ganará —se burlaba del principio como si ella lo hubiera creado, como si sus manipulaciones pudieran llamarse destino.

—¿Y qué harás con esos que no califican para tu progreso? ¿Qué hay con aquellos que no califican y cambian para peor? —intentó durante años demostrarle a Alexandra que *su* cambio luego de recibir la actualización del ADN la había cambiado de manera negativa. La secuencia o lo que fuera que tuviera la sangre de Newt le había dado una arrogancia que entraba a cualquier habitación antes que ella. Ella podía llamarlos dones, pero para Mikhail era una maldición. Una sed de poder no diferente a la de los científicos de la antigüedad.

—Los dones de todos son diferentes. —No parecía desconcertada—. Solo porque tu don no sea…

Él le gritó.

—¡La *vida* es un don! *Yo recuperé mi vida.* Lo que tú estás haciendo es... egoísta. Dejarás a la mitad de la población atrás y...

Se detuvo cuando Alexandra retiró el vial del maletín. Lo sostuvo entre sus dedos como un niño con un juguete. Excepto...

Excepto que había *algo más* sobre ese vial. Algo que él no entendía por completo, pero que a la vez sí lo entendía a la perfección. Sus pensamientos se levantaron y luego abandonaron su cerebro como si un despertar hubiera tenido lugar. Pivoteó hacia la puerta y evitó mirarla a sus ojos.

—Lo siento. Estoy perdiéndome. Sufro por Nicholas. Yo... haré un peregrinaje para procesarlo todo y hablaremos cuando regrese.

—Peregrinaje. ¿Así lo llamas cuando desapareces durante semanas? —Regresó el pequeño contenedor al Ataúd, quizás incluso con una leve sonrisa. Pero, por primera vez, su mirada de arrogancia no lo molestó. Mikhail acababa de descubrir lo poco que *ella sabía* sin que ella lo supiera.

—Nicholas era un buen hombre que me salvó la vida y lo honraré a mi manera. —Levantó la capucha de su túnica—. ¿Le hablarás a la gente?

—¿No es lo que siempre hago? —respondió Alexandra con brusquedad.

Los habitantes de Nuevo Petersburgo amaban a esta mujer. Confiaban en ella. La adoraban. Pero eran tontos, todos ellos. Ella no tenía el control como creía. Mikhail volteó, solo por un breve instante, hacia el maletín de cuero rojo que contenía el vial con el nombre de Newt sobre este, pero el número... el número le pertenecía a otro. A4.

A4 era el *querido Chuck*, como Nicholas lo llamaba.

A4 no era la Cura.

Alexandra no sabía lo que no sabía.

CAPÍTULO SEIS

EL FUEGO SE EXTINGUE

1

SADINA

Cuanto más se acercaban a la costa, volviendo sobre los pasos del *Maze Cutter*, más ansiedad sentía y menos dormía, con almohadilla de pasto o sin ella. Giró y la luna llena iluminó al viejo Sartén que agregaba algunas ramas al fuego moribundo. Por lo general, un poco más de un centímetro de madera podía tardar hasta una hora en consumirse, pero las cosas finitas que encontraban cerca de la costa eran solo matorrales y se quemaban mucho más rápido. Agradeció ver a Sartén despierto, no solo porque alimentara al fuego con más ramas, sino porque las preguntas que corrían en su mente solo él podría responderlas.

Se levantó lo más silenciosa que pudo y se acercó a él para acompañarlo.

—No duermes mucho, ¿verdad? —susurró ella.

—Cuando llegas a mi edad, dormir no importa tanto. Estoy cerca del Gran Sueño y supongo que descansaré cuando llegue ese momento. —Cuando se apartó del fuego para ir a buscar más matorrales, pudo ver parte del tatuaje de CRUEL en su cuello: A8.

—Mi abuela tenía la misma marca. Bueno, no el mismo número, pero... sabes a lo que me refiero. —Al menos, Sonya tenía cabello largo que cubría su cuello, pero el viejo Sartén acababa de tener su número de sujeto a la vista, como una versión retorcida de una sonrisa. Un recordatorio constante a todos sobre dónde había estado. Sadina respiró profundo.

—Nunca entendí todo por lo que pasaron. Aún no lo entiendo, pero tengo una mejor idea. —El pobre intento de sonar agradecida no le hacía justicia. Hasta ahora, toda esa historia que le habían enseñado parecía rancia y banal, en un sentido extraño, casi inventada. Pero los Cranks y la muerte eran reales. Y si bien no la estaban pinchando, ya se sentía como un sujeto de pruebas.

—¿Crees que me harán pasar por...? —No podía encontrar las palabras adecuadas para sus miedos. *Pruebas y exámenes* no parecía abarcar sus preocupaciones.

—No, solo te sacarán sangre. Conseguirán todos los viales que necesitan y eso será todo.

—¿A ti también te quitaron sangre en aquel entonces?

—Me quitaron muchas cosas. —Su ceño fruncido ocultaba mil pensamientos y emociones, estaba segura de eso.

Sadina dejó que la pesadez de todo eso se posara sobre sus huesos y luego cayó un silencio entre ambos. La sombra de una figura apareció desde la izquierda.

—¿Se están divirtiendo sin mí? —preguntó Trish, quien se acercó adormecida para unirse a su conversación.

—La luna brillaba demasiado, no me dejaba dormir —mintió Sadina. Parecía como si no pudiera respirar sin que Trish le preguntara si estaba bien. Buscó la mano de Trish y la sujetó con fuerza.

Amaba a Trish, vaya que sí. Mucho. Pero deseaba que las cosas fueran tan fáciles como la vida en la isla, cuando lo peor que les había ocurrido había sido ser castigadas por los adultos por nadar lejos. Aquí, la muerte parecía acechar en cada esquina y, desde que la secuestraron, sentía como si Trish estuviera esperando la próxima cosa mala que ocurriera. Casi como si quisiera quitársela de encima con antelación.

—Perdón por despertarte —le dijo el viejo Sartén a Trish.

—Sentí que Sadina se había ido y me asusté un poco, hasta que vi las sombras junto al fuego —intentó minimizar su reacción, pero incluso en la oscuridad, con solo el fuego y la luna iluminando su rostro, Sadina podía ver que el corazón de Trish latía con fuerza. Su tensión la estresaba mucho.

—Todo está bien. No podía dormir, eso es todo —insistió Sadina para calmarla.

Sartén tomó su copia pequeña del diario de Newt.

—Leer siempre me ayuda a dormir.

—Debes haber leído eso un millón de veces —dijo Trish—. Me sorprende que no lo hayas memorizado.

—Lo hice. En gran parte.

—Me siento un poco culpable confesando esto —acotó Sadina—, pero a pesar de que Newt sea mi tío abuelo, solo lo leí en la primaria con las tareas que nos mandaban a hacer.

Sartén se encogió de hombros, dándole algunos golpecitos a su copia.

—Sabes, Newt no era un dios, de eso no trata el libro. Newt era un humano. Pero también era valiente y la clase de alma con la que una persona podía contar. Tenía una responsabilidad con su grupo, al igual que ustedes dos tienen una responsabilidad con este grupo. Tú y tu tío abuelo son más parecidos que diferentes.

La vida de Sadina había sido tan drásticamente diferente a la de su tío abuelo que las palabras parecían una ofensa.

Sartén continuó:

—Leo esto para calmar las partes de mi mente que están atascadas en algún lugar donde no quiero que estén. Oigo la voz de Newt cuando lo leo y vaya que es un consuelo.

Sadina siempre había pensado en Newt como una suerte de mito o leyenda. Agradecía tener estas charlas con el viejo Sartén para ayudarla a ver que, como ella, alguna vez había sido solo un niño.

—¿Realmente crees que soy como él o lo dices para hacerme sentir mejor?

Sacudió la cabeza.

—Tienes su corazón y tienes sus instintos. Todo estará bien. No mires a esta sangre que tienes en tu interior como una carga, mírala como una oportunidad de levantarte a tu propia manera. Deja que la manera en la que vivas tu vida sea tu legado, al igual que aquellos que vinieron antes de ti.

—Gracias —dijo Sadina mientras Trish se inclinaba hacia ella y le daba un beso en la mejilla—. Aunque apuesto que no eras tan cursi en aquel entonces.

—Volveré a dormir —dijo Trish—. No puedo hacer todas estas caminatas de días y quedarme despierta toda la noche en una fiesta con ustedes dos. —Le dio un beso a Sadina una vez más y susurró—. Solo quería ver que estuvieras bien.

Sadina asintió.

—Estoy justo detrás de ti. Dominic cantará su canción de los buenos días como un gallo apenas salga el sol. —Se acercó al fuego y agregó dos ramitas como el techo de una yurta—. ¿Dormirás un poco? —le preguntó a Sartén.

—Quizás sí, quizás no. —Se sentó más recto y la miró profundo a los ojos—. Espera, muchachita. Estarás bien.

Y al escuchar eso, Sadina no pudo evitar envolver al viejo Sartén entre sus brazos porque lo único que necesitaba en todo el mundo era escuchar que alguien le dijera que estaría bien. Aquí estaba él, un antiguo miembro del Área que había visto más cosas imposibles de sobrevivir en su vida que la mayoría, diciéndole que *estaría bien* con una sinceridad que solo las almas más puras podían verterles a sus palabras. Presionó con fuerza al maravilloso hombre.

—Tú también. Todos estamos para ti y llegaremos juntos a Alaska. —El abrazo de Sartén se sintió como si contuviera el apoyo de todos los miembros del Área tantos años atrás. Su tío abuelo Newt, Thomas, Minho, Teresa… Como si estuvieran parados justo detrás de ellos.

—Alaska… —dijo Sartén, riendo mientras se apartaba—. No me delates, pero yo no iré a Alaska.

Sadina se apartó para asegurarse de que lo había escuchado bien.

—Tú no…

—No en esta vida. —Sus ojos se abrieron bien en grande y sacudió la cabeza.

—Pero… —No podía pensar en las palabras para protestar, deseando despertar a cada una de las personas del campamento y hacer lo que el viejo Sartén le había pedido que no hiciera: decirles que él no iría a Alaska. Sabía que si iba podría acabar muriendo, pero ir sin él se sentía como si fuera ella quien moriría—. Por favor. Tú… No puedo ir sin ti.

—Lo siento, muchachita. Lo siento. —Regresó su atención al fuego y la conversación terminó.

2
ALEXANDRA

Miró la caja de cristal que contenía la cabeza de Nicholas y trazó los bordes de la caja con la punta de sus dedos. Quería que esa cosa horrenda y decapitada que albergaba los ojos saltones de Nicholas desapareciera de su sala de estar de una vez por toda. Podía pedirle a Mannus que se la llevara, que le diera un funeral oceánico. Él había matado a Nicholas después de todo y parte del pacto de cualquier asesinato debía incluir deshacerse del cuerpo. ¿Verdad? O podría entregársela a Flint y exigirle que se la diera de comer a los cerdos salvajes en las afueras del pueblo, pero sabía que el hombre no era capaz de mantener un secreto y la más leve imagen de muerte podría debilitar sus rodillas lo suficiente para hacerlo caer. No, solo podía pensar en un único lugar de entierro para la cabeza de Nicholas: las ruinas del Laberinto, bajo tierra.

Iría en medio de la noche bajo la luz de las auroras boreales. No planeaba enterrarla, sino dejarla allí como una advertencia, un recordatorio de carne putrefacta para Mikhail, siempre que tuviera la urgencia de visitarla. Siempre que Mikhail desaparecía durante días, Alexandra lo imaginaba en el Laberinto, deambulando como un imbécil perdido entre sus propios dispositivos. No estaba segura de que allí fuera donde había ido, pero era donde siempre lo había imaginado, perdido en el Laberinto. O quizás solo estaba perdido en el Laberinto de su mente. A pesar de su claridad de conocimiento, había veces en las que la locura del hombre creaba parches negros dentro de ella. Huecos abiertos sin consciencia.

—¡Diosa! —exclamó Flint, entrando abruptamente por la puerta sin golpear. Enseguida cubrió la caja de cristal con la tela. Flint se encendía con facilidad y no hacía falta tanto para encenderlo en llamas. Pero por más molestas que fueran sus reacciones exageradas, ella tan solo podía manipularlo para encender el fuego que *ella* quería avivar y esparcir.

—Por el amor de la Llamarada, ¿qué pasa ahora? —Lo miró con severidad—. Entras sin golpear otra vez —lo regañó como una madre lo haría con su hijo.

—¡Es Nicholas! —Su rostro sonrojado con un obvio temor.

Alexandra se quedó congelada. El hielo inundó sus nervios.

—Él… —esperaba que señalara la caja de cristal que acababa de pasar caminando con tanta vehemencia dentro de las mismas cuatro esquinas de la alfombra en el suelo.

—Lo encontraron muerto en su estudio. Su cuerpo, bueno, una parte, estaba ahí. —El rostro de Flint ahora se había drenado de todo color, como si fuera el primero en encontrar a su antiguo dios.

Alexandra se recuperó enseguida.

—Sí, sabía que estaba desaparecido. —Mostró la cantidad justa de asombro y horror que uno podía sentir cuando su asociado más cercano aparecía muerto y decapitado—. Las noticias me asustaron. ¿Quién podría haber asesinado a un miembro de la Trinidad? —le exigió a Flint que compartiera cualquier rumor que oyera.

—No hay ninguna pista, Diosa Romanov. —Se paró quieto con una mirada expectante y sumisa. ¿Esperaba que ella lo consolara o le estaba costando consolarla a ella?—. ¿Qué quiere que haga? —finalmente preguntó en voz baja.

—Necesito tiempo para procesarlo. Vete, ahora. Prepararé un comunicado para dirigirme a los Peregrinos del Laberinto el domingo. Organízalo.

—¿Qué hay de Mikhail? —preguntó con preocupación y, por un breve momento, Alexandra consideró la posibilidad de culpar a Mikhail por todo esto. Él se había ido en uno de sus últimos peregrinajes y ella no sabía a dónde. Pero podía provocar una revuelta con facilidad, arrojarle a la gente a él y elevar a su Diosa por encima de todo, sin disputa alguna.

Claro, hacer algo así provocaría una guerra dentro de los confines de la ciudad, y una guerra era lo último que quería. La guerra era una vibración baja y la Evolución trataba de *elevar* la vibración. Necesitaba usar su proclama del domingo para el bien, no para señalar con un dedo a un culpable y generar más violencia de la que era necesaria para sus necesidades.

No. Usaría la muerte de Nicholas para impulsar su plan hacia adelante y plantar la fe en los corazones de aquellos que parecían haber perdido toda confianza luego de ver los nuevos colores del cielo. Sus oídos zumbaban ante esa posibilidad y la piel de su rostro pulsaba con calor. Se tocó la parte superior de la cabeza y la punta de sus dedos se volvieron más frías. Tocó sus orejas y el zumbido aumentó. Cerró los ojos y vio destellos de rojo. Rojo radiante, como si el sol mismo estuviera ardiendo dentro de esa habitación. En su mente, escuchaba al Peregrino que había hablado del cielo rojo que precedió a las llamaradas solares.

Rojo. *¿Podría ser su propia evolución aun desenvolviéndose?* No. Locura. Pero temía a la locura. Ah, como le temía.

—¿Diosa? —La voz de Flint sonó lejos—. ¿Qué hay de Mikhail?

Alexandra recitó los dígitos y golpeó sus dedos a la par para que cada pensamiento, acción y vibración de su mente, cuerpo y espíritu personificara a los números sagrados. *¿Qué hay de Mikhail?* La pregunta que había pronunciado la voz de Flint resonaba en su mente, pero las figuras rojas de su visión se esparcían hacia el negro. Un calor cosquilleante invadió su cuerpo, luego un calor abrasador y sintió que empezaba a fallar.

—¡Diosa! —Era una sola palabra, gritada como si hubiera salido de un sueño.

3

MINHO

El viejo Sartén se levantaba temprano cada mañana, pero eso no lo convertía en alguien que pudiera avanzar rápido. Minho hacía guardia mientras Sartén tenía otra de sus paradas para ir al baño y pensaba en preguntarle al veterano qué era peor: el Laberinto y las Pruebas del pasado, o el laberinto invisible y las pruebas que permanecían intactas dentro de su mente. El Huérfano llamado Minho sabía muy bien que crecer en la Nación Remanente se sentía como una prisión, pero parecía que solo él podía ver los muros. No tenían Penitentes en la Nación Remanente, pero mucho más seguro tampoco tenían amigos, y eso era lo que más le envidiaba a Sartén. La amistad: ser amigo y tener amigos; esas eran cosas que Minho aún tenía que aprender.

Isaac se acercó a él mientras el resto del grupo esperaba a Sartén.

—¿Puedo hablar contigo por un minuto?

—Claro —dijo y no ajustó su guardia. Pero algo en los ojos de Isaac lo hizo sujetar su arma con mayor fuerza.

Todos parecían bastante ocupados. Miyoko y Naranja levantaban malezas que parecían flores; Jackie le tocaba el brazo a Dominic donde la avispa asesina lo había picado; Trish y Sadina estaban perdidas en una especie de conversación de ensueño.

—Ven… —dijo Isaac con voz baja y señaló lejos del grupo. Se hicieron a un lado, protegidos por algunos árboles.

—¿Qué ocurre? —preguntó Minho, aún sin bajar la guardia. Nunca bajaba la guardia.

—Necesito… ehm, no sé qué necesito —tartamudeó Isaac y su energía nerviosa era contagiosa.

—Ocurre algo —dijo Minho y levantó las cejas como si le estuviera insistiendo a Isaac que lo dijera de una vez por todas.

—¿Cuáles son los síntomas de la Llamarada? —preguntó Isaac abruptamente, pero el Huérfano no lo sabía. Sus conocimientos médicos consistían en cómo matar a alguien sin que emitiera ningún sonido y curar heridas en el campo de batalla.

—¿La Llamarada? No te preocupes por la Llamarada, ustedes son todos inmunes, ¿verdad? —Miró el rostro de Isaac con detenimiento, pero el nerviosismo no desapareció. ¿De qué tenían que preocuparse estas personas en una isla con sus vidas jóvenes y casi perfectas? Los imaginó jugando en la playa, navegando en kayak por arroyos, bailando todos los días.

Isaac presionó la piel entre su pulgar y su dedo índice. Algo definitivamente no estaba bien.

—Quiero decir, si te encontraras con alguien, ahí afuera, que podría tener signos de algo. ¿Cómo sabes si está infectado o si solo es una… digamos, alergia?

Minho giró para ubicar su arma en dirección a Isaac.

—¿Tienes síntomas?

Isaac levantó las manos.

—Ey, ey, no estoy infectado. ¡Es solo por curiosidad!

El miedo en su rostro hacía evidente que no sabía prácticamente nada sobre las armas. Minho no tenía el dedo ni siquiera cerca del gatillo y tampoco la culata sobre su hombro para recibir la fuerza del disparo. Naranja habría sabido por cómo estaba parado Minho que no era una amenaza. Pero los isleños creían que tener un arma a menos de treinta metros era peligroso, así que Minho usó el malentendido a su favor.

—Dime la verdadera razón por la que me preguntas eso. Ahora.

—Okey, está bien. Es la señora Cowan. Tiene un sarpullido, pero eso es todo —se detuvo—. Por ahora.

—La tos. Dijo que era el polvo del aire. Maldición. —Sujetó el arma con más fuerza, frustrado, pero luego la bajó levemente hacia el suelo.

Isaac exhaló todo el oxígeno de sus pulmones.

—Y la tos, sí, me olvidé de la tos.

Minho odiaba esto. El resto del grupo había empezado a llamarlos; estaban listos para seguir avanzando hacia la costa. Miró con firmeza a Isaac. Pensó en las incontables veces que lo habían obligado a matar a personas más sanas que Cowan, solo por la posibilidad de que *quizás* hubieran estado con alguien infectado. Y ahora Cowan tenía tres síntomas: sarpullido, tos y Minho la había notado algo letárgica últimamente.

—No puedes decir nada —agregó Isaac—. Nadie más sabe.

Minho pensó en las posibilidades.

—¿Creí que tenía sangre mágica o algo de eso? Vamos, regresemos.

—No la matarás… ¿verdad? —Intentó seguirle el ritmo a Minho mientras caminaba de regreso al grupo.

—Claro que no —contestó Minho. Realmente no quería volver a matar a nadie más, aunque lo haría si no quedaba otra opción. Pero había dinámicas complicadas cuando se trataba de estas nuevas amistades que tenía. En la Nación Remanente habría sido castigado si *no* mataba a alguien esas mismas circunstancias, pero aquí solo sería castigado si lo *hacía*. Apenas podía imaginar la reacción de los demás, en especial de Sadina. De hecho, Roxy incluso lo atacaría como una desquiciada. Había demasiadas reglas nuevas que tenía que cumplir, así que intentó pensar en todas las posibilidades rápido.

—¿Qué vamos a hacer? —preguntó Isaac.

—No la voy a matar, pero no puede subirse a ese barco. Nada de quejas.

Incluso si el *Maze Cutter* fuera el barco más grande conocido por la humanidad, tener a una infectada, ni más ni menos que con la Llamarada, en un navío flotante no era una buena idea. Cowan tenía suerte de que no estuvieran en la Nación Remanente; lo único que quedaría para ella serían los pozos de llamaradas.

—No podemos dejarla aquí sola... —argumentó Isaac.

—No estará sola —dijo Minho, mirando fijo a Isaac hasta que los ojos del niño reflejaron la comprensión indeseada. Isaac sacudió la cabeza, pero Minho asintió—. Tienes que quedarte con ella. Llévala a la Villa para conseguir ayuda. Nada de quejas.

—Percibo un patrón. Y no es bueno.

—Mira —dijo Minho—, si Cowan tiene algo que podría ser un virus o una reacción genética —pausó, preguntándose si debería admitir lo que realmente pensaba en voz alta. El viejo Sartén casi siempre lo hacía—, le dispararía enseguida detrás de estos arbustos si fuera por mí y todo acabaría. Ella estaría a salvo y nosotros estaríamos a salvo. Pero todos ustedes tienen este pequeño experimento y, si Cowan está enferma, eso significa que la sangre de Sadina, al menos la *mitad*, quizás no sea tan preciada como todos creen —dijo y finalmente dejó caer el arma a su lado. A veces, nada parecía tener sentido.

—No creo que sea eso —dijo Issac, aminorando la marcha; sus hombros caídos. Minho ya había arruinado por completo el día de este muchacho.

Aparecieron a la vista del grupo. Trish y Sadina estaban haciendo un baile torpe mientras todos aplaudían, pero Minho no pudo evitar mirar fijo a Cowan. La miró de pies a cabeza. Su entrenamiento y cada uno de sus instintos le gritaban que le disparara, pero no podía, simplemente no podía, no si quería tener amigos. Miró a Naranja, Roxy, al viejo Sartén. ¿Eran amistades que valían la pena como para ignorar a sus instintos?

—Por cierto —dijo Isaac desde atrás—. No digas nada. Se supone que no le tenía que contar a nadie.

Por alguna razón, esa frase le molestaba más que cualquier otra cosa que hubiera escuchado.

Débiles, pensó. *Todas estas personas son débiles.*

Ya nada se siente bien y nada se siente mal. Nada se siente correcto o incorrecto. Caliente o frío. Feliz o triste. Excitante o aburrido. Recuerdo un dicho que decía así: la ignorancia es felicidad. Incluso llamaron a la maldita droga de los Cranks bajo esa noción. La Felicidad. Todas estas cosas están relacionadas y me importa y no me importa.

Tal vez, esté perdiendo la cabeza, o quizás por fin lo pueda entender todo.

—*El diario de Newt*

PARTE DOS

CREER LA CREENCIA

Capítulo Siete

Sujetos de control

1

ISAAC

Esperaba tener una oportunidad para hablar a solas con la señora Cowan, pero el día dio lugar a la noche. Tuvo que despertarla mientras el resto dormía.

—Pst... —Sacudió suavemente uno de sus hombros, evitando tocar el sarpullido en su cuello—. Señora Cowan. Nosotros...

—¿Qué? Estoy bien. —Lentamente abrió los ojos e intentó sonreír, pero la comisura de sus labios se desplomó. Al igual que sus ojos. Estaba más que solo cansada. La mujer estaba enferma.

—No está bien y hablé con...

—Ya no toso. Y antes tenía la garganta más cerrada, pero ahora ya no. —Se sentó y se frotó los ojos adormecida—. Deben haber sido esas plantas que... En algún lugar, o los insectos cuando dormimos... En algún lugar. Una picadura de hormiga, quizás. —Levantó las manos en el aire como si todo hubiera sido solo una pesadilla—. Fue una alergia y ahora...

—Su cuello —susurró Isaac. No hacía falta que mencionara el cambio en sus patrones de habla. Solía hablar de un modo refinado, pero ahora sus pensamientos estaban dispersos por todas partes.

—Mi cuello está bien. Ya no me pica.

—¿Pica? ¡Dijo que no le picaba! —Respiró profundo y volteó para asegurarse de no haber despertado a nadie. Ser responsable con Cowan era algo que le pesaba sobre sus hombros. Tenía que llevarla a la Villa. ¿Qué tal si le pasaba algo antes de que llegaran allí? ¿Qué tal si ella lo infectaba? Concentró toda su atención para susurrar tan bajo como fuera posible, sin dejar de lado la claridad en sus palabras—. Iremos a la Villa. Usted y yo —lo dijo y sonó como si fueran unas vacaciones divertidas.

La señora Cowan no respondió, pero sus ojos y su boca abierta la hicieron parecer como si quisiera protestar.

—No es una opción, es una orden. De Minho. —Se detuvo y esperó a que lo regañara, que se sintiera decepcionada porque hubiera soltado la lengua, por haberle contado a Minho, al tipo que, de todos ellos, tenía un arma. Pero ella tan solo aceptó las noticias. ¿Acaso entendió lo que le acababa de decir?

—Okey. Gracias —respondió Cowan.

—¿Entiende lo que significa? Tendremos que separarnos del resto.

—Tenemos que llegar a la Villa —dijo Cowan como si fuera un decreto gubernamental, como si siempre hubiera tenido eso en mente antes de que él lo mencionara. Y, de repente, la pesadez en los ojos de la señora Cowan tuvo sentido; no tenía miedo de estar enferma, la tristeza y el peso en sus ojos era por saber que tenía que separarse de Sadina. Isaac sintió la misma pesadez sobre él en ese mismo instante. La posibilidad de que, una vez separados, quizás nunca más volverían a verse. El mundo era lo suficientemente duro para recorrer juntos y había muchas cosas que podrían apartarlos, pero él había votado por ir a la Villa y debía mantener su promesa. Si Isaac pudiera haber salvado a sus padres, lo habría hecho sin pensarlo dos veces. Le debía a Sadina intentar lo que fuera necesario para que Cowan recibiera la ayuda que necesitaba.

—Señora Cowan… quizás nunca los volvamos a ver.

—Esa no es una opción. Los volveremos a ver —dijo con firmeza, pero eso no borró la duda en la mente de Isaac. Ir a la Villa se sentía como si lo fuera a alejar más de cualquier cosa que le recordara a su hogar. Como Sadina—. Aprecio la ayuda. Pero debo admitirlo. Estoy un poco… —sus ojos viajaron lentamente desde las estrellas sobre ellos hasta Isaac.

—Asustada —terminó él por ella.

—Diría que no hace falta que vengas conmigo, que puedo encontrar la Villa sola, pero no sé si es verdad. —Una lágrima brotó de su ojo izquierdo.

Isaac sintió una urgencia tonta de secársela. Gracias a los dioses, se contuvo.

—Usted y yo votamos lo mismo: ir a la Villa. Le di a Minho mi palabra de que la acompañaría. Ya descubriremos qué es esto.

La señora Cowan respiró profundo y buscó la mano de Isaac; la sostuvo con todo el consuelo del amor de una madre. Decidió que cuidaría a esta mujer, no solo por Sadina, sino también para hacer que su madre misma se sintiera orgullosa.

—Kletter no fue del todo honesta con ustedes.

Isaac se apartó un poco de su tacto.

—¿A qué se refiere?

—La sangre es importante, sí. Pero… —pausó.

—Pero ¿qué?

—Bueno, ¿no te preguntaste por qué dejé que otros ocho

adolescentes vinieran en esta aventura si solo se trataba de Sadina? Todos tenemos sangre inmune. Cada una de las personas nacidas en la isla viene de personas inmunes —dijo e Isaac no lo había pensado antes, pero tenía razón—. Nunca fue solo por uno de nosotros. Es por *todos* —tosió—. Bueno, excepto tú. —Sus palabras se clavaron a Isaac como él suponía que se sentiría la picadura de un Penitente. Dura y rápida—. Recordarás que no fuiste seleccionado en un primer lugar...

Isaac lo recordaba, bastante bien. Sadina tuvo que rogarle a su mamá que lo dejara subir a bordo.

—Querían dejarme, por todo lo que había pasado. —El dolor y los traumas de haber perdido a su familia. Todos siempre sentían eso sin decir las palabras. No estaba seguro de qué era peor, no decirlas o hacerlo: *No puedes venir porque tu familia está muerta.* Teñía prácticamente cada aspecto de su vida como una mancha desde el accidente. Si alguien lo trataba bien, tenía que preguntarse si la interacción era sincera o si estaba teñida del mismo *porque tu familia está muerta.* Incluso Sadina en ocasiones se complicaba la vida para incluirlo en alguna actividad, como cuando lo invitó a subirse al *Maze Cutter* a último minuto.

No era que le importara, realmente no. Ayudaba. Pero ¿a dónde quería llegar Cowan con esto?

—Tienes razón —dijo ella—. Quería que te quedaras porque ya habías atravesado tantas cosas horribles. Pero también, sin un miembro de tu familia en la isla, no tienes ningún sujeto de control para tu sangre —dijo Cowan y dejó salir la más breve de las risas antes de cubrirse la boca—. Lo siento. Es solo que me resulta tan irónico. No se suponía que tú estuvieras aquí con nosotros, pero eres a quien más necesito, en quien más confío, para ayudarme ahora.

—¿Sujetos de control? —Un escalofrío había subido por su espalda—. Usted... nos mintió a todos. —El escalofrío se invirtió y bajó por todo su cuerpo. *¿Qué estaba diciendo Cowan? ¿Que todos a bordo del Maze Cutter eran sujetos de prueba? Dominic, Miyoko, Jackie, Trish y los pobres Lacey y Carson muertos también? ¿Una prueba de qué?*

—Los científicos usan controles en sus experimentos. El grupo de control permanece inmutable y, en este caso, son los miembros de la familia que se quedaron en la isla. La Villa puede comparar aquellos que recibieron el tratamiento con el grupo de control para descifrar si...

Isaac levantó una mano.

—¿Qué tratamiento? Pensé que esto era para llevar la sangre de Sadina. ¿Crear una cura con la sangre de Sonya y Newt? —ya no susurraba y no le importaba si alguien en el campamento lo escuchaba. Era hora de que todos también supieran las mentiras de Kletter.

La señora Cowan movió sus manos para que Isaac bajara la voz.

—Parte de lo que Kletter quería ver era cómo reaccionaban los inmunes al ambiente evolucionado del mundo actual. —De algún modo, logró sonreír—. El ambiente no me sentó tan bien a mí.

Isaac no entendía cómo podía estar tan malditamente feliz a veces.

—Nos mintió a todos.

—La mitad de la verdad no es una mentira. Lo que vinimos a buscar sigue siendo verdad.

—¿Qué hay de Alaska? Tenemos que contarle esto al resto para que puedan ir con nosotros a la Villa y...

—No. La Trinidad lo explicará todo. Hay mucho que no sé, pero la Trinidad lo responderá. Kletter era confiable, pero no era un dios —dijo e Isaac estaba seguro solo de una de esas cosas: *Kletter definitivamente no era un dios*–. Sadina necesita llegar a Alaska y trabajar para encontrar una Cura. Llegarán a la Villa a su debido tiempo. Además –tosió otra vez–, si viene de nosotros, de mí, estarán tan furiosos como tú. Lo rechazarán. Sadina nunca me perdonará si descubre esto, pero si viene de la Trinidad, todo tendrá sentido. –Acomodó la tela alrededor de su cuello para cubrir aún más el sarpullido.

Isaac pensó en todo lo que le había dicho. Tenía razón sobre predecir la reacción de Sadina, y esa era exactamente la razón por la que Isaac no podía seguir con todas las mentiras. Solo podía cubrir a la señora Cowan hasta cierto punto y el sarpullido no era una de esas cosas. Tenía que ponerse firme.

–Tenemos que contarles la verdad sobre esto, sobre sus síntomas –dijo Isaac, señalando a la señora Cowan–. No hay una manera de hacer lo contrario y no hay ninguna verdad a medias. Le diremos a Sadina… así que si algo ocurre…

Su corazón se contrajo del dolor y se apartó. Conocía el horror de perder a un padre tan bien que no quería que le pasara lo mismo a su mejor amiga sin que lo supiera de antemano. Sadina merecía saber la verdad. Merecía saber que, cuando se despidiera de su madre, ese sería su último abrazo.

Capítulo ocho

Un nuevo viaje

1

MINHO

Dos horas más para que llegaran al barco y todos pudieran descansar. Minho no estaba tan seguro de que fueran a encontrarlo en las siguientes horas, pero la sensación crecía en su estómago. Los Huérfanos no tenían mucho, pero sí tenían instintos. Como volar el Berg. Como encontrarse a Roxy y no matarla a pesar de todo lo que le habían enseñado.

—Cuidado —le dijo a Naranja. El suelo por el que caminaban cambió de rocas pequeñas a otras rocas más filosas que subían en todo tipo de ángulos. Parecía que el camino se convertiría en un inmenso acantilado sobre el océano en cualquier momento. Podía olerlo, podía escucharlo—. Ya casi llegamos. Dos horas o más.

—Lo creeré cuando lo vea —dijo Naranja, caminando apenas por delante de Minho. Él sabía que la competitividad de su compañera no le permitiría ver al barco antes que ella—. Lo siento. Me gustaría ser la primera. Culpa de los Portadores de las Penas.

—Lo entiendo. —Aminoró la marcha y miró hacia atrás, esperando a que los isleños y Roxy los alcanzaran. Naranja era la única en la que confiaba para que fuera delante del grupo y no terminara muerta o perdida. Una vez la había visto matar a tres lobos rabiosos que salieron del bosque sin advertencia alguna. Todos creían que no había chances de que sobreviviera.

—Ey —dijo Naranja, deteniéndose—. Antes de que nos alcancen…

Minho no escuchaba el canto detestable de Dominic, así que tenían al menos algunos minutos.

—¿Sí?

—Es mentira, ¿no? —Apoyó la punta de su bota sobre el filo de una roca puntiaguda como si estuviera trazando la hoja de un cuchillo.

Minho sacudió la cabeza.

—No. ¿De qué estás hablando?

—¿Sobre ayudar a la Trinidad? Irás a Alaska para acabar con ellos, ¿verdad? —Los ojos de Naranja podrían también haber sido signos de interrogación.

Los dientes de Minho se tensaron con la presión de una traición. Se había olvidado de *esa* mentira y no podía decirle la verdad a su compañera Huérfana. Tenía que hacer que ella creyera que les había mentido a los isleños y no a ella.

—Prometí que los llevaría a Alaska —contestó vagamente. Dejando de lado que su objetivo era *unirse* a la Trinidad, no destruirla como había sido condicionado desde el nacimiento. Naranja probablemente lo mataría más rápido de lo que se había deshecho de esos lobos si descubría la verdad—. Después de eso, podemos pensar algún plan.

—Mmm, supuse que ya tendrías un plan. Solo preguntaba. —Parecía tener sus sospechas, pero, bueno, pensó él. Miró los árboles y señaló a un gorrión que llegaba a su nido con comida en el pico. En la Nación Remanente ella solía usar a esa ave mamá y su cría como blancos de tiro. ¿Estaba intentando enviarle un mensaje? Regresó su atención a Minho, preguntó–. ¿Alguna vez te preguntaste por tu mamá? ¿Quién nos dio a luz?

–La verdad que no. –Era la segunda mentira que había dicho en los últimos diez minutos. No solo en ocasiones pensaba sobre su familia pasada, sino que pensaba en ellos todo el tiempo. En la periferia de su mente. Los Portadores de las Penas les habían inculcado que ellos eran huérfanos. *No tienes familia. No tienes amigos. No tienes nombre. Solo enemigos.* Y al repetirles constantemente que no necesitaban una familia, Minho sabía que había tenido una. La imaginaba todo el tiempo.

–Se supone que los animales tienen que criar a los suyos. Nosotros no fuimos creados en un laboratorio, manufacturados para crecer y proteger el muro, ¿verdad? Alguien debió darnos a luz. –Volteó sobre su hombro como si no creyera que la estuviera escuchando.

Minho pensó nuevamente en las aves. Si fueran más grandes, como palomas, no habría dudado en dispararles para la cena, pero apenas tenían algo de carne.

–Nos dieron a luz, sí, y luego nos arrojaron en los pozos de llamaradas. Gran tema de conversación. –De todas formas, eso era lo que les habían dicho. Pero, claro, los rumores siempre entraban en puntillas de pie a las barracas de los Huérfanos.

–Pero ¿alguna vez te lo preguntaste? ¿Si tus padres siguen vivos? –Una sonrisa traviesa apareció en el rostro de Naranja, como si supiera algo que él no.

–No, nunca me pregunté eso. –Colocó ese pensamiento junto con la creencia de Naranja de una especie de Ejército de Cranks inmenso y perfectamente organizado. Era tonto, ingenuo. Infundado. Por suerte, el rugido del océano se había vuelto más fuerte y la sal en el aire se había intensificado, lo que significaba que esta conversación acabaría pronto.

—Escucha —continuó—. ¿Qué tal si el Portador de las Penas que te crio era tu papá? ¿Qué tal si usaban esas capas con capuchas para ocultar lo mucho que nos parecíamos?

Minho tenía la mínima noción de que alguien en el planeta estaría relacionado con él. En especial el Penitente Glane. Naranja estaba llena de ideas salvajes.

—Bueno, si lo era… está muerto ahora.

Roxy apareció a la vista con Miyoko, seguidas por el resto del grupo. Minho empezó a caminar otra vez, junto con Naranja, y su movimiento hizo que el ave se fuera volando.

—¿Qué te hizo inventar eso, por cierto? —preguntó él.

—Porque si nos mintieron sobre una cosa, ¿quién dice que no nos mentirían sobre otras? —Tenía razón, nada fuera de la Nación Remanente resultó ser como había esperado. Minho miró a la vasta extensión de naturaleza a su alrededor, los árboles, los animales, el cielo, las nubes. La paz. Toda la vida les habían advertido sobre el exterior, pero la única amenaza real desde que abandonaron la Nación Remanente provenía *de* la Nación Remanente. Habían visto algunos Cranks sueltos y lo más peligroso de los isleños eran los muchos hábitos desagradables de Dominic.

—¿Crees que tus padres siguen vivos? —preguntó Minho.

—¿Yo? No. ¿Alguna vez viste a alguien con el cabello así? Yo tampoco —Caminaba sobre rocas que se volvían cada vez más grandes—. Pero Flacucho y yo solíamos bromear que quizás los dos éramos parientes porque teníamos la misma marca de nacimiento.

—¿En serio? Déjame ver.

Le mostró una pequeña marca pálida e irregular sobre su codo. —Él tenía la misma, pero quizás es solo una cicatriz de algún acto de tortura infantil. Como las sogas.

Minho lo recordaba. Los Portadores de las Penas los colgaban de los brazos hasta que les quedaban hormigueando, casi adormecidos. Luego los bajaban, les entregaban un arma y les ordenaban a dispararle a distintos blancos que aparecían en un patrón zigzagueante, a pocos metros de distancia. Errarle a un objetivo significaba dispararle a otro Huérfano.

Minho examinó una vez más la marca de nacimiento.

—No parece una cicatriz. Quizás naciste con eso.

—Bueno, no importa. Me gusta pensar que coincidía porque éramos familia de algún modo.

Vio una mirada familiar en sus ojos. La sensación de intentar reemplazar el completo abandono que traía ser una Huérfana.

—Tal vez sí. —El problema era que ese abandono no tenía nombre, no tenía rostro, solo una sensación. Y esa sensación estaba presente en todo. Minho instintivamente revisó su propio codo, pero no tenía ninguna marca de nacimiento ni cicatriz.

Hora de seguir adelante, pensó.

Por suerte, Naranja hizo exactamente eso.

—Entonces, cuando encontremos el barco, buscaremos provisiones. Una semana para diez personas es…

—Siete —dijo Minho, frotándose el codo—. Solo serán siete.

—¿A qué te refieres? —ni bien preguntó, Minho comprendió que *sí* confiaba en Naranja o sino no habría dicho nada. *Quizás podía confiarle su secreto después de todo.*

Volteó para asegurarse de que nadie pudiera escucharlo.

—Isaac y Cowan se tienen que quedar —susurró, aunque el resto del grupo estaba bastante lejos.

Naranja no pareció preocuparse mucho por eso.

—¿Qué hay de la tercera persona? ¿No dijiste siete?

Se encogió de hombros.

—Tengo el presentimiento de que alguien elegirá acompañarlos a ellos en lugar de ir Alaska cuando se entere.

—¿Se entere de *qué*? —su curiosidad finalmente pareció encendida—. Tienes que decirme.

—Júralo por la vida de Flacucho que no abrirás la boca.

—Lo juro por su alma.

Minho dio algunos pasos amplios a medida que el camino cambiaba otra vez. Las rocas junto al sendero se estaban suavizando. Tenían que estar cerca y estaban doblando en una curva de tierra cubierta de palmeras.

—Cowan está enferma. Isaac la llevará a la Villa.

Y ahí estaba, en su plenitud. El océano. Vasto, azul y brillante. Interminable. Eterno. La cosa más asombrosa que jamás había visto. Sin pensarlo dejó de caminar y lo único que pudo hacer fue observar.

—Santo barco —dijo Naranja.

Señaló hacia una pequeña bahía abajo en la costa. Un barco, bien. Tan grande como un Berg, flotando sobre el agua como si lo único que hubiera conocido fuera la paz. Remanentes de letras perdidas a un lado lo dejaban en claro:

The Maze Cutter.

Se sentía como si estuviera mirando al Laberinto mismo.

Un barco tan sólido como un Caminante. Feo, pero sólido. Listo para ser usado.

Quizás incluso un vehículo adecuado para un Dios.

2
ISAAC

El humor del grupo cambió ni bien encontraron el barco. Miyoko no podía dejar de sonreír, Dominic empezó a cantar más fuerte que de costumbre y Roxy y la tripulación estaban prácticamente celebrando.

Pero no Isaac. Él no tenía nada que celebrar. Encontrar al *Maze Cutter* se sentía como un final. Una vez que todos estuvieran a bordo de la nave, quizás nunca los volvería a ver. La ansiedad se acrecentaba en su interior y no parecía tener intenciones de asentarse. Ver nuevamente al barco le traía nuevamente a la memoria a Kletter cuando llegó a la isla con ocho cuerpos muertos en estado de descomposición en la cubierta. ¿Minho era diferente? Tenía un arsenal de armas, después de todo. La gente que había ido a la isla con Kletter en algún momento también estuvieron de su lado. Claro, solo tenían su palabra. Y ahora ellos tenían la de Minho.

Mientras los otros cazaban y recolectaban provisiones para el largo viaje que les esperaba por delante, Isaac armó una fundición secreta alejado de la costa con algunos trozos de madera, concreto y todo el metal que encontró. Necesitaba prepararse para lo peor y tener algo que se asemejara a un cuchillo en caso de que lo necesitara. Más que eso, era el descanso que necesitaba. La terapia.

Golpeó el metal con metal, *CLANK, CLANK, CLANK*, esperando que el ruido no llegara a la playa. Golpeó el metal caliente a un ritmo de tres veces para imitar el canto de un pájaro.

—Ah, mira, es el futuro capitán Chispas —dijo Sadina, quitando dos ramas para abrir un camino—. ¿Qué haces?

Atrapado.

—Un cuchillo. —No levantó la vista. No podía.

—Minho y Naranja tienen muchas armas y se criaron usándolas. Creo que si algo ocurre estaremos…

—Solo por si acaso —golpeó el metal con más fuerza. No quería decírselo. No aquí. No ahora. Nunca. Que su mamá estaba enferma y que él era el único que podía salvarla o que quedaría en sus manos matarla.

—Supongo que está bien practicar un poco antes de regresar a la isla. El verdadero capitán Chispas quizás finalmente te ascienda. —Sonrió con inocencia, con la sencillez de alguien cuya vida nunca había quedado invertida. Pensar en regresar a la isla era como imaginar a sus padres y hermana vivos. Era una exageración incluso crear las imágenes en su cabeza, estaban demasiado lejos. Y, pronto, Sadina y su recuerdo estarían igual de lejos.

—¿Crees que alguna vez regresaremos a casa? —Intentó no sonar tan desesperanzado, pero quién sabía si Minho y el grupo no se asentarían en una nueva casa cuando llegaran a Alaska.

—Sí, claro que sí. Es nuestro *hogar* —dijo sin dejar lugar a duda, pero Isaac no estaba convencido. Si podía perder a toda una familia, entonces su hogar también dejaría de existir—. Ya sé que las cosas son diferentes. Ya sé que, cuando regresemos, nada volverá a ser como antes. —Ella se acercó y finalmente comprendió la pesadez que él sentía—. Desde que nos secuestraron, Trish empezó a ser mucho más *apegada*. —Dejó salir una risa que solo hacía cuando las cosas eran más que graciosas.

No podía regresársela.

—Bueno, por lo que dijo Jackie, Trish casi no lo supera. Lloraba día y noche, era lo único que podían hacer para evitar que muriera deshidratada por llorar tanto. —Miró a Sadina, pero esta información no pareció inmutarla, así que agregó—. Sabes que la gente puede morir por tener el corazón roto –dijo y Sadina puso los ojos en blanco–. Ella te ama.

Ahora, un suspiro.

–Lo sé. Es solo que ahora mismo me ama demasiado. No puedo levantarme por la noche sin que me pregunte cómo estoy. Además, desde que nos reencontramos con todos, no he tenido mucho tiempo para hablar *contigo*. –Le dio un empujón suave.

Tenía razón, no habían hablado mucho desde que vio el sarpullido en el cuello de Cowan, porque Isaac no podía mentirle a su mejor amiga. Hizo su mejor esfuerzo para crear una distancia natural entre ellos y la sobreprotección de Trish ayudó con eso.

Isaac se obligó a dibujar una sonrisa.

–Está bien. Siempre estaremos cerca, aunque no estemos al lado –dijo y Sadina asintió, pero eso no era suficiente para él–. ¿Lo prometes? –preguntó.

Recitó el lema que tenían desde su infancia.

–Desde el mar hasta el cielo, lo prometo.

No había pensado en esa frase desde hacía años.

–Desde el mar hasta el cielo.

Isaac continuó golpeando el metal para aplanar el cuchillo que estaba haciendo y, con Sadina observando, era casi como si estuvieran de regreso en su hogar y en cualquier momento ella empezara a rogarle que dejara de trabajar y fueran a nadar.

–¿Puedo contarte un secreto? –preguntó Sadina y el estómago de Isaac se retorció. ¿Cómo podía confiarle un secreto y él no regresarle el favor?

–Claro. –Deseó no haberle prometido a la señora Cowan mantener el silencio hasta el día que abordaran la nave. *¿Debería decirle a Sadina?* No era un secreto que le correspondiera contar a él, pero sentía tanta culpa por no contárselo a su mejor amiga.

—Estoy un poco asustada por lo que ocurrirá cuando lleguemos a Alaska. ¿Qué tal si quieren separarme de ustedes? Trish no lo tolerará. —Movió una roca en su mano e Isaac se limpió la cara para ocultar sus emociones fuera de control. Su pregunta no era una suposición para Isaac; estaba destinada a volverse realidad. Estaba a punto de separarse de su madre y de su amigo de toda la vida antes de que siquiera partieran hacia Alaska.

—Eres lo suficientemente fuerte para superar cualquier cosa. Y quizás Trish te sorprenda. Espera un segundo. —Golpeó nuevamente el cuchillo.

—Cuando termines con eso, ¿me puedes ayudar a hacer algo? —preguntó Sadina, sosteniendo un alambre de metal en sus manos—. Lo encontré en la playa.

—Claro. ¿Qué quieres hacer? —se inclinó sobre la fundición improvisada. Solo quería hacerla feliz y esperaba que no lo odiara por siempre cuando llegara el momento de partir.

—Algo para Trish. —También tenía un pequeño trozo de madera. Solo lo hizo desear que *él* le hubiera hecho algo para que ella pudiera recordarlo.

—Sadina… —*Necesitaba* contárselo. No tenía nada más que la verdad para darle. Decirle que su mamá estaba enferma. Que él no se subiría al barco hacia Alaska.

—¿Qué? Me miras como si tuvieras una confesión bastante siniestra. —Rio nerviosa, pero luego se calmó—. Mira, si tienes pensado decirme que siempre estuviste enamorado de mí o alguna mierda melosa como esa…

—No, no es eso. No creo que sea tu tipo, de todos modos. —Puso los ojos en blanco, pero Sadina empezó a reír otra vez, y comprendió que no debía ser él quien se lo dijera. No ahora—. Solo quiero que sepas que realmente recorrería el cielo y el mar por ti.

—Lo sé. —Le esbozó una sonrisa inquisitiva.

Quería que lo entendiera.

—Si alguna vez nos separamos, encontraré una forma de encontrarte a ti y a los demás.

—¡Isaac! Deja de ser tan raro, no nos separaremos. —Le quitó el martillo de la mano, casi quemándose en el proceso.

—Tienes razón —mintió.

3
ALEXANDRA

Con las filas de la Guardia Evolucionaria para protegerla, Alexandra caminó con confianza frente a la multitud que se había congregado para la Misa del Laberinto del domingo. El aire se sentía frío en sus brazos y rostro, a pesar del cielo soleado arriba. Envolvió sus brazos con la capa de lana amarilla, aferrándose con firmeza al disfraz que alguna vez había usado para engañar a Mannus y hacerlo matar a Nicholas.

Era hora de un buen levantamiento a la antigua.

Era hora de la Evolución.

—¿Está segura de esto? —preguntó Flint, cuestionando su fuerza mientras subía al escenario. Había creído que, al deshacerse de Nicholas, habría terminado con que la gente la cuestionara.

—Flint, ya te lo dije, el desmayo fue solo un hechizo del dolor que me sobrepasó. Estoy bien. —Pero no había sido por el dolor. No tenía idea qué le había causado perder la conciencia. Le entregó su capa a Flint con una mirada que decía *nunca más se te ocurra cuestionarme*.

—¡Hola, fieles peregrinos! —exclamó Alexandra y enfrentó a la

alborotada multitud y esperó a que todos fijaran sus ojos en ella.
El grupo que tenía por delante estaba conformado por aquellos
que eran devotos silenciosos, quienes rezaban en sótanos, y aquellos más extremistas que realizaban los rituales y los Vaciamientos.
Buscó los cuernos de Mannus que, por lo general, resaltaban entre
la multitud, pero no lo vio por ningún lado. Necesitaba hablarle
a él, asegurarse de que cumpliera con su palabra y que el acuerdo
que tenían siguiera siendo privado. No confiaba en ninguno de los
Peregrinos, mucho menos en uno que había matado a un miembro de la Trinidad—. Fieles peregrinos, hoy les traigo tristes noticias,
pero primero déjenme contarles noticias de esperanza. —Apoyó
ambas manos sobre su corazón, como si estuviera abrazando a la
gente de Alaska por la pérdida de Nicholas.

Un peregrino desquiciado, semidesnudo, con ojos inquietos tan
grandes como dos jaboneras, le gritó:

—¡Las luces son las llamaradas solares! ¡Estamos condenados! —
Aquellos a su alrededor dudaron de su fe, murmuraron en acuerdo. Odiaba lo fácil que el miedo por las cosas simples podía
afectar a las mentes más simples. Casi no tenía paciencia para esto,
para los maleducados. Contó los dígitos en su cabeza, mientras
la multitud se calmaba.

—No, las luces son nuestra esperanza. —Sacudió las manos delante de ella, lentamente, como el movimiento de las auroras boreales.
Encendió el melodrama—. Los colores en el cielo representan los
colores de nuestro interior. Nuestra luz está regresando y, tal como
los cielos arriba han evolucionado, es hora de que nosotros también evolucionemos. —Cientos de murmullos se dispersaron entre
los Peregrinos y Alexandra se preguntó si siquiera sabían lo que
significaba el término "evolución". La sociedad había estado atrapada en el modo de supervivencia por tanto tiempo que dudaba

de que muchos de ellos siquiera tuvieran un gramo de esperanza para el futuro, cualquier esperanza de que la vida pudiera ser algo más de lo que era en aquel entonces. Pero necesitaba serlo.

—Mis peregrinos, estamos en una encrucijada en la civilización y es nuestro trabajo elegir la fe. Es nuestra elección cambiar la historia. Y es nuestra responsabilidad mantenernos fuertes. —Nuevamente permitió espacio dentro de su discurso para que la multitud reaccionara y eso fue lo que hizo. Vio un par de cuernos moviéndose entre los congregados y entonces hizo contacto visual con Mannus, quien se tocó el lado de uno de sus cuernos. Había olvidado su promesa de removerle esas cosas horrendas de su cabeza.

—¡¿Cuáles son las noticias?! —gritó la multitud para que continuara.

—Las noticias son de esperanza y el fin de nuestro peligro. La esperanza de que pronto nos convertiremos en algo más grande, más de lo que alguna vez imaginamos en el pasado. No solo seremos resistentes a la Llamarada, sino que Evolucionaremos con dones que le permitirán a cada uno de ustedes convertirse en un Dios en su propio derecho.

Levantó las manos al cielo, mientras se tomaba un descanso, pero la multitud no celebró, solo murmuró confundida. Imposible, los había sobreestimado una vez más. De seguro entenderían lo que les diría luego.

—Pero la triste noticia que les traigo hoy me duele en el corazón tener que anunciarla. —Se aclaró la garganta y bajó la cabeza para generar un efecto dramático—. Nuestro Dios, Nicholas, fue brutalmente asesinado por aquellos que se oponían a sus planes de la Evolución. —No era una completa mentira.

—¿¡Asesinado!? —Se oyeron varios gritos ahogados desde la multitud.

Los peregrinos se quejaron por el dolor y se miraron en busca de apoyo.

—Sí, es verdad. Nuestro querido Nicholas ha muerto defendiendo su visión para esta tierra. Para que cada uno de ustedes tuviera el privilegio de vivir una vida digna de un dios —pausó para frotarse la sien. El zumbido ensordecedor que tenía en sus oídos empezó otra vez, como si no pudiera hablar de la muerte de Nicholas sin que su cuerpo tuviera una respuesta visceral.

—¿Quién lo asesinó? —preguntó una voz fuerte y rasposa y Alexandra vio que era Mannus, el asesino, quien se la había hecho. Lo miró con los ojos entrecerrados y sacudió la cabeza, antes de dirigirse a la multitud.

—Estamos buscando a quién podría haber causado semejante crimen horrible, blasfemo y violento.

—¡Deben aumentar los Vaciamientos! —gritó un peregrino tatuado—. ¡Dos por día!

Alexandra volteó hacia Flint para que controlara a la multitud, pero fue inútil.

—¡No! Los Vaciamientos deben detenerse de inmediato. Nicholas nos pidió esto y es lo único que podemos hacer para honrar su memoria, ser más como dioses en su ausencia. —Tomó su capa amarilla de las manos de Flint. Los peregrinos gritaron muchas frases para que ella las escuchara todas a la vez y calmarlos resultó ser mucho más difícil de lo que había anticipado. La incredulidad cubrió los rostros de la multitud y este era el exabrupto emocional que necesitaba para manipular sus reacciones para sus planes. Los dejó erupcionar y compartir su dolor un poco más. Cuanto más dejara que la ira y el miedo crecieran, más fácil sería manipularlos según sus intenciones.

El miedo que tanto le molestaba sería usado como ventaja.

—Queridos peregrinos, deben saber la verdad completa. —Sus ojos se encontraron con Mannus en la multitud y rápidamente apartó la vista; no compartiría *esa verdad*—. Deben saber que estas horribles noticias llegan porque Nicholas ha descubierto una cura, una inmunidad para la Llamarada. —La multitud se quedó en silencio, tal como lo había esperado. Era como si sus tímpanos hubieran dejado de funcionar enseguida. Quizás no estaban tan fuera de su control después de todo.

—¿Una cura? ¿Por fin? ¿Es verdad? —preguntó con sutileza una mujer en la fila del frente mientras extendía un brazo hacia la Diosa. Alexandra la tomó de la mano y la presionó mientras le respondía con una sonrisa generosa.

—Sí. —Necesitaba cementar su asombro—. Lo que descubrió es un medicamento preventivo que los mantendrá a salvo del virus más letal del mundo, pero también impulsará su ADN para que sea más inteligente, más fuerte y más capaces en todos los aspectos de su vida.

Nicholas realmente había descubierto una manera de ser inmune a la Llamarada, pero ella nunca les contaría el resto de la historia, que la misma variante que los hacía resistentes también podía curar a los casi Cranks para que volvieran a ser plenos otra vez. No quería que Alaska se convirtiera en un refugio para Cranks. Era probable que estén más muertos por dentro que Mikhail y causaran más Vaciamientos. Alexandra sabía que la mayoría de las personas estarían de acuerdo con ella, dudarían en dejar entrar a más casi Cranks de nuevo en la sociedad. Esas abominaciones del mundo, sin importar su proporción interna, pertenecían a las afueras de cada pueblo y los pozos de llamaradas del Palacio de los Cranks.

—¿Cuándo podremos conseguir esta cura? —preguntó la misma mujer en la fila del frente.

—A su debido tiempo. Es necesario tener paciencia, queridos peregrinos. Pero pronto erradicaremos cada variante de la Llamarada y cada uno de ustedes evolucionará hasta un potencial infinito de la raza humana. Capacidades que, hasta este momento, solo los miembros de la Trinidad hemos poseído. —El tiempo estaba bien. Ella hizo todo un espectáculo destapando su capa y extendiéndola sobre sus hombros antes de asegurarla alrededor de su cuello.

—Todos se convertirán en dioses y diosas, si pueden aceptar la Cura. Algunos se opondrán a este avance en la medicina, pero déjenme ser la primera en decirles que aquellos que se oponen a la Evolución son tan malvados como la Llamarada misma. —La multitud celebró su algarabía, exactamente como sabía que lo harían—. Aquellos que se oponen a la Evolución son los mismos responsables de la muerte del Dios Nicholas. —La multitud abucheó junto a ella—. La Cura es el horizonte. Es el amanecer de un nuevo día y Alaska será tanto el hogar del Laberinto como el nuevo hogar de la Cura.

Los rostros de la multitud se iluminaron con esperanza y algo muy intenso que no veía en los peregrinos desde hacía bastante tiempo. Un espíritu de lucha en sus ojos. Una voluntad de hacer más que solo sobrevivir. Histeria. Fanatismo. Exactamente lo que quería.

—Nuevo Petersburgo será la ciudad más poderosa de todas, la más elevada de todas las poblaciones. Ya no será más un lugar para ser temido o menospreciado; Nuevo Petersburgo, la vista del Laberinto, se levantará otra vez.

La gente gritó con más y más fuerza. Respiró todo como aire fresco.

Ella era el único Dios que les quedaba.

Su única verdadera Diosa.

4

Alexandra se sintió mareada. ¿Así era como se sentía Nicholas con todo el poder que alguna vez había tenido? Le zumbaban los oídos cada vez más fuerte con cada paso que daba hacia la ciudad. Ahora que era la única deidad, se preguntaba si su cabeza podría soportar la presión. Sus manos temblaban sin razón, algo que intentaba ocultar de la Guardia Evolucionaria.

—¡Diosa Romanov! —gritó alguien de la multitud, persiguiéndolos, pero los guardias sabían que debían evitar que alguien se acercara a ella. No le tocaría la frente, la nariz y la boca como el querido Nicholas solía hacer. Nunca los tocaría para nada—. Diosa Romanov, cumplí con mi parte, ahora cumpla la suya. —La voz del seguidor sonó con claridad.

—Atrás. —La Guardia Evolucionaria empujó al hombre con cuernos—. Hablará de nuevo el próximo domingo.

Pero Alexandra levantó una mano para detenerlos.

—Hablaré con este ahora. —Le hizo un gesto a la Guardia para que lo dejaran pasar—. Por favor. Permítannos privacidad. —Sabía que tal pedido levantaría sospechas y rodarían algunas cabezas si invitaba a este monstruo a su casa para hablar en privado. En medio de la calle, el sur de la plaza, tendría que servir. La Guardia dudó en abandonarla, como si supiera que Mannus era un asesino de Dioses. Hizo una seña para que le dieran más privacidad.

—Me debe un gesto de amabilidad, Diosa —dijo Mannus y se tocó el cuerno derecho.

—Sí, claro que sí. Gracias. Me aseguraré de que así sea. —Esbozó una sonrisa para que la Guardia Evolucionaria le permitiera consolar a un peregrino perdido espiritualmente.

—¿Cuándo? —exigía de un modo contundente saber cuándo y cómo lo harían, pero cuanto más la presionara, más se atrasaría ella. No había salido de debajo del reino de Nicholas para que le siguieran dando órdenes. No podía dejar que Mannus se olvidara quién era la verdadera deidad.

Extendió sus manos frente a él, las palmas hacia arriba para mostrar dominancia y liderazgo al hablarle a Mannus.

—Querido peregrino, ¿tienes fe? —Era algo sencillo que había aprendido sorbe el lenguaje corporal y proyectar dudas para controlar con facilidad al otro. Dudaba que Mannus siquiera pudiera controlar su cuerpo, mucho menos su mente.

—Claro. —Era un hombre simple de palabras simples. Quizás podría moldearlo para que fuera algo más. Lo necesitaba a él y a sus más cercanos aliados de su lado. Habían sido herramientas en su plan para deshacerse de Nicholas, pero quizás herramientas útiles para tener cerca—. Se hará cuando mi parte haya terminado. Tengo un último pedido. —Levantó un único dedo.

—Nuestro trato ya empezó y terminó —dijo Mannus acercándose y ella volteó hacia la Guardia, pero estaban distraídos con una pelea callejera.

Alexandra respiró profundo y repitió los dígitos en su cabeza.

—Entonces tengo una nueva *propuesta*. —Si Mannus era lo suficientemente impulsivo para que le cocieran cuernos a la cabeza hacía varios años atrás para complacer a una mujer, entonces su curiosidad podría ser manipulada otra vez. Y, después de todo, Alexandra era más que solo una mujer, era una deidad.

—Soy todo oídos. —Bajó el tono de voz y dio unos pasos atrás.

Ella levantó su dedo una vez más.

—Serás el primero en Nuevo Petersburgo en experimentar la totalidad de la Evolución.

—¿La Cura? —Sus ojos resplandecieron y le recordaron a Alexandra el poder que la Llamarada aún tenía sobre todos. El hombre que tenía frente a ella era lo suficientemente fuerte como para matar a un Dios con sus propias manos, pero su voz se debilitó hasta no ser más fuerte que la de un niño cuando preguntaba por la Cura.

—Sí, la Cura es la Culminación de la Evolución. Te removeremos los cuernos en ese entonces, para una completa transformación tanto por dentro como por fuera. —Permitió que sus palabras flotaran y bailaran alrededor de Mannus.

—¿Cuándo? —preguntó con una mirada de honor.

—Tan pronto como sea humanamente posible.

Sonrió al usar la palabra *humanamente*. Mannus y los otros peregrinos con cuernos lucían casi tan perdidos como los casi Cranks. Algunos, con sus rostros y cuellos tatuados, apenas vestidos, parecían más animales que personas. Aún eran humanos, pero podían verse *más* humanos, la verdadera forma de la humanidad. Su ADN necesitaba abrirse para recrear todas las posibilidades. Observó cómo Mannus se marchaba, sus cuernos subiendo y bajando con cada paso que daba. Durante tanto tiempo, el mundo se había salido de su curso. La humanidad se había rendido a sí misma. Pero este punto de quiebre en la historia sería bastante filoso.

Tanto como la punta de un cuerno.

Capítulo Nueve

El Área Infinita

1

MIKHAIL

Nicholas sabía que no debía confiar en Alexandra por completo, pero resultó que su dios decapitado tampoco había confiado en Mikhail tanto como él había creído. ¿Era tan volátil y presuntuoso como Alexandra había sugerido? ¿Por qué Nicholas no le contó lo que había hecho con los viales originales con la sangre de Newt? Lo único que Mikhail podía hacer era deambular por los caminos del Laberinto, entre ruinas de rocas y enredaderas rampantes, mientras intentaba decodificar dónde Nicholas había depositado la Cura. Había cientos de lugares donde podría haber ocultado algo si quería que Mikhail lo encontrara, pero ninguno resultaba ser el correcto. Y Nicholas había sido el telepático, no Mikhail. Lo mejor que podía hacer era sentarse, meditar y esperar a que una visión del escondite de la Cura llegara a él.

La sangre de su cuerpo aún hervía con una ira profunda y un calor que le recordaba la sofocante inflamación que había atravesado cuando tuvo la Llamarada. Inhaló durante tres segundos, contuvo la respiración por otros tres segundos, y exhaló por unos largos tres segundos para aumentar su calma. No podía tener visiones con información si estaba enojado; solo estar tranquilo y centrado, o dormido, le permitía dejar fluir a su intuición.

Se acostó sobre las enredaderas espinosas y las rocas musgosas. Cerró los ojos y apoyó las manos sobre su regazo en la posición del primer mudra, algo que Nicholas le había enseñado: el gesto del conocimiento. Su dedo índice y su pulgar unidos, y los otros tres dedos de su mano extendidos, juntos. Nicholas los había comparado con la Trinidad, siempre unidos. Su ira se retorció en su interior una vez más y le recordó que todo debió haber sido siempre así, se había preparado para esto. Quizás no sin Nicholas, pero se había preparado de igual modo. Por la revuelta de todas las revueltas.

Durante años Mikhail se había preparado sin saber con certeza por qué, hasta que la propia Evolución de Alexandra se salió de control. Nicholas una vez había bromeado con que esperaba no vivir lo suficiente como para ver el resultado del amor de Mikhail y Alexandra; alguna vez habían sido su propia luna y estrellas. Pero la estrella de Alexandra en el mundo de Mikhail se empezó a parecer más al sol. Llamaradas volátiles que quemaban a todos a su alrededor. Respiró profundo. Se concentró en nada más que aclarar su mente como el claro del Área. Inhaló, contuvo la respiración y exhaló. En el vasto espacio vacío de nada y todo, entró al lugar en su mente donde todo era posible y todo le era revelado.

El Área Infinita.

Colores y formas giraron a su alrededor como si le estuvieran preguntando *¿Qué te gustaría saber?* Concentró sus pensamientos en los viales con la sangre de Newt y la Cura y esperó, pero no apareció nada. La única vez que esto había ocurrido, cuando no podía ver nada a través del ojo de su mente, fue cuando intentaba invocar ideas conflictivas.

¿La sangre de Newt no era la Cura? Intentó ver dónde estaba la Cura, la misma Cura que había traído a su sangre y cuerpo de regreso a la humanidad luego de estar más allá del Final. En el Área Infinita de su mente, solo una palabra se hacía cada vez más grande. El mundo era una visión, blancas letras mayúsculas que crecían en un mar de oscuridad: ISLA. Por el aliento de un Crank, ¿qué demonios significaba eso? Había más de dos mil islas solo en Alaska.

Su mente se estremecía con infinitas posibilidades. Un sinfín frustrante. No tenía razón para cuestionar al mismo hombre que había salvado su vida y lo había hecho subir al poder, pero Mikhail a menudo se preguntaba si el poder valía la pena. Una parte de él aún se sentía como un Crank en su interior y la presión de ser un hombre de devoción chocaba contra las partes de su interior que aún gritaban con locura.

Muéstrame la Cura. Ansiaba recibir una visión que contuviera algo, cualquier tipo de detalle. Y con otra inhalación profunda y otra exhalación lenta, el Área Infinita se abrió para mostrar una gradilla para viales, cientos de variantes de la Cura. Y dentro de la habitación de su visión, Alexandra deambulaba, sonriendo y dirigiendo científicos. El futuro estaba cambiando, pero la constante de su compañera diosa consiguiendo la Cura para la Evolución permanecía igual. ¿Cómo podía ser ella quien tuviera el control de los otros cuando no podía controlarse ni siquiera a sí misma? Con la ira que crecía en su pecho, casi como un consuelo, la visión se evaporó ante sus ojos. No importaba. Había visto todo lo que necesitaba ver.

Sin un camino claro, abriría el suyo propio. Y sería un camino de guerra.

Una guerra como Alaska nunca había visto. Quizás... el mundo.

2

Caminó hacia un parche de luz que atravesaba el oscuro y húme-do túnel. La luz. Donde el mundo exterior se filtraba apenas lo suficiente para guiar a Mikhail hacia la salida. Algunas personas creían que una luz esperaba al final de la vida. Pero él imaginaba solo oscuridad. Y por eso era mejor ser un dios en esta vida.

Sus pies avanzaron afanosamente sobre una capa de agua en los túneles de piedra. Agua que contenía un hedor estancado. Las aguas residuales y el moho permeaban ese olor, pero este era un camino que conocía tanto como las venas que se abrían paso como túneles en su propio cuerpo. Dejando de lado la entrada al Laberinto y los caminos sagrados dentro del Área, Alexandra no sabía nada sobre estos túneles secretos, en especial ese por el que él caminaba ahora. *Alexandra no sabía lo que no sabía.* Levantó las enredaderas y musgos que camuflaban el final de su sendero y trepó hacia la superficie de Alaska. Estaba fuera de los límites de la ciudad, el sol se movía hacia el atardecer.

IIIIIIHHHH...

El sonido envió un escalofrío por todo su cuerpo. Sonaba como un cuchillo o un hacha que estaban siendo afilados, listos para entrar en batalla, pero una vez que su cerebro logró atar los cabos, comprendió que solo eran las trampas para cerdos que había colocado. El jabalí salvaje chilló una vez más.

—Ah, hola. —Tiritó ante la buena fortuna. Llevaría al pobre animal a la Nación Remanente como una ofrenda. Un banquete. Arrastró la trampa, mientras la cosa pataleaba la tierra en su lucha contra el suelo que se movía por debajo.

¡IIIIIHHH! ¡IIIIIHHHH!

No podía culparlo por chillar. Las emociones eran lo que hacían a los humanos y a los animales iguales. El miedo. El terror. La voluntad de vivir. Mikhail lo entendía mejor que la mayoría. De cierto modo, Mikhail también tenía ganas de chillar, no solo por la pérdida de Nicholas, su más confiable aliado, sino por el futuro. El futuro se veía tan inútil como el cuerpo de Nicholas sin cabeza.

Respirando con dificultad por el cansancio, arrastró al jabalí y la trampa hacia el Berg, oculto detrás de los pinos.

—Solo un poco más. —Él también tenía ganas de patalear y gritar. No le traía ningún placer desatar los planes que esperaban. El jabalí resopló y bufó con una actitud que lo hacía cuestionarse si él debía hacer lo mismo. Podía hacer algo digno de un Dios. Abandonar su plan. Detener a Alexandra de una manera que fuera menos violenta. Menos mortal. Menos destructiva.

Pero desde hacía casi treinta años, Mikhail sabía que su papel en la Nueva Alaska acabaría con todo lo que Alexandra y Nicholas habían construido. Sacar a Alexandra sería fácil, pero sus seguidores sectarios de la Trinidad necesitarían generaciones para desprogramarlos. La muerte y la destrucción eran un atajo para que la humanidad prosperara.

Subió al jabalí al Berg con un chillido descomunal.

—Solo unas horas en el aire y llegaremos —le dijo al animal y este chilló en respuesta, como si ya supiera cuál sería su destino. Mikhail disfrutaría tener compañía durante el vuelo, incluso aunque fuera un animal apestoso y agonizante.

Una vez que llegara a la Nación Remanente, planeaba hacer lo que había hecho cada mes durante años: reunirse con los Portadores de las Penas y darles órdenes sobre la guerra que se aproximaba. Pero esta vez, habría una escalada.

Era hora de acabar con la Trinidad de una vez por todas.

Capítulo diez

Biblioteca de secretos

1
ALEXANDRA

Envolvió una bufanda sobre su nariz y su boca, pero el material era demasiado fino. El olor a carne podrida y en descomposición impregnaba todo el apartamento de Nicholas y se filtraba incluso hacia afuera. Haría lo mejor para tomar lo que necesitaba y marcharse, aunque no estuviera precisamente segura de *qué* era lo que necesitaba. Si encontraba algo para responder siquiera una de las cientos de preguntas que tenía desde hacía años, la visita apestosa habría valido la pena. Aunque el cuerpo de Nicholas no estuviera físicamente en la habitación, el peso del hedor aún flotaba sobre ella como una neblina en descomposición.

Querida Alexandra, lo que buscas ya está en tu interior, habría dicho si estuviera viéndola hurgar entre sus pertenencias e incluso pensar en su voz le hizo sentir una tensión en todo su cuerpo. Sus hombros se tensaron y su cabeza empezó a palpitar. El zumbido en sus oídos empezó otra vez. *Maldición.*

Pensó que la muerte la había liberado del control de Nicholas, pero en su lugar parecía haberle permitido estar en todos lados a la vez. Imaginó su rostro engreído leyéndole sus pensamientos ahora. Recitó los dígitos, pero incluso *eso* le recordó las enseñanzas de Nicholas. Sus palabras. Sus reglas. Su poder. La única manera que tenía para desconectarse del poco control que aún tenía sobre ella era imaginar su cuerpo sin cabeza. Sus ojos saltones que ya no podían parpadear. Imaginó eso y le trajo paz. El zumbido se estabilizó y continuó deambulando por la biblioteca.

Hojeó libro tras libro. Nicholas era un acumulador cuando se trataba de publicaciones antiguas y rara vez compartía los buenos. Aquellos que ella podría haber usado para fortalecer sus dones. Libros de historia, libros de psicología, libros de telepatía y ciencias invisibles. Apartó una pila para ella y se detuvo frente a un tomo de cuero inmenso. Abrió la tapa y descubrió que el libro había sido vaciado. Su mente se disparó directo a los Vaciamientos.

¿Nicholas había sido el responsable de los rituales en la ciudad y los cuerpos vacíos? Siempre había asumido que era Mikhail y sus instintos animales remanentes que mantenían la locura en toda su forma justo en la punta de su cerebro. Pasó los dedos sobre las páginas cortadas sin cuidado que formaban un espacio vacío en el centro del libro. *¿Qué escondía Nicholas aquí?* Enseguida, empezó a abrir de un modo frenético cada libro de la colección. Una tormenta de páginas y tablas salieron despedidas por toda la biblioteca, pero ninguno de los otros libros contenía un compartimiento en su interior.

Cuando estaba vivo, Nicholas siempre había invadido su espacio y, por primera vez, sentía que podía devolverle esa tortura. Estar dentro de su cuarto en la torre era como estar dentro de su cabeza. Pero entonces, solo encontró las cosas que él quería que encontrara. ¿Cómo podía un único hombre guardar tantos secretos?

Contó los dígitos. La Disciplina de la Llamarada la había ayudado a pulir lo que necesitaba. *Paciencia, querida Alexandra*, casi podía escuchar la voz de Nicholas diciendo esas palabras cuando sus ojos se posaron sobre su espacio de trabajo. Odiaba sus lecciones sobre paciencia que se sentían como lecciones sobre tortura.

Se acercó al desastre de su escritorio, donde escribía las cartas y revisaba las necesidades de los peregrinos, pero no había nada más que plegarias escritas. Ella había dejado de leer las cartas hacía décadas. Por qué Nicholas todavía se molestaba en leerlas y responderles estaba lejos de su comprensión. La única solución a todos los problemas de la ciudad podía resolverse mediante la culminación de la Evolución. No todo era complicado.

Un pedido de más raciones. Jabalíes salvajes en las afueras de la ciudad, ningún pedido o plegaria, solo una carta con información inútil. Claro que había jabalíes salvajes en las afueras de la ciudad. Había animales salvajes, Cranks salvajes, *cualquier cosa* salvaje allí afuera. Arrojó las cartas sobre el escritorio, pero en el centro de la pila, cayó una página escrita a mano por Nicholas. Una de sus respuestas sin enviar. Sostuvo la carta entre sus manos. Empezó a abrirla, pero al hacerlo, el dolor la rodeó por completo. Sus oídos empezaron a zumbar. Su cabeza vibraba con ruido.

¿Nicholas estaba torturándola desde el más allá con estos dolores de cabeza y zumbidos? Casi deseaba que así fuera, porque si no era su influencia, entonces estaba segura de que se estaba volviendo loca. El zumbido se intensificó y se dejó caer al suelo. No podía permitir que sus palabras entraran a su cabeza. Fuera cual fuera el consejo que les había escrito a los peregrinos, ella no lo necesitaba. Abrió el cajón del centro del escritorio desde el suelo y guardó la carta

de Nicholas en su interior, y lo cerró con fuerza. Y, casi como si el cajón le estuviera respondiendo, se salió de su enganche y cayó sobre la silla vaciando su contenido en el suelo.

—¡Eres un desastre de dios! —gritó Alexandra, como si Nicholas estuviera parado allí mismo. Hurgó entre la montaña de bolígrafos, sobres, banditas elásticas, algo, cualquier cosa de valor, pero le quedó claro que Nicholas había quedado tan atrapado en el día a día de su poder que perdió el foco del panorama más general. *¿Cómo podía seguir llamándose Dios con tanta pérdida de foco?*

Nicholas podría haber tenido tiempo de responderle a todas las personas que silenciaran sus miedos, pero Alexandra se negaba a ser una diosa que sostuviera las manos de su gente; ella sería una que les enseñaría cómo hacerlo por su cuenta. Bajo su reinado, las personas podrían elevarse. Serían más fuertes y más inteligentes, y no enviarían quejas por escrito todas las semanas. La gente de Alaska sería lo opuesto a las víctimas, se convertirían en los solucionadores de problemas del mundo.

En sus manos y rodillas, Alexandra guardó todas las cosas volcadas nuevamente en el escritorio, pero al hacerlo, sintió un fondo falso en el cajón. *Querido Nicholas, siempre guardando secretos.* Debajo del revestimiento del cajón, levantó la madera que le reveló un pequeño e insignificante trozo de papel doblado. No esperaba oro ni riquezas, pero claramente algo más que una simple nota. Con cuidado desdobló el viejo trozo de papel y, a pesar de su trato suave, el papel casi se corta a la mitad. *¿Qué tan vieja era esta cosa?* Cada doblez parecía adentrarla cada vez más en las profundidades del papel que solo podía ver las grietas del documento hasta que sus ojos distinguieron la imagen completa. *¿Podía ser?*

Un mapa hacia la Villa.

El lugar mítico al que Nicholas a menudo se refería, pero del que nunca hablaba de más. *Le llevó la Villa a ella*, diría él. Esperaba que la Villa fuera una suerte de habitación privada al otro lado de su biblioteca a la que accedía a través de un pasaje secreto. Miró el mapa con detenimiento y la ubicación del lugar secreto. Nunca había imaginado que fuera en la más remota isla de Alaska. De hecho, siempre que buscaba en su mente de conocimiento siempre en expansión, a menudo imaginaba a la Villa junto a la costa de California. A veces, la imaginaba dentro de los confines mismos del Palacio de los Cranks en Colorado. Pero nunca en Alaska.

En la isla de San Mateo.

Marcada con una X.

Qué curioso.

Capítulo once

Decisiones irritables

1

SADINA

Ella mantuvo el fuego encendido esa noche y dejó al viejo Sartén descansar sobre la roca más cercana a las llamas. Cuando estaban ellos dos solos, despiertos en medio de la noche, Sadina finalmente le pudo hacer algunas de las preguntas que se sentían demasiado tontas como para traer durante el día.

—Si Newt no era inmune, ¿por qué la sangre de su familia era tan importante? ¿Por qué no Thomas o Chuck, o… tú? —Partió una delgada rama y la arrojó al fuego.

—Es una buena pregunta. —Se estiró la espalda y miró hacia las estrellas—. Newt siempre fue especial. Especial en el sentido de que no hacía falta ver su sangre.

—Eligieron a todos los que estudiaron por alguna razón, ¿verdad?

—Tenían sus razones. —El anciano se rascó la nuca—. Todos somos nuestras propias maldiciones y todos somos nuestra propia cura. No pretendo entender la ciencia, pero si me lo preguntas a mí, los humanos se parecen mucho a estos árboles… —Miró al bosque y luego señaló a las ramas partidas en las manos de Sadina—. Los árboles tienen un sistema de raíces que se extienden hacia las profundidades de la tierra, tan amplio y vasto como las ramas que se encuentran por encima de la superficie. A menudo, esas raíces se ramifican para entrelazarse con otros árboles. De un modo más profundo y más complejo que las palmeras de nuestra isla.

Sadina miró a su alrededor. Nunca había pensado que esas raíces estuvieran entrelazadas bajo tierra.

—Ah. Hay muchos aquí, ¿así que deben estar peleando por conseguir espacio bajo tierra? —Estaba orgullosa, pensando que había descifrado la última parábola de Sartén, que estar superpoblados significaba que no había suficiente lugar para que todos crecieran altos y fuertes, como sí lo harían si tuvieran más espacio.

—No, es lo contrario.

Sadina se desanimó un poco, luego propuso la idea opuesta.

—Entonces… cuantos más arboles hay, ¿más fuerte y mejor crecen?

Sartén asintió una única vez.

—Exacto. Verás, aquí, cuantos más árboles crezcan juntos, mejor se protegerán de los vientos o de una gran tormenta. Y los bosques con distintos tipos de árboles crecen mejor que un bosque con una sola especie. —Señaló al bosque que estaba detrás de ellos como para contar la variedad. Más allá de los tiempos en la isla, cuando las tormentas azotaban con fuerza lo suficiente como para derribar a algunas palmeras, Sadina no había pensado mucho sobre las especies de los árboles o sus raíces. No era algo suyo. Casi se sentía mal por cortar la leña para alimentar las llamas, pero las noches frías requerían un poco de calor. Además, el fuego *mantenía a la gentuza lejos*, como Dominic decía. Desde que lo había picado la avispa o la hormiga, se había vuelto un poco suave con el clima.

—¿Cómo aprendiste tanto sobre plantas? —preguntó Sadina, pero ni bien la pregunta brotó de su boca, supo la respuesta. Sacudió la cabeza—. El Área.

—Sí. Había muchos árboles en el Área —dijo Sartén y asintió y el fuego crepitó—. Y observando a los árboles, podemos ver que cuando uno recibe un corte o se enferma, se cura. Aunque no lo hiciera por su propia cuenta. Los otros árboles se conectaban bajo tierra para enviarle nutrientes al que lo necesitaba. Los sistemas de raíces son muy complejos.

Sadina miró al viejo Sartén hablar. Estaba asombrada por lo mucho que sabía sobre tantas cosas. Vivir en el Laberinto debió haber sido horrible, espantoso, pero apreciaba que le compartiera las cosas que allí había aprendido.

—¿Por qué no aprendimos sobre eso en la escuela?

Dejó salir un suspiro con una leve risita escondida. Le gustaba eso, incluso aunque fuera por hacer una pregunta tonta.

—La escuela de la isla es para la vida en la isla. No hay una gran variedad de temas para expandir sus horizontes.

—Solo en el Área —examinó el bosque e imaginó a todos esos árboles conectados bajo tierra, compartiendo nutrientes entre sí, como si se estuvieran sosteniendo las manos a través de sus raíces. Esto la hizo pensar en Trish. Quizás quería una conexión, arreglar sus partes que necesitaban curarse. No todas las personas, o árboles, tenían un amor como ese; y Sadina era afortunada. Estudió a Sartén, quien no parecía para nada cansado—. Sabes qué, eres la persona más inteligente que he conocido. —Esbozó una sonrisa.

—Bueno, eso no dice mucho con todos los personajes que tenemos aquí —bromeó—. Es broma, hay muchos cerebritos entre estas personas. Solo tuve más experiencia de vida por mi edad. –Le entregó a Sadina otro trozo de madera.

–Mi mamá es educada. Pero también es muy terca. Y su terquedad se mete en el camino a veces. –Aún pensaba en la noche en la que habían abandonado el anfiteatro y envenenado a todos en la isla para escapar. ¿Por qué no les dijeron la verdad, que era la elección de Sadina irse y donar su sangre para cualquiera que fuera el propósito mayor? Amaba a su madre, pero si Sadina hubiera estado en el congreso habría hecho las cosas drásticamente diferentes. Se sentía como si solo pudiera ser peligroso por cómo dejaron las cosas en la isla, como las llamas que crecían frente a ella.

–La gente inteligente tiende a ser terca –concordó Sartén–. Saben lo que saben y no quieren saber lo que tú crees que sabes. –Rio–. Pero es por eso que creo que los árboles pueden enseñarnos algunas cosas. La naturaleza no necesita a la ciencia. La naturaleza hace lo que tiene que hacer. Es la gente quien necesita a la ciencia para *entender* a la naturaleza.

Pensó en eso, que la gente necesita a la ciencia para entender a la naturaleza. Si su sangre fuera algo especial que Kletter había estado buscando por todo el mundo, entonces quizás no necesitaba entender todos los *cómo* y los *porqués* de eso. Quizás solo necesitaba confiar en la naturaleza y dejar que la naturaleza hiciera lo que quisiera hacer. ¿Podía ser tan simple?

2

Jackie, Trish y Miyoko ayudaron a cargar varias hojas de palmeras y ramas a bordo del barco. Si habían aprendido algo de su primera aventura en barco era esto: Jackie no tenía el estómago para viajar por el mar y podrían haber hecho algo para no aburrirse tanto todos esos días. Miyoko tuvo la idea de tejer y trenzar las hojas de palmera para armar alfombrillas, cobertores, sombreros y tazones. O para Jackie: una cubeta para vómitos. Esto no era porque planeaban llegar a Alaska viéndose como un puñado de isleños con sombreros de hojas, pero algo sobre la idea de tejer mientras navegaban le daba tranquilidad a Sadina. Al menos, mantendría sus manos ocupadas para distraerla de su ansiedad.

Cuanto más cerca estaban de abordar a la nave, más nerviosa se sentía, porque a pesar de la voluntad de Minho de encontrar a la Trinidad, él de hecho sabía muy poco sobre quienes componían ese trío. Cada vez que le preguntaba, repetía lo mismo: *La Trinidad no es lo que crees que es.* Lo que fuera que eso significara. No sabía tanto sobre qué componía a la Trinidad como para siquiera formar una opinión sobre lo que era o lo que no era, por eso preguntaba. Letti y Timón aparentemente sabían tanto sobre la Trinidad como Minho; absolutamente nada.

BOOOOO… El claxon del *Maze Cutter* sonó más fuerte que cualquier ruido que Sadina alguna vez había escuchado de un hombre, animal o máquina. Excepto quizás el Caminante de las Penas. Las vibraciones del sonido sacudieron sus huesos al reverberar dentro de la cubierta de la nave.

—¡Dominic! —gritó Miyoko, buscándolo, pero estaba parado justo detrás de ella, un poco desconcertado.

—¡Yo no fui! —protestó.

—Lo siento… —dijo Minho, asomando la cabeza desde la cabina del capitán—. Solo estoy tocando todo para saber qué hacen todas estas perillas.

Miyoko lo miró furiosa.

—Sí, tómate tu tiempo. Y no olvides anotarlo, ese que acabas de tocar es el claxon —rio Dominic.

—Gracias —dijo Minho, mirando a aquellos que estaban en la cubierta y al campamento desarmado abajo en la playa—. ¿Están todos listos para partir pronto?

Sadina llevó la última bolsa de sus pertenencias a la cabina.

—Yo estoy lista —le entregó la bolsa a Trish. Era la bolsa original que había llevado desde la isla, además de algunas cosas nuevas que había recolectado en el camino. Rocas brillantes, una rama que usaba para mover las brasas del fuego todas las noches y un trozo especial de metal retorcido que Isaac la había ayudado a crear en su fundición temporal.

—¿Estás lista? —preguntó Trish mientras apoyaba la bolsa de Sadina junto a la suya en el catre.

—No estoy lista *lista*, pero eso era lo último que me quedaba subir de mis cosas. —No estaba entusiasmada por los mareos y las frías noches en medio del océano, sin una fogata para mantenerlos cálidos. Sabía que el camino, o las aguas, que los esperaban por delante serían agitadas. Subieron a la cubierta.

—Listo como siempre —dijo Dominic, dándole una palmada en la espalda a Minho—. Capitán.

—¿Dónde está Isaac? —preguntó Sadina. No lo veía en la cabina ni en la cubierta. Miró por la borda y lo encontró aún en la playa con su bolso junto a la mamá de Sadina y el viejo Sartén—. ¡Isaac, las mismas camas que antes! Te toca dormir junto a Dom. Lo siento. —Esperó una risa, pero él solo miró a la madre de Sadina como si fuera ella quién debía decirle qué hacer.

—¿Pueden bajar un momento? —les preguntó su mamá. Trish siguió a Sadina fuera del barco.

—Reglas más estrictas para el viaje —susurró Trish, pero Sadina no tenía idea qué estaba haciendo su mamá. ¿Una especie de *bon voyage* o algún rezo a la tierra? Uno a uno, Jackie, Dominic, Miyoko, Naranja, Roxy y, por último, Miyoko, un poco molesta, bajaron del barco y los acompañaron en la playa.

—¿Qué? —le preguntó Sadina a su mamá. Todos se reunieron, pero aún seguía sin decir nada. Algo andaba mal. Miró a Isaac. ¿Estaba sudando?

—Tenemos que hablar sobre el viaje.

Minho ajustó su arma alrededor de su hombro y, por primera vez, Sadina se sintió nerviosa con *miedo*, no ansiedad. Algo definitivamente estaba a punto de ocurrir. Sadina miró a su mamá en busca de apoyo, pero parecía más cansada y derrotada que cuando Wilhelm y Álvarez habían muerto.

Pero finalmente dio un paso hacia adelante y se paró más recta.

—Tengo que anunciarles algo. Quería esperar a que todos estuviéramos... listos.

—¿De qué estás hablando? —le preguntó con intensidad a su madre, como solo una hija podía hacerlo. La postura y el lenguaje corporal de su madre solo sumaban a su miedo—. ¿Qué ocurre?

—Lo siento mucho, Sadina. —Su mamá la miró como si ella supiera lo que quería decir. Sadina volteó hacia Isaac, pero él simplemente se quedó mirando fijo al suelo—. No iré a Alaska con ustedes. —Evitó hacer contacto visual con su hija.

Sadina se quedó congelada, de pies a cabeza, con un aturdido malestar. Luego empezó a temblar con ira y dolor.

Las palabras brotaron de ella.

—¿Qué sentido tiene haber hecho una votación si vas a armar tus propias reglas en el camino, mamá? Ya votamos. Ganó la mayoría. Iremos a Alaska. *Todos*. —Intentó cortar verbalmente mientras hablaba.

—No es porque no quiera ir, pero Isaac y yo hemos decidido…

—¿*Isaac?* —El tormento de Sadina pasó a su viejo amigo. ¿*Qué demonios estaba pasando?* La respuesta de Isaac fue mirar a la madre de su amiga, como si quisiera que ella diera alguna excusa. Pero ninguna excusa podía apagar el fuego que ardía en el estómago de Sadina.

—Iremos a la Villa —dijo Isaac sin rodeos y eso dolió más que el resto. Tanto como cuando lo había visto votar para ir a la Villa días atrás. Buscó respuestas que tuvieran sentido, pero no podía encontrar ninguna. Incluso la manera en la que Isaac y su mamá estaban parados a solo un metro y medio de distancia del grupo parecía como un mal presagio, como si ya se hubieran separado. ¿Por qué no mostraban ninguna emoción? ¿Arrepentimiento? ¿Remordimiento?

Intentó usar la razón.

—Timón y Letti dijeron que la Villa es un lugar malvado. ¡Nos salvaron para alejarnos de ese lugar! —estaba gritando al terminar y volteó hacia Trish en busca de apoyo.

—Sí, todos prometimos mantenernos juntos —dijo Trish, lastimosamente.

—Es nuestra única oportunidad —dijo Isaac mirando al suelo.

—¡¿Oportunidad de qué?! —dijo Sadina, dando un paso hacia adelante y exigiéndoles que les contaran cuál era su plan completo, y en ese momento, se olvidó que había otros parados allí. Estaban todos tan callados, todos anticipando lo mismo. Respuestas.

—Lo siento mucho, cariño —dijo su mamá con lágrimas en los ojos mientras se quitaba el pañuelo que tenía alrededor de su cuello y le revelaba el sarpullido más horrible y rojo que Sadina jamás había visto. Tembló sin poder creerlo.

—Ah, por Dios —balbuceó Roxy.

—Señora Cowan —gritó Miyoko.

Sadina sintió a todo su cuerpo temblar, como si Minho hubiera hecho sonar el claxon del barco una vez más.

—No es la Llamarada. No puede serlo —divagó su mamá, intentando reasegurar que todo estaba bien, que se encontrarían pronto, pero Sadina no escuchó nada de eso. Sabía la verdad. Los ojos de su madre se veían vacíos. Nada estaba bien.

3

ISAAC

El cuchillo que había hecho no era lo suficientemente afilado como para atravesar la piel o matar a una babosa, pero lo era como para tallar algo en la corteza de un árbol. Clavó la punta del cuchillo sobre un árbol derribado, mientras el resto se reunía alrededor de Cowan y Sadina. No necesitaba presenciar la larga despedida y no sabía qué decir de todos modos, así que simplemente se quedó sentado y alejado.

El sarpullido de Cowan se veía peor que hacía dos días. Incluso esa mañana Isaac había tenido esperanzas de que empezara a desaparecer. Pero no, era peor. Ya no había otro plan. Esta no sería una aventura apartada en donde Cowan e Isaac solo se quedaban atrás para reencontrarse con el resto más tarde. Esta era una misión de rescate. Necesitaba descifrar cómo llevar a Cowan a la Villa.

Minho pateaba arena con cada paso que daba mientras se acercaba al tronco caído junto a la costa.

—Si hubiera sabido que una despedida tomaría todo el día, te habría pedido que hicieran el anuncio ayer. —Se sentó a su lado.

Isaac no se había sentido celoso de Minho hasta este momento. Allí estaban, casi de la misma edad, con el mismo objetivo: ir a Alaska y proteger a Sadina, aunque solo uno de ellos se levantaría del tronco para hacerlo. Odiaba pensar en todo lo que se perdería y lo que le esperaba en este nuevo camino, y se sentía vacío.

—Solo necesita tiempo para procesarlo. —Señaló a Trish que consolaba a Sadina junto a los remanentes de la fogata de la noche anterior—. No es fácil despedirse de una madre cuando quizás nunca más la vuelvas a ver. —No estaba seguro de si Sadina era afortunada de poder despedirse de su mamá, una oportunidad que él nunca había tenido, o si eso la hacía desafortunada.

—No sabría decirte —dijo Minho, mirando hacia el océano.

Isaac clavó el cuchillo más profundo en el tronco y removió varios trozos de corteza en un diseño específico que quedaría allí incluso por mucho tiempo más del que él viviría.

—Lo siento, la vida casi nunca tiene sentido. —No sabía qué era peor: no tener padres a los cuales extrañar como Minho o que tuviera a los mejores padres del mundo y saber exactamente lo que había perdido cuando partieron—. Si lo supieras, lo entenderías... —esperó a que Minho dijera algo frío como un soldado, pero simplemente miró las pequeñas olas que se chocaban contra el barco. El suave chapoteo del agua le recordaba a Isaac la vida en la isla y cómo solía mirar las olas golpear contra las rocas de los acantilados. No solo extrañaba su hogar, sino que ya extrañaba a todos los que le recordaran a su hogar. Dominic, Miyoko, Jackie, el viejo Sartén y, claro, Trish y Sadina.

Minho levantó una roca y empezó a afilar su propio cuchillo.

—La roca tiene que ser porosa para que funcione. —Miró a Isaac y luego a su cuchillo recién hecho. O su intento patético de cuchillo—. No sé si servirá con la tuya.

—¿Algún otro consejo? —preguntó Isaac con sarcasmo, aunque no lo recibió de ese modo.

Minho pasó la hoja del cuchillo con varios movimientos breves sobre la roca.

—Cuídense de los Cranks. No confíen en nadie. Siempre asume que la persona con la que te encuentras intentará matarte. Porque aquí afuera, esa es la verdad.

Isaac miró su tallado y pensó en todo. Extrañaría las comidas del viejo Sartén. Extrañaría los comentarios mordaces de Roxy. Extrañaría las fogatas en grupo.

—Toma, ten esto. —Le entregó su cuchillo recién afilado—. Ya sé que no eres bueno con las armas, pero necesitarás más que una herramienta de mentira.

Isaac tomó el mejor cuchillo. Su peso se sentía como una fuerza que no era fácil de ignorar. Seguro era mejor que la que había intentado hacer a las apuradas.

—Gracias. —Se sentó con una nueva sensación de descreencia y algo parecido al dolor. Vacío y pérdida al mirar a los demás. Estaba perdiendo todo lo que conocía otra vez, y ese era una especie de dolor particular—. Si las cosas no van bien en Alaska, ¿me puedes prometer algo?

—¿Qué cosa? —preguntó Minho.

—Si las cosas salen mal, prométeme que regresarás por la costa y pasarás a buscarme por este mismo lugar. No tengo un buen presentimiento sobre la Villa y, si algo le ocurre a Cowan, yo…

—Estarás bien —dijo Minho.

—No lo sabes. Quizás lleguemos a la Villa y esté vacía. O peor, esté llena de Cranks.

Minho se acercó para ver lo que Isaac había tallado sobre el tronco. Isaac usó el cuchillo más afilado para mejorarlo. Ahora su mensaje podría permanecer en el árbol por siempre. Minho señaló la parte izquierda de su cuello con un dedo.

—Siempre apunta a este lugar, aquí. Cualquier hombre, Crank o animal morirá en un segundo.

—¿Y qué tal si no puedo alcanzar el cuello? —Pensó en los casi Cranks a los que él y Jackie se habían enfrentado.

Minho se levantó del tronco y caminó hacia la espalda de Isaac, donde le tocó varios puntos de la espalda baja a la izquierda y derecha.

—Entonces prueba aquí. —Enterró sus nudillos—. O aquí, los riñones. Están llenos de sangre. Das en ese lugar, a cada lado, y morirán en minutos.

Incluso los nudillos le dolieron, así que Isaac no podía imaginar cómo se debía sentir que te apuñalaran ahí. Guardó todo en su memoria.

—Está bien, si las cosas no van bien para ustedes, ¿nos reencontramos aquí?

—Me parece justo —contestó Minho, sentándose nuevamente en el tronco. Si bien no era una promesa como la que Sadina le había hecho a Isaac, la tomó.

—Gracias por esto —dijo y guardó el cuchillo en su bolsillo.

—No hay problema. —Se acercó nuevamente para ver lo que Isaac había tallado—. Ahora, ¿qué rayos se supone que dice?

Isaac trazó las ranuras profundas que había hecho sobre la madera con la punta de sus dedos. No esperaba que Minho entendiera el símbolo del agua debajo de un sol con una flecha apuntando en ambas direcciones: *Desde el mar hasta el cielo.*

—Esta es mi promesa —dijo.

Capítulo doce

Palabras de sabiduría

1

XIMENA

No hay dos sin tres.

La *abuela* de Ximena tenía dichos que se convirtieron en plegarias para su pequeña familia. Siempre las repetía con una urgencia que se sentía como una advertencia terca y ominosa. Y si bien su abuela estaba lejos de la aldea ahora, Ximena escuchaba el eco de las palabras maravillosas de la mujer en su mente cuando se detuvo en medio del desierto. El calor caía sobre ella y Carlos como una lluvia caliente e invisible.

No hay dos sin tres.

Algo puede ocurrir una vez y no ser preocupante, pero si algo ocurre dos veces, seguro ocurrirá una tercera. Todas las cosas malas ocurren de a tres. Ximena se preguntaba si las cosas buenas eran iguales; si quizás las cosas buenas ocurrían en una secuencia de tres *todo el tiempo*, pero estábamos demasiado distraídos o poco impresionados como para notarlo. Ximena buscaba el bien y el mal en todo, pero el eco de la parábola de su abuela frente a otra liebre muerta e hinchada asentó el presagio directo en su estómago. Al cabo de uno o dos días de caminata, de seguro se toparían con otra.

—Una lástima que no hayamos llegado antes, podríamos haber comido algo —dijo Carlos, tocando al pequeño cadáver con la punta de su bastón, aunque ella hubiera preferido comer carne de rata. Nunca podría comer una liebre sin pensar en su corazón latiendo. Cada vez que intentaba atrapar una en la aldea, el corazón de la pobre criatura latía más rápido de lo que podía saltar.

—¿Qué crees que las esté matando? —preguntó Carlos.

—Puede ser cualquier cosa. Una serpiente. Un ave de presa. —Continuó caminando, pero se detuvo para examinar a la liebre que yacía de espaldas y la movió con una roca. No había sangre a la vista. Ningún agujero ni ningún corte en su cuerpo. Solo estaba muerta. *Muerto.*

—Una serpiente o un ave se come a su presa después de matarla. Parece que está aquí desde hace dos días. —Sacudió la cabeza y se preguntó qué diría su *abuela* sobre las dos liebres muertas y ennegrecidas. Todas las cosas en la naturaleza contenían un lenguaje, un simbolismo que su abuela parecía haber memorizado. Ximena se quedó mirando el pelaje andrajoso de la criatura esperando obtener algo de información o sabiduría. *¿Era esta una advertencia de la Creación?*

—A veces, los animales solo matan por matar —dijo Carlos desde adelante y Ximena retomó el paso para alcanzarlo. No le había molestado no tener niños de su edad para jugar con ella mientras crecía e incluso ahora con Carlos como su *único* amigo no le molestaba, pero él a menudo se equivocaba. No porque fuera estúpido, sino porque dejaba que la esperanza se sobrepusiera a su razonamiento crítico. Él *deseaba* que nada misterioso hubiera matado a esas liebres y dejado su cadáver para que se pudriera, así que dejaba de pensar.

—Los animales matan para comer. Matan por instinto de supervivencia. Pero matar solo por matar... Eso es más de los *humanos*.

—Ah, Ximena, siempre la sabia. —Sonrió, como si ninguno de ellos supiera qué tan asesinos podían ser los humanos.

—La gente es inherentemente malvada. Lo sabes —dijo y Carlos estaba haciendo lo mejor para ignorar la realidad, pero ella no podía permitírselo. Ya no. No mientras estuvieran en medio del desierto completamente solos. Lo presionó para que enfrentara lo que los de la aldea se esforzaban tanto por encubrir—. Los *Vaciamientos* —insistió Ximena—. La gente hace eso, no los animales.

Esperó una respuesta de Carlos, pero solo respondió con la misma cosa ensayada que todos los adultos parecían amar repetir.

—El Consejo de los Ancianos dijo que son los lobos. Lobos salvajes.

—Los lobos son salvajes. No hace falta que lo aclares, es redundante. Y creo que sabes que los lobos no pueden abrir a un humano a la mitad con un corte perfecto. Los *lobos* no tienen pulgares para sacar órganos. Y no dejarían la carne atrás. —Esperó a que Carlos le contestara, pero no lo hizo. Caminó como un hombre con una misión y ella esperó que solo estuviera intentando protegerla. Tenía suficientes dudas sin tener que distinguir la verdad de las mentiras. Ella no necesitaba protección. Necesitaba la verdad—. ¿Realmente crees que las encontraremos? No siento que estemos siquiera cerca de ellas.

—Tú y tus sensaciones. Claro que las encontraremos. —No agregó ninguna razón adicional.

Ximena había pensado que, una vez que empezaran a buscar a su mamá y a Mariana, se sentiría mejor. Como si toda la Creación fuera a jugar un juego de *Frío o caliente* con ella y gritara a través de varias señales: *caliente, caliente*.

Pero su búsqueda no era un juego de *Frío o caliente*.

Incluso si lo fuera, de seguro las dos liebres muertas en dos días eran una señal de la Creación de que estaban muy fríos. Muy lejos de encontrar a su madre, incluso más lejos de encontrar la verdad. Y solo entonces, toda la voluntad de Ximena de dar un paso más en ese desierto árido cayó a sus pies. *Eso es.* ¡Dios mío! ...

La razón por la que no se sintiera cerca de encontrar a su mamá y Marina cuanto más avanzaban hacia la península de Baja California solo podía significar una cosa y no era buena. Recordó cuando le contó por primera vez a su *abuela* que iría a buscar a su madre. La anciana no había estado sorprendida ni asustada, solo serena. Ximena no había podido entender la reacción calma en ese momento, pero ahora todo tenía sentido. Al igual que como los adultos respondían a los Vaciamientos. Como si su *abuela* ya supiera, en lo profundo de sus huesos, la oscura verdad, pero quisiera proteger a su nieta del dolor.

Dos liebres muertas.

No poder sentir la presencia de su mamá, su existencia.

Ximena ya sabía la verdad.

Su mamá y Mariana estaban muertas.

Capítulo trece

Animales salvajes

1
MIKHAIL

El animal era una bestia.

Mikhail cargó al jabalí sobre sus hombros, atado por los pies con una soga que sujetaba con su mano derecha con tanta fuerza que casi desgarraba su piel. El jabalí se sacudía y chillaba como cualquiera lo haría al borde de la muerte. Era entendible.

La espalda de Mikhail ya empezaba a dolerle por el paso acelerado. Necesitaba llegar a la Habitación Dorada justo al mediodía, la misma hora en la que siempre entraba a la vista más importante de la Nación Remanente. La consistencia era necesaria para ganarse la confianza de los Portadores de las Penas. El Gran Amo aparecería a la misma hora si decidía honrarlos con su presencia. Los Portadores de las Penas se reunían cada día para ver si él aparecía. Mikhail nunca mostraba su rostro, su presencia quedaba oculta tras la lana oscura.

Mikhail cambió el peso del jabalí para distribuirlo sobre sus anchos hombros y el cerdo chilló justo en su oído izquierda. Si esos chillidos hubieran sido palabras, habrían dicho: ¡*BASTA! ¡Bájame!* Pero no había manera de detener lo que Alexandra había puesto en marcha.

Mikhail caminó por el túnel abandonado debajo de la Nación Remanente. Un sistema de túneles que nadie en la Nación conocía. Un túnel que le permitía a Mikhail entrar y salir de los caminos de la Nación, pasar las prisiones del Infierno y entrar por la puerta trampa de la Habitación Dorada de las Penas. En la superficie, los infames Huérfanos rodeaban los muros de la fortaleza tal como habían sido entrenados, listos para disparar sin advertencia. Sin preguntas. Sin explicación.

Los Huérfanos que él recolectaba.

Los Huérfanos que él entrenaba.

Se detuvo para cambiar el peso del animal una vez más y para sujetar con firmeza la cuerda antes de continuar por el túnel. Mikhail necesitaba que el jabalí se mantuviera con vida para que le sirviera de ofrenda para el sacrificio. Se lo ofrecería a los Portadores de las Penas quienes luego le ofrecerían sacrificarlo por la Llamarada. No importaba qué sentido tenía. Los rituales no tenían el más mínimo sentido para él.

La Nación Remanente había pasado toda su existencia preparándose para la batalla y ahora que el tiempo tan esperado había llegado, necesitaba quedar marcado con un banquete sacrificial. Los antiguos ejércitos del pasado sacrificaban animales antes de la batalla, vertían su sangre en los altares de sus venerados, en sus muros, en sus rostros. Mikhail le mostraría a la Nación Remanente cómo hacer lo mismo. Y luego los llevaría a la guerra, donde muchos tendrían una muerte mucho más digna que la del jabalí. Vaya círculo vicioso. Un verdadero círculo agotador.

Hombres que se alimentaban de la carne muerta de los animales solo para convertirse en carne muerta con la que los animales se alimentarían luego.

La guerra no tenía sentido. No tenía por qué tenerlo. Lo único que Mikhail necesitaba era tomar Nuevo Petersburgo. Acabar con la Evolución de una vez por todas. No podía preocuparse por la cantidad de muerte que esperaban por delante: animales, hombres, casi Cranks y Huérfanos.

—Ya casi llegamos —le dijo al jabalí y el animal se quedó en silencio. Con cada paso que daba, Mikhail sentía una sensación de finalidad. En un mundo infinito con infinitas posibilidades, pocas cosas se sentían finales. Incluso mucho menos cosas se sentían finales para Mikhail desde que había regresado de más allá del Final. Un milagro. Una maldición. ¿Cómo podía algo ser ambas cosas?

Su vida le pertenecía, pero al mismo tiempo nunca era suya. Veía todo con contradicciones. Su cerebro funcionaba diferente al de Alexandra, cuya mente solo le permitía ver lo que ella quería ver. *Mikhail es errático, no se puede confiar en él.* Nunca le había ofendido porque sabía que el cerebro y la intuición de Alexandra siempre estaban batallando entre sí. Mikhail no era *errático*. No era un desastre impredecible sin dirección o consistencia alguna. Era bastante directo y consistente con sus planes para la Nación Remanente. Y sus planes eran *erradicar* a la gente de Alaska.

Ella, la Diosa obsesionada con corregir siempre sus errores de vocabulario, era una víctima de sus propias suposiciones. Su ego hacía que su intuición fuera menos poderosa y su ego era la razón exacta por la que la Evolución nunca funcionaría.

Ella solo escuchaba lo que quería escuchar. Solo veía lo que quería ver. Y no sabía lo que no sabía. Era la guerra de Alexandra dentro de su propia mente que hacía posible que Mikhail se escabullera tan seguido hacia la Nación Remanente. Para construir un ejército de Huérfanos cuyo único propósito era derrotarla y borrar a la Llamarada de la tierra de una vez por todas.

Mientras Mikhail se acercaba al túnel que conectaba con el Infierno, sintió el olor a sangre fresca y los aromas del estrés. Sudor. Orina. Lágrimas. El Infierno tenía el peor de los olores. El jabalí sobre sus hombros se sacudió y chilló. *IIIIHHHH… IIIIHHHH…*

Mikhail nunca debería haberlo traído con vida. Habría sido más fácil llevar a la bestia y cruzar los túneles del Infierno sin todos estos ruidos adicionales. Pero, ¿quién lo escucharía más que los Huérfanos desterrados al Infierno como castigo? Ellos ya estaban cerca de la muerte.

Una puerta chirriante se abrió en la distancia. ¿O se cerró? En todos sus viajes, en todos los pasajes a través de los túneles, Mikhail nunca había escuchado otros sonidos del Infierno que no fueran los quejidos y los llantos de los niños atrapados en la oscura y húmeda prisión, deseando estar muertos.

Prestó atención y sintió las vibraciones de varias pisadas detrás de él. Pisadas rápidas y pequeñas. Pero el jabalí sobre sus hombros le impedía voltear. Antes de poder hacerlo, antes de siquiera preguntar quién estaba detrás de él, sintió la puñalada fría de un cuchillo en su espalda. A tres centímetros de su columna. Un dolor tan grande que solo pudo caer sobre sus rodillas.

Soltó al jabalí de sus hombros con un sonido seco y se sujetó el riñón derecho. Una de las primeras lecciones de defensa de los Huérfanos, una que aprendían a una corta edad, era cómo dejar inutilizado a un hombre para que muriera dentro de unos pocos minutos con una puñalada en sus riñones. Mikhail sabía, porque él había sido quién se los enseñó a los Portadores de las Penas, quienes a su vez se los enseñaron a los soldados Huérfanos. El jabalí chilló y se sacudió con sus piernas atadas. Mikhail se meció sobre sus rodillas y entonces inhaló profundo durante tres segundos, contuvo la respiración por otros tres segundos y exhaló por tres segundos. Luego vio a un niño, apenas un soldado, que con su cuchillo liberaba las piernas del jabalí. El preciado animal de Mikhail y el Huérfano salvaje se marcharon corriendo juntos por el túnel, sin mirar atrás.

Inhalar. Contener. Exhalar.
Tres segundos cada acción.

Capítulo catorce

El destino espera

1

SADINA

En cuestión de segundos, su vida entera cambió.

Sadina estaba sentada junto a su madre, sujetando su mano con fuerza. Pasó de odiar a la gente de la Villa a esperar a que pudieran salvar a su mamá. Por primera vez, entendió solo apenas lo que debió haber sentido cuando Newt y Sonya fueron separados de sus familias, aunque, a diferencia de ellos, Sadina recordaría cada momento doloroso. No podía evitar mirar el pañuelo que cubría el sarpullido de su mamá.

—No duele —le aclaró su mamá sin prisa. Sadina tenía tantas preguntas, pero en lo profundo sabía que no valía la pena hacerlas porque no tendrían respuestas. *¿Cómo se había enfermado? ¿Por qué no era inmune?* Y entonces algo peor aparecía en su mente. Duda. Si su mamá no era inmune, ¿cómo podría ser que su propia sangre fuera la Cura?

—Lamento haber sido tan... Yo solo pensé... —dijo Sadina,

quien sentía que debía disculparse por todo el viaje. Nunca deberían haber abandonado la isla–. Lamento haber estado tan enojada.
Yo solo… No quería que nos separáramos y ahora tenemos que
hacerlo. Quizás por siempre.

–Basta. No será por siempre. –Su madre sujetó con fuerza su
mano, pero Sadina era lo suficientemente grande como para saber
que los padres, a veces, decían cosas que ellos esperaban que fueran
verdad como si realmente lo fueran. O incluso aunque supieran que
no lo eran. Miró a Isaac abrazar a Dominic mientras se despedían.

–¿Me vas a dejar con Feliz? –preguntó Dominic, tomando a
Isaac de un hombro como si fuera a doblarle el brazo para que se
quedara. Por suerte, Minho no les estaba prestando atención.

–Estarán bien –respondió Isaac–. Y Feliz no está tan mal. Intenta
no molestarlo mucho.

Sadina no podía dejar que su mamá e Isaac se marcharan por la
costa. ¿Qué tal si nunca los volvía a ver?

–Tiene que haber algo que la Trinidad pueda hacer para ayudar. Tienen que venir a Alaska con nosotros. Podemos ponerte en
cuarentena en la cubierta y armar una…

–No podemos navegar con eso –dijo Minho, señalando el sarpullido de la mamá de Sadina como si fuera una bomba a punto
de estallar en cualquier momento–. No es seguro. –Su voz sonó
lo suficientemente fuerte como para reunir a todo el grupo una
vez más.

–Podemos hacer que funcione –dijo Miyoko–. Deberíamos
mantenernos juntos.

Dominic intervino.

–Estuvimos juntos todo este tiempo, sin cuarentena, y ella ya
estaba enferma. ¿Qué diferencia hace una semana más?

Minho sacudió la cabeza y tocó su arma.

—Las cosas en mar abierto son distintas, el océano hace que cada problema que tienes sea mucho más difícil. Los enfermos se enferman más. Los débiles se debilitan más.

—Entonces no vayamos por el océano. Podemos mantenernos en tierra —sugirió Trish—. Todos iremos a la Villa entonces —dijo y Sadina miró a Jackie para que acompañara la idea, pero permaneció sumida en un silencio taciturno. El viejo Sartén solo miró a la arena a sus pies.

—Yo no iré a la Villa —dijo Naranja.

Minho asintió.

—Ustedes pueden decidir qué harán. Naranja y yo tenemos cosas que hacer en Alaska y…

—Yo también, no se desharán de mí tan fácilmente —dijo Roxy, dándole un pequeño codazo a Minho—. Los extrañaré a todos, pero tienen que hacer lo que sea mejor para ustedes. —Señaló a Cowan y a los isleños.

¿Qué era lo mejor para ellos? Su misión quedó destruida luego del secuestro y ahora con su mamá enferma y la idea de perder a Isaac, Sadina no sabía qué era lo mejor. Quería quedarse con su familia, pero el resto de los isleños ya habían abandonado a *sus* familias para acompañarla en esta caprichosa aventura para encontrar una cura.

—Podemos descifrarlo… Solo necesitamos encontrar una manera. —No sabía cuál era la solución, pero la idea de que Isaac y su mamá abandonaran el grupo la hacía entrar en pánico.

El viejo Sartén clavó su bastón profundo en la arena.

—Sadina tiene razón, debemos pensarlo. Si algo le ocurre a Cowan, Isaac estará solo. No solo eso, pero somos más fuertes si estamos unidos —dijo y Sadina pensó en los árboles y el bosque, tal como Sartén se los había descrito. Tenían más chances de sobrevivir las tormentas si eran más de uno en un grupo. *Todos necesitaban permanecer juntos.*

—Sí, tiene razón —dijo Sadina en voz alta.

—Al menos uno de nosotros debería ir con ellos —continuó Sartén y Sadina sintió un dolor en su pecho que se disparó en todas direcciones—.Yo me ofrezco para hacer que su grupo sea más fuerte. He visto a Isaac hacer una fogata y estoy seguro de que vivirán comiendo babosas crudas si no los acompaño. —Tenían razón; para ser el aprendiz de un herrero, Isaac no era bueno para hacer fogatas.

Pero no podía aceptar la idea de perder también al viejo Sartén. Sadina se sentía como si todas las piezas de su corazón, su gente favorita, estuviera abandonándola cuando más los necesitaba. Excepto Trish, quien sujetó su mano y la presionó con fuerza. Aún tenía a Trish. Siempre tendría a Trish. Sadina la miró profundo en sus ojos, como si estuviera diciéndole *gracias* y presionó su mano con más fuerza.

Sartén apoyó las manos sobre los hombros de Sadina.

—Sabes que te extrañaré, muchacha. —La mirada en sus ojos le recordó la promesa que él había hecho sobre no poner un pie en Alaska. Su alma ya no podría soportar una aventura por Alaska casi del mismo modo que Sadina no podía soportar perder a su mamá, a su mejor amigo y a su mentor.

—Yo también los extrañaré —dijo entre lágrimas. El rostro de Isaac se relajó, aliviado, probablemente por tener a alguien que los acompañara, pero Sadina no podía contener sus emociones. Sabía que Sartén no ansiaba viajar a Alaska, pero había creído que lo haría por ella. Se suponía que este viaje era para apoyarla a *ella* y ahora se sentía como si todos los que ella quería estuvieran renunciando a esa idea.

Sartén abrazó a Sadina.

—Quizás es como los árboles. ¿Quizás yo pueda ayudar a tu mamá? —La abrazó con fuerza, esperando que esta no fuera la última vez que lo vería—. Quiero que tengas esto. —Buscó algo en el bolsillo de su abrigo y tomó su copia del diario de Newt—. Léelo. Mantenlo a salvo.

—Pero es tuyo. —No podía quedarse con su posesión más preciada. Su única conexión con sus amigos del pasado—. No. Lo necesitas para ayudarte a dormir.

—No. Lo tengo todo aquí arriba. —Se tocó la cabeza con su dedo índice—. Y aquí. —Se tocó su corazón. Lo apoyó sobre su mano y la presionó con la suya—. Quiero que tú también lo tengas en tu corazón.

Sadina sostuvo el diario de Newt, una copia escrita por la mano del viejo Sartén que registraba los diarios y los últimos pensamientos de su tío abuelo. No recordaba haber sostenido jamás algo tan preciado y significativo entre sus manos.

—Gracias —susurró, mientras abrazaba al anciano una vez más. Luego miró a Isaac y su mamá—. Tenemos que permanecer unidos, tenemos que hacerlo. No tiene sentido separarnos de este modo. —La ansiedad se apoderó de su interior.

—Lo que decidan, ¿pueden hacerlo antes del anochecer? —preguntó Minho con impaciencia.

La mamá de Sadina se aclaró la garganta y todos hicieron silencio. La señora Cowan era una funcionaria electa en su hogar y con las leyes de la isla o sin ellas, el grupo aún escuchaba y respetaba su autoridad.

—Irán a Alaska y encontrarán a la Trinidad. Tienen cosas importantes que hacer y yo no puedo interponerme en el camino de su destino.

Y con eso, la ansiedad de Sadina en su estómago finalmente se asentó. Porque muy en su interior, el llamado de Alaska era tan fuerte como había sido el día que abandonaron la isla. Lo sentía en el centro de sus huesos. Su vida tenía un propósito. Necesitaba ayudar a terminar con la Llamarada de una vez por todas.

No sabía *cómo*.

Pero lo único que sabía era *dónde*.

Alaska.

2
MINHO

Los Huérfanos nunca tenían despedidas.

Y mucho menos despedidas tan largas.

Lo que los Huérfanos sí tenían era paciencia. Minho se paró solo en la cubierta del barco, comiendo almendras que había recogido de un árbol cercano. Sin importar por cuánto tiempo observara al grupo abajo, no parecía entender a qué hora partirían. ¿Y por qué tanto toqueteo cuando el riesgo de infección estaba tan presente? Una vez que el viejo Sartén anunció que se quedaría, todas las despedidas y los abrazos empezaron otra vez. Minho pensó en tocar el claxon para llamar la atención de todos, pero pensó que era algo que Dominic haría. Los Huérfanos tenían paciencia y Minho sería paciente.

—¿Listo? —le preguntó Naranja al subirse a la cubierta del barco.

—Solo espero al resto de la tripulación. —Metió otra almendra en su boca.

—Bueno, tú lo pediste —dijo, levantando las cejas y sonriendo.

Minho rara vez la veía tan impresionada. A la vez, no estaba seguro a qué se refería—. Una ración de comida para siete personas —agregó—. Ya sabías que alguien se quedaría atrás.

Se encogió de hombros.

—Era solo un presentimiento. —La verdad era que creía que Sadina se quedaría. Pero no lo hizo. El Huérfano llamado Minho aún luchaba por entender lo que significaba una familia y cómo se comportaban. Resultaba que no entendía para nada la relación entre una hija y su madre.

—Qué día loco, ¿eh? —dijo Roxy, abordando la nave y uniéndose a ellos. Se recostó sobre la borda y miró a los isleños despidiéndose abajo—. Extrañaré mucho a esos tres, en especial la comida de Sartén.

—Tú cocinas mejor que Sartén. Quizás *tu* apodo también tenga algo que ver con la comida.

—Roxy está bien —rio—. O Rox. Mi papá solía llamarme así.

Naranja hizo un ruido que parecía haber salido de un mono salvaje.

—¿Qué? —le preguntó. Fuera lo que fuera que encontrara tan gracioso, solo lo fue para ella.

—Es que Rox suena parecido a *Roca*, como la roca que te di en el desayuno pensando que era una patata. ¡Realmente podrías hacer que las rocas sean tan ricas como para comerlas! —Rio una vez más, algo tan impropio de ella, y Roxy sonrió. Minho se sentía un poco celoso, deseando que él pudiera relajarse un poco más.

Le entregó a Roxy algunas almendras mientras los isleños lentamente abordaban la nave. Dominic asintió y dijo algo sobre ser feliz que Minho no entendió, pero le asintió como respuesta. Una tripulación feliz era una tripulación buena.

Roxy se inclinó sobre Minho.

—No tienes que preocuparte porque yo me enferme o me infecte. Lo acabaría yo sola. No te haría pasar por eso.

—¡No digas eso! —exclamó antes de poder evitarlo.

—¿No crees que una Cura sea posible? —preguntó Naranja.

—Ah, rayos, no. ¿No creen que si hubiera una Cura no la habrían encontrado a estas alturas? ¿Quizás hace cincuenta años? —Pasó sus brazos sobre los hombros de Naranja—. Esto es todo lo que tenemos: lo que está aquí y ahora. —Ambos miraron hacia el océano que los esperaba por delante.

Minho asintió. *Aquí y ahora*, eso era algo que los Huérfanos podían comprender.

No había pasado y no había futuro en la Nación Remanente. Solo aquí y ahora. Miró hacia el sol en el cielo y se preguntó por la marea; necesitaban zarpar. Se acercó a la borda y con su tono más amable posible agregó:

—¿Podemos apurar esto? —Aún estaban esperando a Trish, Sadina, Miyoko y Jackie.

La señora Cowan saludó desde la orilla.

—Sí, tiene razón, tenemos que empezar a caminar. Al menos ahora con Sartén tendremos una mejor cena. —La señora Cowan, Isaac y el viejo Sartén se separaron hacia la izquierda de la nave para permitirle que todos siguieran en su camino, y para la sorpresa de Minho se dieron más abrazos. Era como una línea de ejecución, pero en lugar de balas, Cowan, Isaac y Sartén recibían abrazos de cada uno mientras subían a la cubierta. Al menos, la mujer enferma tenía el cuello tapado. Minho miró con detenimiento cuando Trish tomó a Sadina de la mano y Sadina la apartó.

—Estarán bien. —No sabía qué más decir. Asintió para despedirse de Isaac, sintiendo que tenían un entendimiento que nunca había experimentado con nadie antes. Volteó para levar el ancla y poner en marcha el motor, pero una conmoción erupcionó en la cubierta.

—¡No! ¡Por favor! —Volteó y una parte de él esperaba ver a Cowan muerta en la arena y otro cambio de planes, pero no había ninguna razón visible para la conmoción. ¿Quién había gritado?

Cowan, Isaac y Sartén miraron desde la costa con los ojos bien abiertos.

—¿Qué? ¿Qué ocurre? —preguntó Minho, sujetando con fuerza su arma contra su pecho y mirando el perímetro. Árboles. Agua. Arena. *¿Qué rayos estaba pasando?*

Dominic fue quien se lo explicó.

—Jackie no viene. No puede soportar otro viaje en barco. Vomitó casi doce veces por día cuando veníamos aquí y casi vomita ahora cuando caminó por la cubierta.

Minho miró a Jackie arrojar su bolso desde el barco hacia la arena seca. Trish detuvo a la muchacha y la abrazó.

—¿Estás segura? Te extrañaremos.

—Lo siento. No puedo. La tierra parece una mejor opción para mí y puedo ayudar a Isaac si llega a aparecer algún Crank. —Se disculpó por cambiar de parecer, pero Minho no entendía todo esto de *perdón por esto* y *perdón por aquello*. Los Huérfanos nunca se disculpaban.

Dominic se acercó a Jackie y la envolvió en un abrazo que parecía doler. Miyoko sujetó el brazo de Jackie. Minho no entendía todas estas cosas de *abrazar a alguien* cuando querían irse, y se quedó asombrado cuando Naranja también se acercó y abrazó a Jackie.

Respiró profundo cuando Roxy hizo lo mismo.

Otra despedida tomaría al menos una hora más. Miró la ubicación del sol en el cielo y luego la cubierta del barco que ahora estaba vacía otra vez.

Se sentía como un fracaso quedarse otra noche, pero para que Minho pudiera tener éxito navegando al barco, necesitaba todos sus sentidos, incluida la vista. No podía esperar otra hora de despedidas y necesitaba que su tripulación se mantuviera alerta durante el viaje.

—¿Qué estás pensando, hijo? —le gritó Roxy desde abajo—. Una última fogata aquí, ¿pescamos algo?

Sus hombros se tensaron antes de relajarse. ¿Qué opción tenía?

—Zarparemos con la primera luz. —Los isleños festejaron como si Minho fuera un dios que les había garantizado su único deseo. No quería ser como los Portadores de las Penas de la Nación Remanente que imponían las reglas solo para infringir dolor. Reglas solo por reglas. Si quería unirse a la Trinidad, primero necesitaba entender el equilibrio entre el poder y las personas. Su primera lección era clara: *las personas necesitan tiempo.*

Cada día que pasa cambio de opinión sobre volver a buscar a mis amigos para despedirme de manera adecuada. Pero ¿sería suficiente una larga despedida? Nada nunca parece suficiente, ¿no? Así que hoy, decidiré no ir a buscarlos. Hoy decidiré que las despedidas son una basura. Quién dice mañana.

Quizás mañana cambie de opinión otra vez.

—*El diario de Newt*

PARTE TRES

OBSERVACIÓN DIRECTA

Capítulo quince

Suenan las alarmas

1

ALEXANDRA

El pequeño bote de pesca se detuvo y Mannus bajó al agua fría y lo acercó a la costa sobre la orilla cubierta de nieve crujiente. Si no tuviera cuernos en lugar de cerebro, Alexandra le habría aplastado la cabeza por el viaje agitado. Pero necesitaba sus músculos.

—¿Esta gente me quitará los cuernos? —preguntó Mannus al subir más el bote en la orilla. Alexandra no quería hacer ninguna promesa específica. No sabía de lo que era capaz la gente de la Villa y si quitar cuernos era una práctica que supieran hacer. Lo remoto de la isla la había llevado a creer que Mannus no conseguiría su deseo. Tendría que encontrar otra manera de cumplir su promesa y mantenerlo callado sobre el asesinato de Nicholas.

—¿Los Vaciamientos empeoraron desde la muerte de Nicholas? —Se incorporó para bajarse del bote. De algún modo, el bote era más inestable en la tierra que en el agua.

—Ya te dije, no soy uno de esos peregrinos locos que creen en los rituales y sacrificios para el Laberinto. —A pesar de su tono brusco, Mannus le extendió una mano para ayudarla a bajar. Ella lo pensó dos veces antes de tocarlo, pero bajar de un bote no era algo que hiciera todos los días. Sus dos pies tocaron tierra y enderezó su túnica.

—¿Aumentaron? —preguntó otra vez con paciencia—. ¿Ves los cuerpos junto a la entrada del Laberinto, ¿verdad? ¿Llegaron a las afueras de la ciudad?

—Siguen igual. Quizás aumentaron un poco desde tu discurso sobre la Evolución —*¿Más Vaciamientos desde que les había dado esperanza?* ¿Cómo podía ser que estar al principio de la Evolución causara más sacrificios entre las personas? ¿Y sacrificios humanos, de todas las cosas?

—¿Más? ¿Estás seguro? —Sus oídos zumbaron con ira. ¿Acaso la gente que gobernaba no eran más que casi Cranks? Avanzó afanosamente por la arena algunos metros antes de detenerse. Perdía el sentido de la intuición cuando tanta ira crecía en su interior. Necesitaba recitar los dígitos y despejar su mente.

—Los Vaciamientos…

—¡Silencio! —lo interrumpió. Repasó los dígitos a medida que sus pies se adormecían dentro de sus botas. La isla estaba tan desolada que ni siquiera el sol podía encontrarla. Temblando, despejó su mente y se conectó con el infinito conocimiento del universo. Los cuernos de Mannus podrían parecer antenas, pero no recibía ninguna información del Infinito, excepto la infinita estupidez, al parecer. Cerró los ojos, respiró profundo y exhaló. No había ningún rastro de la Villa, ningún rastro de huellas frescas ni de algún animal, pero era el camino correcto.

Avanzó en esa dirección meciendo su túnica y Mannus la siguió por detrás. Su respiración ruidosa, nasal y apestosa carcomía su paciencia. El tiempo pasaba. Los árboles pasaban. El aire gélido calaba profundo en su interior.

—¿Diosa? —preguntó Mannus, adelantándose y señalando hacia adelante, donde la luz del sol se reflejaba sobre la superficie de una ventana. Ella sonrió antes de controlarse rápidamente.

—Compórtate y no hables. —Lo mejor hubiera sido pedirle que esperara en el bote, pero aún no sabía qué ayuda necesitaría para cargar las cosas de la Villa. Con suerte, regresaría al continente con los brazos llenos de la dosis de la Cura.

Sus pies pisaron algo apenas más resistente que una telaraña, pero demasiado delgado como para verlo. Un único *CLIC* acompañó su pausa y Mannus se lanzó hacia ella desde un lado. De repente, su boca quedó llena de nieve, algo que no pasaba desde que era una niña; no tenía mejor gusto ahora que en aquel entonces. La escupió e intentó ponerse de pie, pero todo el peso de Mannus estaba encima de ella.

—No te muevas —le susurró. Al cabo de un instante, un hacha salió despedida de la nada y quedó clavada en un árbol cercano. El mismo árbol que estaba justo a la derecha de donde Alexandra había estado parada. Sus oídos zumbaron, su visión destelló con fuego, una visión tan real que no pudo evitar tomar una bocanada de aire. Mannus sacó su cuchillo y dijo lo obvio—. Parece que no quieren visitas.

Una alarma empezó a sonar desde una casa de roca de un piso de altura, apenas más fuerte que el zumbido en su cabeza, y un grupo de mujeres se asomó por el balcón superior.

—Muéstrense —ordenó la más alta de las tres; los apuntaba con un arma e, incluso desde el suelo, Alexandra pudo ver que era enorme. En Nuevo Petersburgo, habían prohibido las armas hacía años y, cuando la Evolución estuviera completa, no las necesitarían.

No más Vaciamientos. No más rituales. La humanidad finalmente podría superar a los constructores de la antigüedad. Nueva tecnología. Nuevos sistemas. Nueva vida.

—Te dije que no era un oso. —La voz de la mujer de menor estatura viajó clara por el aire de Alaska hacia los oídos de Alexandra. Algo en su voz le transmitió confianza. Al menos, como si la neblina del aire hubiera amplificado sus palabras.

La mujer más alta disparó en el aire como una advertencia, como si el hacha no hubiera sido suficiente. Luego le gritó de una manera extremadamente formal.

—En nombre de la Trinidad, les exigimos que regresen por donde vinieron. Esta es propiedad privada.

Nicholas obviamente había empleado a tres inadaptadas que se hacían pasar por científicas. Alexandra no tenía paciencia para todo eso.

—¡Yo *soy* la Trinidad! —Hizo a un lado a Mannus, se puso de pie y se quitó la nieve de su túnica. Nunca se había sentido tan humillada e insultada antes. Aparentemente, este viaje a la remota isla de la Villa era un viaje de primeras veces.

La primera vez que un peregrino la había tirado al suelo. La primera vez que la habían amenazado con un arma y un hacha.

Y la primera vez que alguien en Alaska no reconocía que ella era de hecho la Trinidad.

—¿Deben reconocerme? —Enderezó su túnica y forzó una sonrisa. Solo había sido idolatrada y reconocida cuando caminaba entre hordas de peregrinos. No solo la reconocían, sino que le rogaban porque los tocara. Las tres mujeres en el balcón intercambiaron miradas nerviosas y dubitativas y Alexandra se sintió más impaciente—. ¿Y bien?

—Perdón, pero no —respondió la de menor estatura.

Alexandra intentó mantenerse estoica, pero el zumbido en sus oídos aumentó y empezó a marearse. *¡LOCURA!* No podía perder la compostura, no ahora, no cuando estaba tan cerca. Recitó los dígitos en su mente.

—Diles, Mannus.

—Están hablando con la Trinidad. —Hizo un leve gesto de reverencia hacia Alexandra.

Las tres mujeres no se movieron. No dijeron nada. Alexandra no podía culparlas por querer pruebas. De hecho, eso la animaba. La túnica de la Trinidad dejaría en evidencia que pertenecía de hecho a la realeza una vez que se quitara todo el lodo y la nieve.

Habló con cuidado, pero con firmeza:

—Por favor, prepárennos una taza de té y se los mostraré.

2

Luego de que la de menor estatura les preparara una taza de té verde tibio, les mostró sus "poderes" de la Trinidad cuando abrió la puerta de la Villa con un movimiento de su brazo. Sabía que Nicholas habría usado la misma tecnología de la Trinidad como las puertas de seguridad en Nuevo Petersburgo y el chip de su mano era igual al suyo. O solía serlo, no importaba.

Alexandra alguna vez había sido lo suficientemente ingenua como para creer que el Ataúd de cuero rojo que contenía la sangre de Newt solo podía ser abierto por los tres Pilares de la Trinidad cuando los tres estaban presentes, pero Nicholas y Mikhail lo habían abierto sin ella. Abrir una de las puertas de Nicholas sin que él estuviera allí le hizo esbozar una sonrisa.

—¿Asumo que ahora nos asistirán?

Las tres supuestas científicas miraron a Mannus y cada uno de sus cuernos como si algo no tuviera sentido. Intercambiaron miradas antes de que la más alta preguntara:

—¿Este es Mikhail?

Alexandra se preguntó por un breve instante si debía mentir y decirles que sí. Quizás la presencia de dos miembros de la Trinidad sería más persuasiva. Pero con solo un vistazo a Mannus cualquiera podía darse cuenta de que pertenecía a los estratos más bajos de la sociedad. Su manera de respirar. Su olor. La manera en la que estaba parado en presencia de tantas mujeres, sin hacer una reverencia para mostrar el más mínimo respeto.

—Soy Mannus. Los cuernos fueron una mala idea.

El hecho de que preguntaran por Mannus significaba que Mikhail nunca había ido a la Villa, al menos no a esta. Fueran cuales fueran sus planes para hacer los peregrinajes, con suerte no tenían nada que ver con sus planes para la Evolución. Sinceramente, no le importaba con qué estuviera ocupado. Quizás era temporada de cacería cuando se marchó. La Cura que había revertido su ADN no podía hacer mucho; no podía emparchar las grietas de su alma o apaciguar la locura que albergaba en su interior.

Alexandra caminó por la habitación y cuidadosamente pasó los dedos sobre las probetas de cristal que tenían allí, tubos de ensayo, placas de Petri, vasos de precipitados, hasta que sus ojos encontraron una unidad que solo podía asumir que contenía lo que ella estaba buscando. La Cura que Nicholas había usado en ella.

—Diosa… —la mujer más alta tartamudeó—. Lamentamos la confusión, pero Nicholas no nos advirtió de su llegada. Nosotras no…

—No tienen que preocuparse por Nicholas —dijo Alexandra, ubicando con sutileza el maletín de cuero rojo que Mannus había traído sobre una mesa de acero en el laboratorio—. Vinimos por otros motivos. —Abrió el Ataúd—. Cinco viales de la sangre de Newt. Los usarán para crear un nuevo lote de la Cura.

Era obvio que se sentirían eufóricas por este descubrimiento, pero en su lugar vio sus rostros llenarse de confusión. Pidieron un momento y se agruparon, susurrando con vehemencia…

—Hablen. ¿Qué ocurre? —exigió Alexandra.

La mujer de baja estatura contestó.

—Esos… no pueden ser los viales de Newt. Ya los tenemos en la caja fuerte… Nicholas nos los envió hace no mucho tiempo. —Su voz de repente quedó cubierta por un tono condescendiente. Como si Alexandra hubiera cometido un grave error y no pudiera deshacerlo.

¿Cómo podía haber sabido que no eran de Newt? ¿Cómo podía haberlos reemplazado Nicholas? Giró hacia Mannus. Miró al Ataúd; las científicas debían estar equivocadas. Ni siquiera los miraron con detenimiento. ¿Cómo podían estar seguras?

Hora de recuperar el control de la situación.

—No, se equivocan. Nicholas me indicó que estos viales, la sangre de Newt, eran necesarios.

Alexandra miró cómo la científica más alta tomaba cada vial y examinaba las etiquetas. Alexandra se preguntaba si Nicholas alguna vez le había confiado alguna verdad o si el hecho de que la sangre de Newt fuera la Cura era otra de sus mentiras. Pero se *sentía* verdad, como cualquier otra información que le llegaba a través de los sentidos, a través de sus células. Todo en su cuerpo vibraba con confusión y las tres mujeres estaban frente a ella igual de confundidas. Alexandra quería gritar y arrojar el Ataúd contra la ventana de cristal, pero se contuvo, abrazando a la Disciplina de la Llamarada y los Principios. Recitó los dígitos en su mente.

—¿A4? —preguntó la mujer de baja estatura, revisando un viejo registro científico—. Ese sujeto de prueba del Laberinto era Chuck, si no me equivoco. —Levantó sus ojos vacíos y curiosos.

Los oídos de Alexandra zumbaban con ira y fue entonces que giró y le dio una bofetada a Mannus, como si él fuera el responsable de las alarmas zumbadoras dentro de su cabeza. Toda la ira que temblaba dentro de ella debía ir a algún lado y salió de su palma directo hacia la mejilla de Mannus. Lo golpeó tan fuerte que escupió algo en el suelo.

—¡Idiota! ¡Me trajiste el maletín incorrecto del estudio! —exclamó y Mannus la miró sorprendido y genuinamente dolorido.

—Mis disculpas, mi Diosa… —dijo desanimado.

—Nicholas se siente mal… —dijo Alexandra, cerrando el maletín rojo con su cerrojo—. Debe haberse olvidado que ya se los trajo y le entregó a Mannus el incorrecto… —Estaba buscando una solución y rápidamente miró alrededor del pequeño laboratorio—. Pero mientras estamos aquí…

—Se suponía que Nicholas regresaría para buscar nuestro informe la semana pasada.

—No vino.

—¿Qué enfermedad tiene?

Las tres científicas hablaron a la vez. Alexandra buscaba otra mentira en su mente. *¿Qué enfermedad tenía Nicholas?* Nunca en treinta años había visto a Nicholas enfermo.

Contestó con la mayor confianza posible.

—Tiene mareos. Desmayos. Temblores, un zumbido fuerte en el oído. —Enunció sus propios síntomas crecientes—. Y sus pensamientos están algo dispersos. Claramente. —Señaló los viales con la sangre de Chuck etiquetados con el nombre de Newt.

La mujer de estatura mediana volteó para hablar.

—Todos síntomas leves de la Ascensión. Aunque… —intercambió una mirada dubitativa con el resto—. Creía que Nicholas ya los había superado. Quizás las luces del norte están afectando la química interna de su cerebro del mismo modo que la luna llena lo hace con aquellos que son sensibles.

—Sí —dijo Alexandra, pero ¿qué quería decir con *sensible*? ¿Qué era todo esto?—. Puedo atestiguar que la luna llena causa más alteraciones dentro del pueblo desde que el espectro completo de las luces del norte regresó. —Apoyó una mano sobre su corazón—. Los Vaciamientos han aumentado, ¿saben? —Esperó a que las mujeres reaccionaran, pero no lo hicieron. Claro, no tenían miedo de ser vaciadas, estaban demasiado alejadas de cualquier sociedad. Alexandra tenía que descubrir lo que *sí* temían y jugar con eso—. Los Vaciamientos son una señal del fin de los tiempos. Nicholas creía que, una vez que los rituales aumentaran su frecuencia, nos quedaría poco tiempo para cambiar el destino.

—Sí, mencionó que no quedaba mucho tiempo. —La mujer de estatura más baja giró.

Alexandra se aferró a eso.

—Y es por eso que deben ayudarme a compartir la Cura ahora.

La más alta habló.

—Solo podemos entregarle los viales a Nicholas, además la Villa Uno es la que trabaja en administrar la Cura. Están usando al…

—Shhh… —dijo la de estatura más baja, dándole un codazo a la más alta.

—Yo soy la Trinidad. Nicholas no está bien. Yo la administraré —lo dijo con un tono maternal, pero todas la miraron como si ella fuera la que tuviera los cuernos cocidos a su cabeza.

La más alta contestó:

—No quiero faltarle el respeto, Diosa, es solo el protocolo, no respondemos ante usted, respondemos ante Nicholas. Usted no tiene autoridad aquí.

Alexandra esbozó su última sonrisa falsa del día. Nicholas le había enseñado a ser paciente, pero incluso esto era llevarla al límite de lo que era capaz de hacer. La habían derribado al suelo, le habían disparado y había bebido el peor té de su vida. Era hora de conseguir lo que había ido a buscar. Usó todos sus poderes de persuasión y dominio en su voz.

—Suficiente. Ahora responden a mí, porque Nicholas está muerto. Fue asesinado. —Esperó sus disculpas y una actitud más servil, que corrigieran su curso, que sirviera a Alexandra Romanov como su única Diosa verdadera.

Pero no lo hicieron.

Alexandra las miró sin poder creerlo, a medida que cada mujer avanzaba a toda prisa a una parte distinta del laboratorio y empezaban a empacar sus instrumentales. *¿Qué está pasando aquí? ¿A qué le temían más que a ella?* Intentó darles una orden.

—¡Deténganse de inmediato! —Pero ella y Mannus se quedaron observando sin control alguno cómo vertían los vasos de precipitado llenos de líquidos por los drenajes y rompía otros recipientes de cristal—. ¿Qué están haciendo? ¡Lo están destruyendo!

—Sí, por seguridad —respondió las más alta—. Tenemos un plan para una situación como esta y con las noticias del asesinato a la Trinidad, el plan se pone en marcha.

Era absurdo, pensó Alexandra. *¿Qué demonios estaba pasando?*

La del medio fue quien habló ahora:

—Es un laboratorio experimental no autorizado. La Villa X nunca fue aprobada por la gran coalición para que hicieran alguna de esas pruebas.

Ahora, Alexandra no tenía otra opción más que adaptarse.

—Está bien, la Guardia Evolucionaria puede protegerlas, estarán a salvo. —Su oferta no calmó su pánico—. No pueden renunciar y abandonar treinta años de investigación.

La de menor estatura respondió:

—No lo estamos dejando atrás. Lo estamos destruyendo. En caso de que algo le ocurriera a Nicholas, esta Villa debía ser destruida... Y Diosa... —Se acercó a una caja fuerte en la pared. Luego de escribir un código, buscó algo en su interior y, en lugar de sacar un vial o una colección de manuales o diarios o estudios, le entregó a Alexandra un único sobre—. Esto es para usted.

Alex, sumida en el más inusual silencio de su vida, miró el sobre. Su nombre estaba escrito sobre su superficie con una letra que le resultaba muy familiar. Nicholas.

3

Alexandra sostuvo el sobre con fuerza en su mano.

Ya podía sentir la vibración de la carta, un *Te lo dije* de Nicholas acerca de que los viales de Newt no estaban en el estuche, sobre haber cambiado las etiquetas. Algo sobre que debería haber tenido más paciencia. Pero no dejaría que sus palabras la siguieran controlando. Dobló el sobre en tres y lo guardó en el bolsillo de su túnica.

Las mujeres continuaron empacando lo que quedaba de la "Villa X" y Alexandra miró a Mannus con una súplica desesperada. Su mano se acercó a su cuchillo. No tenía más tiempo para juegos y contaba con el hecho de que él había matado para su Diosa antes y que lo volvería a hacer. Fiel a sus deseos, el hombre con cuernos tomó a la mujer más alta y apoyó el cuchillo sobre su garganta.

Pero sus palabras la sorprendieron.

—Detengan este apagado de emergencia e inyéctenme ahora. —Su voz fue tan áspera como la manera en la que estaba tratando la vida de la mujer que tenía delante de él.

Alexandra podría trabajar con esto.

—No tan fuerte, Mannus, estas fieles empleadas de Nicholas son nuestras amigas y quizás les gustaría ser empleadas de una *nueva* forma. —Extendió las manos abiertas, las palmas hacia arriba, mostrándole que no tenía nada para ocultar. Su poder de persuasión solo necesitaba funcionar por tiempo suficiente para que una de estas tres mujeres confiara en ella—. Cada final es de hecho un nuevo comienzo, y mientras este termina el reinado que Nicholas tenía sobre sus estudios, nosotras podemos empezar a hacer historia juntas. ¿Quieren que todo su arduo trabajo sea parte de este punto de inflexión de la humanidad? —Les esbozó una suave sonrisa—. Podemos llevarlas a Nuevo Petersburgo y...

Mannus descarriló.

—No entran cinco personas en ese bote. Inyéctenme ahora. Aquí.

Alexandra dio un paso hacia él. Sujetó su codo con dos dedos, justo entre los huesos donde fue suficiente para hacerlo bajar su cuchillo. *¿Todos los peregrinos del Laberinto eran tan egoístas?* Necesitaba recordar que había maneras de diferenciar a los dignos de los indignos. Alaska sería considerada como la gran frontera una vez más, adelantada al resto del mundo y guiando su camino hacia el futuro.

—No podemos inyectarte nada —dijo la más alta, frotándose el cuello donde la punta del cuchillo había estado presionada hacía solo unos momentos.

Alexandra no se iría sin obtener lo que había ido a buscar. Si no podía llevarse los viales y a las científicas con ellas, entonces se conformaría con que estuviera en las venas de Mannus. Caminó hacia el balcón que tenía por detrás, desde donde la mujer alta les había dado la bienvenida a la isla disparando su arma. Su talón se resbaló levemente sobre las cerámicas y una extraña piedrita blanca rodó por debajo de sus botas cuando se agachó para buscar el arma. Levantó el arma con fuerza.

—Escuchen… —ordenó para obtener la atención de todas. No quería matar a tres personas, pero jalaría el gatillo si eso garantizaba que activaran las etapas finales de la Evolución. No, eso era una locura. Pero ¿quizás necesitaba que esos pensamientos de locura la impulsaran hacia adelante? Todas las personas que alguna vez alcanzaron el poder desde el comienzo de los tiempos tenían que hacer algo que creían que nuca harían, tomar una decisión que habían deseado nunca tener que tomar, y esa responsabilidad ahora estaba en sus manos.

»No quiero lastimarlas. Quiero que trabajemos juntas. Para ayudar a que el mundo evolucione más de lo que ha sido capaz. Los Cranks solo se pueden curar físicamente, pero sus almas no pueden salvarse. Siempre habrá un monstruo en su interior, incluso cuando su ADN sea reconstruido. —No hacía falta buscar más allá de Mikhail para encontrar un ejemplo—. Pero aquellos de nosotros que estamos en buenas condiciones físicas, aquellos que estamos listos para más, podemos hacerlo. Podemos tener la Cura y la Evolución en nuestro interior. Toda una nueva generación libre de la Llamarada. ¿Se imaginan lo que las generaciones futuras podrían hacer sin miedo a que la Llamarada los restrinja y con la secuenciación avanzada del ADN?

Casi ríe ante la pureza de su visión. Todos en el mundo viviendo a su infinito potencial. Qué maravilloso sería el mundo si todos abrazaban la Cura. Las tres mujeres se quedaron allí paradas sin decir nada. Alexandra bajó el arma para razonar con ellas.

—¿Qué harán y adónde irán si se supone la otra Villa no debe conocer estos estudios? ¿Dónde vivirán y trabajarán? —Una vez más, las mujeres permanecieron en silencio, así que Alexandra respondió por ellas—. A Nuevo Petersburgo conmigo. Con la .Trinidad.

—Suficiente de esta mierda. Denme la Cura ahora —dijo Mannus, arrojando al suelo varios vasos de precipitados de una mesa con la mano. El cristal estalló en el suelo en millones de pedazos y apoyó su brazo sobre la mesa para que le dieran la inyección.

La más pequeña respondió con una sorprendente confianza.

—No, no podemos.

—Lo harán —ordenó Alexandra y, con su arma aún en su mano, las científicas obedecieron.

—¿Tienes la Llamarada? ¿Antes de estar más allá del Final? —preguntó la más alta mientras lo inspeccionaba con sus ojos.

—¿Te parece que tengo la Llamarada? —contestó Mannus.

—¿Qué me dices de fiebre? ¿Tuviste fiebre últimamente?

—No.

La del medio, que no era buena para preparar té ni para recibir órdenes, y quien había hablado menos que las otras dos, se acercó a Alex.

—No está perfeccionada. Tiene un sesenta por ciento de probabilidades de caer muerto antes de que termine el día —dijo y Alexandra no entendía de qué estaba hablando.

—Los cuernos —dijo la más pequeña—. Tiene… predisposiciones.

Alexandra rio y sacudió la cabeza.

—Los cuernos no son de su ADN, idiota, se los coció porque quiso.

La científica de voz suave miró a las otras antes de explicarle a Alexandra.

—No son los cuernos, son las secuencias visibles del ADN en aquellos que típicamente toman... decisiones aceleradas.

—Estará bien. —A esas alturas, no podía importarle menos si Mannus vivía o moría. Siempre y cuando se fueran justo después de su inyección, la llevaría de regreso a la ciudad y regresaría a la costa o no lo haría. Si vivía, entonces compartiría su historia como un ejemplo para que los peregrinos del Laberinto vieran el potencial de la Evolución y, si moría, entonces tendría que regular la Cura de manera adecuada.

La más pequeña insistió:

—No me haré responsable por lo que ocurra. Si quieres terminar tu vida como la conoces, está bien. —La mujer preparó una jeringa y se la entregó a Mannus.

—Sí. ¡Quiero una mejor vida! —gritó Mannus y saliva brotó de sus labios partidos. Estar al borde del poder mental ya había cambiado al relativamente moderado Mannus en algo que Alexandra no reconocía del todo.

La mujer más baja tenía una increíble paciencia.

—Todo lo que ocurra será el resultado de tu propia mano. Bueno o malo. No tenemos estudios suficientes sobre cómo cambiará tu ADN específico, y deberíamos tomar una muestra de tu sangre y luego... La Evolución necesita ocurrir por etapas, etapas metódicas y lentas. Las criaturas de la tierra que han evolucionado lo hicieron de manera lenta, con el tiempo, al igual que el ambiente, y esto no tiene que ser diferente si quieres que sea exitoso. Porque esto... —señaló el contenido del laboratorio—, tiene posibilidades infinitas según el tipo de sangre y la genética de cada persona, y simplemente no conocemos su efecto completo hasta que tengamos un catálogo de cada posibilidad y esas posibilidades son tan infinitas como la raza humana.

Alexandra cambió el peso de su arma en sus manos. Las posibilidades infinitas no eran algo que temiera, era algo que aquellos del futuro podrían acoger.

—Si treinta años de estudios no fueron suficientes, ¿entonces qué? Es hora. La Evolución está lista. —Movió el arma en dirección a Mannus para que lo hiciera y fuera parte de *su* evolución.

Mannus destapó la jeringa y vaciló por un momento antes de clavarla en el pliegue de su brazo, incluso parado en medio de todos los cristales rotos y químicos derramados.

Alexandra buscó algún cambio en su rostro. Los músculos de su mandíbula se tensaron y sus hombros se sacudieron. Las otras mujeres parecían contener la respiración de manera colectiva mientras observaban y esperaban. Luego, su rostro se relajó, su mandíbula se destensó y Alexa imaginó su cuerpo enfriándose por la Cura. Recordó la sensación de su propia Cura en aquel entonces, la manera en la que su cuerpo se había sentido frío y un poco cosquilleante antes de que un estallido cálido de fuegos artificiales viajara a través de sus venas, haciéndole cosquillas desde el interior. Limpiándola.

Y como si Mannus pudiera escuchar lo que ella estaba pensando, volteó hacia ella y sonrió, su mejilla derecha aún enrojecida por la bofetada que le había dado. Le faltaban los dientes inferiores del frente, pero claramente no parecía importarle.

Capítulo dieciséis

Senderos de guerra

1

MIKHAIL

La Nación Remanente solo tenía un secreto: la identidad del Gran Amo en la Habitación Dorada de las Penas. El Gran Amo que daba órdenes, recompensas, actualizaciones y promesas. El Gran Amo a quien nunca nadie había visto… Hasta hoy. Toda una práctica de pretensión.

Mikhail caminó junto a la pared carmesí de la vacía Habitación Dorada de las Penas con la capucha sobre su cara, como siempre, aunque hoy planeaba revelarse en su totalidad. Bueno, quizás no el pequeño detalle de que era un miembro de la Trinidad a la que habían sido entrenados para matar, pero sí un poco para que los Portadores de Penas vieran el fuego en sus ojos cuando les hablara de la guerra. Las llamas de su interior necesitaban esparcirse a todas las almas y filtrarse en los corazones de los soldados. Llamas de ira y justicia.

Sus dedos temblaban mientras flotaban sobre la alarma que

alertaba a los Portadores de Penas de su llegada. El dolor se propagaba desde su riñón derecho, mientras se secaba el sudor de la frente. El cuerpo humano era capaz de regenerarse y reparar casi cualquier célula, pero el cuerpo humano también era capaz de comerse a sí mismo desde el interior. Un hecho maravilloso.

Mikhail nunca supo qué camino seguiría su cuerpo.

El de la obediencia. O el de la traición.

Dependía de que su cuerpo regenerara las células saludables, pero había aprendido después de torcerse el tobillo en el Área varios años atrás que el cuerpo almacenaba los traumatismos de maneras diferentes. Nicholas lo había obligado a pasar seis semanas en su sillón para observaciones constantes, mientras le explicaba que a veces los traumatismos se procesaban como era esperado: el cuerpo sanaba. Pero en otras ocasiones, el impacto de *un* traumatismo provocaba una explosión de múltiples efectos secundarios.

El cuerpo y la mente están interconectados, querido Mikhail.

Nicholas insistía en probar la memoria de Mikhail y sus niveles de ira cada día, preocupado porque el hueso roto pudiera llevar su estado mental a la zona de confort de un Crank. Mikhail odió las pruebas. Odió el tiempo que le tomó sanar. Aborreció todo.

Inhaló durante tres segundos, contuvo la respiración otros tres segundos y exhaló por otros tres segundos, luego activó la alarma. Intentó relajarse, mientras se acercaba al centro de la habitación, ocultando su cuerpo en una postura lo más normal posible, aunque la herida de la puñalada lo estaba debilitando. Sus piernas amenazaban con ceder y su respiración se sentía más trabajosa. Incluso, se sentía mejor de lo que debería. Conmoción. Como el tobillo roto sobre el que había caminado casi cinco kilómetros para llegar a Nicholas, recordaba que esa conmoción podía durar horas o días antes de que el verdadero impacto de la herida se presentara.

Pero suficiente tiempo había pasado desde que el niño lo había apuñalado, de modo que Mikhail estaba seguro de que el niño no había logrado darle en el órgano. Probablemente esa era la razón por la que el pequeño mocoso estaba en el Infierno. Un impacto débil y una pobre ejecución. La Nación Remanente no tenía lugar para tal debilidad. Los hombres con los que Mikhail esperaba encontrarse eran doce portadores de conocimiento, pero eran más débiles que el niño que lo había apuñalado. Necesitaba que los ejércitos de la Nación fueran fuertes mientras mantenían a estos líderes adultos de la Nación débiles. Era el secreto para cualquier gobierno exitoso: el poder era una cosa, la fuerza otra. Mientras esperaba a los Portadores de las Penas, cerró los ojos bajo la sombra de su capucha.

Mikhail entró al lugar de su mente donde todo era posible y todo le era revelado.

El Área Infinita.

Y exhaló.

Invocó en su mente una única y simplificable propuesta: darle al presente y al futuro una última oportunidad para cambiar su curso antes de revelarse. Antes de comenzar la guerra. Lo que estaba a punto de hacerse no podría deshacerse.

Nunca.

Le preguntó al Área Infinita, *¿Es hora de ejecutar la guerra?* Y un destello de la palabra "sí", completamente blanca, resplandeció en la oscuridad de su mente. Aun así, sabiendo que esto era para lo que se había preparado, Mikhail se sentía conflictuado. Una sensación similar lo había invadido cuando el niño liberó al jabalí y lo observó irse corriendo, chillando en la distancia. El conflicto entre la ira y el alivio lo hipnotizaba, porque significa que era, al menos hoy, más humano que un Crank.

Un conjunto de pisadas. Abrió los ojos y los colores de la Habitación Dorada de las Penas inundaron su visión. Una habitación de paredes rojas y acentos dorados que casi lo enceguece. Había creado esta sala de guerra con un tono de rojo que se ubicaba entre el intenso color de la sangre fresca y la sangre oscurecida y coagulada que manchaba las armas. Los acentos dorados estaban hechos de pirita presente junto a las vetas de oro. Y junto a la pirita también había arsénico, porque tan fabuloso como era el oro, siempre estaba rodeado de veneno. Una lección que nunca olvidaría, sin importar qué tan nublada estuviera su mente:

Cualquier cosa de valor era igual de tóxica.

Mikhail enderezó sus piernas y normalizó su respiración, a medida que las pisadas se acercaban.

—¡El Gran Amo! —exclamó uno de los Portadores de las Penas cuando entró.

—¡Ah, su majestuosa Majestad! —exclamó otro, haciendo una reverencia. Mikhail rápidamente contó seis de ellos, pero no era suficiente. No para encender las llamas de la guerra.

—¿Dónde están los demás? —preguntó en voz baja y lento desde las sombras de su túnica, teniendo cuidado de no dejar en evidencia su dolor.

—El Penitente Glane y el Penitente Barrus desaparecieron. Junto con una Sacerdotisa. —Uno de los Portadores de las Penas dio un paso hacia adelante. Habían pasado décadas y Mikhail aún no se había aprendido sus nombres. No le importaba quiénes eran Glane o Barrus, solo necesitaba los números.

—¿Y qué hay de los Huérfanos de los acantilados? ¿No ascendieron a ninguno en su ausencia? —Había sido su plan durante años ascender a los Portadores de las Penas más fuertes para cuando llegara la guerra. Tenía sistemas y planes, y los rostros de aquellos que tenía por delante eran rostros de incompetencia. Su ira fluía a través de su herida y palpitaba en su espalda.

Uno de ellos contestó:

—El Penitente Haskin y el Penitente Clarence aceleraron los peregrinajes para los soldados Huérfanos, incluso adelantarán los rituales a los dieciséis de algunos de los más fuertes.

—Entonces, ¿por qué ustedes son solo seis ahora? —enfatizó la palabra *ahora* como si fuera una orden y no una pregunta, pero solo se encontró con silencio. Una vez más había sobreestimado que los Portadores fueran algo más de lo que realmente eran. Así como había subestimado a Alexandra. Y ahora estaba en medio de este desastre de la Evolución sin una Nación sólida ante él—. ¡Digan algo! —ordenó.

—Ellos… ellos…

Un Portador delgado dio un paso hacia adelante.

—Los Huérfanos no… regresan.

Mikhail repasó su rutina de respiración. Los hombres encapuchados que tenía por delante eran solo herramientas. Nada más. Toda la Nación Remanente, una caja de herramientas que finalmente usaría hoy. Herramientas que podían romperse y que terminarían en la basura después de la guerra.

Los hombres que tenía por delante no merecían el honor de morir en una guerra. No merecían el banquete del jabalí. Y no merecían ver su rostro. Mantuvo la capucha de su túnica con firmeza.

—Tienen más problemas para los que tengo tiempo. Portadores de las Penas desaparecidos, huecos en los túneles del Infierno por los que los Huérfanos escapan. No importan los desaparecidos. Esta guerra tiene que comenzar —pausó cuando cada Portador se arrodilló ante él. Al menos aún tenían su voluntad para doblegarse a la suya—. Reúnan al Ejército de Huérfanos y al Ejército de

Cranks de inmediato. —Los Portadores de las Penas se miraron con una gran vacilación—. ¿Qué ocurre?

—El Ejército de Cranks, ah, Gran Amo…

—¿Qué pasó? —empezó a hablar más lento para aumentar su paciencia, otro truco que le había enseñado Nicholas. Se sentía como si estuviera hablándole a un grupo de Cranks.

—Ellos… no están bien.

Pasaron meses desde que Mikhail había visitado al Ejército de Cranks. ¿Acaso la memoria le estaba fallando? Pensó en las pruebas de Nicholas para la pérdida de la memoria luego de un accidente. El dolor en la espalda amplificaba su ira.

—Llévenme allí, ahora.

2

A pocos metros de la Habitación Dorada de las Penas había una parcela de tierra modesta que se extendía dentro de los muros de la fortaleza. En la superficie, estaba vacía y despejada, pero a diez metros por debajo, había un búnker con miles de Cranks. El lugar contaba con un complejo sistema de túneles, lleno de escondites y depósitos para almacenar provisiones. Mikhail dejó que los seis Portadores de las Penas caminaran delante de él para que no vieran el corte en su túnica. Caminaban como cobardes, sus espaldas rígidas de miedo.

—¿Está seguro de que hace falta que bajemos allí? —preguntó el más delgado, volteando en su dirección.

Mikhail sencillamente asintió y señaló la escotilla cubierta de musgo. Uno por uno, los seis hombres bajaron por la entrada del búnker, como si estuvieran camino a una muerte segura. Los Portadores de las Penas de la Nación Remanente no eran mejores que los hambrientos Huérfanos en el Infierno, pero sus túnicas hacían que uno pensara lo contrario. Túnicas de poder. Ninguno de los Portadores tenía poder, no, Mikhail se había asegurado de eso. Solo sabían lo justo y necesario, lo que él considerara pertinente compartirles durante sus visitas de incógnito a la Habitación Dorada.

Bajó por la escotilla hacia el túnel y se acercó al elevador.

—Señor, el Ejército de Cranks está muy hambriento. —El Portador de las Penas delgado lo seguía demasiado cerca.

Perder sangre había dejado algo mareado a Mikhail.

—El hambre es buena para la guerra. —no debería hacer falta decirles eso a los Portadores de las Penas.

—No. No, no es eso, ¿cómo lo digo…? —El Portador dio un paso hacia adelante, directo hacia la entrada del búnker—. No están… satisfechos.

—Entonces, denles más comida —dijo Mikhail, pasando junto a él y subiéndose al pequeño elevador, pero uno de los hombres evitó que accionara la palanca para descender.

—Vi a uno comerse su propio brazo ayer, señor. —El Portador de las Penas soltó el brazo cubierto de Mikhail.

Mikhail no le creía. Autocanibalismo. ¿Autosarcofagia? Los Cranks eran caníbales, pero no se comían a sí mismos, por el amor de la Llamarada. Ningún animal lo haría. Bajó la palanca del elevador una vez que los seis Portadores estuvieran adentro; el elevador chilló al descender, sus mecanismos cambiaban y giraban hasta llegar al nivel del búnker. El resto respiró profundo de manera colectiva cuando la puerta se abrió. La herida le estaba produciendo a Mikhail un calor abrasador por todo el cuerpo, así que aceptó el aire fresco del respiradero con las manos abiertas. El olor, sin embargo, era algo que prefería no sentir. Apestaba a jugos gástricos y bilis. *¿Acaso los Portadores de las Penas no mantenían al Ejército?*

—¿Están encadenados en grupos de ocho? —preguntó Mikhail. El ocho era un número sagrado. Parte de los dígitos que Alexandra recitaba. Se aferraba a esos números para no perder la cordura y, pronto, le entregaría un ejército de ochos.

—Sí, señor. —Un Portador de las Penas que había llevado un anotador y un bolígrafo se aclaró la garganta—. En mayor medida. —Presionó el botón de su bolígrafo de un modo nervioso. *Clic clac. Clic clac. Clic clac.* El sonido le hacía palpitar el ojo a Mikhail.

—¿Qué rayos significa eso? O están juntos, listos para pelear, o no lo están. —Bajó del elevador hacia el suelo del búnker y, de pronto, quedó asaltado por los sonidos de las cadenas. Metal sobre concreto. *CLANK CLANK CLAAAANK...* Ruidos que, de algún modo, parecían fuertes y bajos a la vez. Sonidos estridentes y furiosos que venían desde corredores fuera de vista.

—¡Soldados repórtense! —gritó un Portador de las Penas, pero solo el sonido de las cadenas y los pies arrastrándose sobre el suelo le respondió—. ¡Soldados repórtense! —Aún sin respuesta. Mikhail nunca había bajado al búnker sin que hubiera un soldado Huérfano en el elevador y otro haciendo guardia en el corredor. Cada punto de acceso a la vista debía tener un soldado junto a este.

—Algo no anda bien. —El Portador de las Penas se ubicó al fondo del elevador, listo para regresar a la superficie. De ninguna manera, Mikhail necesitaba saber qué estaba pasando con estos Cranks. Quizás los Huérfanos ya los habían llevado a los Berg.

Empezó a caminar hacia el más fuerte de los sonidos que provenía de un corredor a la derecha y se percató de que estaba caminando solo. Volteó hacia los Portadores de las Penas detrás de él.

—Si van a comportarse como unos cobardes, los arrojaré al ejército como un sacrificio. ¿Qué les parece eso? —dijo y ocultó su propio dolor y duda. Lentamente, cinco Portadores dieron un paso hacia adelante. El más delgado, el más débil, accionó la palanca para regresar a la superficie. Los engranajes crujieron a medida que los sonidos metálicos lo llevaban lejos.

Algunas personas dirían que era un pusilánime.

—¡Penitente Banks! —gritó uno de los hombres a través del pozo del elevador.

—¡Larga vida a la Cura! —el Portador de las Penas más delgado gritó aterrado mientras desaparecía a lo lejos.

Mikhail estaba furioso. La Cura viviría, sí, pero el Portador que le había dado la espalda a la Nación Remanente no. De un modo u otro, ese idiota cobarde tendría una muerte dolorosa, reservada para aquellos que traicionaban a la Nación.

Mikhail hizo una mueca de dolor cuando caminó desde la sala principal del búnker hacia uno de los corredores.

—Preparen a los dos ejércitos. Toma nota de las coordenadas —le dijo al que no dejaba de presionar el botón del bolígrafo—. 56,8125 grados al norte y 132,9574 grados al oeste.

—Espere, ¿puede repetirlo? —El hombre intentó seguirle el ritmo.

Mikhail respiró lenta y profundamente.

—56,8125 grados al norte y 132,9574 grados al oeste. —Caminó hacia los sonidos del metal arrastrado—. Carguen los Bergs con los Cranks. Aterrizarán en esas coordenadas exactas y los enviarán marchando a pie hacia el sur. El Ejército de Huérfanos y los ataques aéreos se realizarán desde el norte, y los dos se encontrarán en el medio para destruir a la ciudad de los Dioses de una vez por toda. —Los Portadores de las Penas se miraron con algo que solo podía describirse como un entusiasmo oscuro, ojos inmensos y sonrisas de sorpresa–. ¿Alguna pregunta? –Los sonidos metálicos se volvieron más fuertes. Al menos un grupo de Cranks debía estar suelto en los pozos.

–Tenemos las coordenadas. Tenemos las órdenes. Solo necesitamos saber el día para el ataque.

–Domingo. –Ocultó su propia sonrisa–. El más sagrado de los días. La Diosa le hablará a la multitud en la plaza luego de la Misa. Cuando vean a una mujer más hermosa que Alaska misma, esa es la Diosa. –No quería lastimar a Alexandra, solo destruirla, y había varias maneras de destruir a alguien sin causarle daño físico. Por cómo había alardeado por haberse quedado con la cabeza de Nicholas, no podía permitirse pensarlo dos veces–. Mátenla si es necesario.

–Larga vida a la Cura –dijeron los Portadores de las Penas al unísono.

Mikhail dobló en la esquina de un corredor y vio algo para nada natural: un grupo de Cranks encadenados en una línea de ocho, liberándose de las cadenas...

Y estaban mordiéndose sus propias extremidades.

Le tomó un momento a su mente comprender la situación que tenía frente a sus ojos. Nunca había temido a los Cranks, pero la herida en su espalda lo había dejado débil. Vulnerable. Cuando contó los cuerpos llenos de sangre infectada con la Llamarada que tenía por delante, solo contó seis que seguían encadenados por sus muñecas y tobillos. Había dos espacios en la fila; cadenas sueltas colgaban sobre el concreto. Había dos Cranks sueltos en el búnker.

–¡Vayan a la armería! –gritó Mikhail, avanzando a trompicones hacia atrás, sin poder apartar la vista de esta locura, la desesperación por ser libres. Como animales enjaulados, preferían masticarse sus extremidades que permanecer esclavizados. La armería estaba llena de armas, cuchillos, municiones y granadas de mano, pero de repente, su pierna derecha cedió por el dolor que se propagaba por su cuerpo. Como si algo lo hubiera pinchado desde el interior de su herida. Gritó a pesar de querer contenerlo.

—¡Gran Amo! —exclamó uno de ellos, pero los hombres encapuchados no tenían los instintos de los Huérfanos, que habían entrenado durante todas sus vidas. Ellos eran organizadores y políticos, no tenían la mente de un soldado. Cuidar. Proteger. Matar. Mikhail giró y, a pocos centímetros de su cara, encontró a un Crank furioso, fétido de ira.

Ojos inmensos sin alma en su interior. Solo sed de sangre.

Tales olores. Cada fluido corporal combinado en uno solo. Saliva. Bilis. Sangre. El Crank levantó su muñeca masticada a medias hacia Mikhail, pero él la sujetó, la apartó, la mantuvo alejada con fuerza. El Crank ahogó un grito gutural.

—¡Dame tu bolígrafo! —gritó Mikhail. Extendió una mano, se la quitó al Portador de las Penas desgraciado, presionó el botón y se la clavó en el cuello al Crank. Justo en la arteria.

El monstruo cayó de sus rodillas y Mikhail siguió sujetando su muñeca.

Se alejó del cuerpo.

—¡Gran Amo, está herido! —gritó un Portador de Penas desde atrás, finalmente viendo su herida. Pero no permitió que esto debilitara su plan.

—Suban a los Cranks a los Bergs. ¡Ahora! —Se obligó a ponerse de pie y avanzó con ligereza hacia la armería.

3
MINHO

–Una vez Flacucho encontró a un Huérfano lejos en el campo. Muerto.

Minho apreciaba tener compañía mientras conducía el barco, pero Naranja no lo convencería de que un soldado muerto en un campo significaba que había un Ejército de Cranks.

–¿Se encontró con el Ejército de Cranks?

–Bueno, no. El tipo estaba muerto. Flacucho nunca lo reportó, no se suponía que estuviera ahí afuera.

–¿Entonces cómo puede ser que un soldado muerto en un campo signifique que hay un ejército entero de Cranks?

–*Porque* –respiró profundo–, Flacucho dijo que el cuerpo estaba vaciado.

¿Vaciado? Se encogió de hombros. Un único Crank podría haber hecho eso o un grupo de Cranks–lobos. Minho no sabía si los Cranks–lobos existían, pero si fuera el caso, tendría mucho más sentido que un ejército de Cranks entrenados.

–No le cuentes a ella todas estas historias absurdas, ¿está bien? –Señaló a Roxy con la cabeza, quien se acercaba a los dos Huérfanos en la cabina de mando.

–¿Historias sobre qué? –preguntó Roxy.

–Nada… –Naranja sacudió la cabeza.

–¿Todo bien? –preguntó Roxy mientras miraba los controles del barco. Minho asintió. Había descifrado la mayoría. Manejar un barco era mucho más fácil que pilotear un Berg por el aire, pero, aun así, estar en medio del océano lo ponía nervioso. Mantenía al *Maze Cutter* cerca de la costa, para poder anclar por la noche. El

Huérfano había descubierto que estar detrás del timón requería solo una cosa: concentración. Como observar la distante línea de árboles desde los muros de la Nación Remanente. Paciencia. Equilibrio. Observar la superficie del agua. Escuchar si los sonidos del barco cambiaban.

Intentó ignorar las cosas que no sabía, como por qué el timón seguía moviéndose hacia la derecha, pero empeoraba con cada hora que pasaba.

—La alineación está mal. No estaba tan mal cuando empezamos. Algo está haciendo tracción. —Giró levemente hacia la izquierda para poder avanzar en línea recta—. ¿Crees que puedes ir a revisar la sala de máquinas? —preguntó y Naranja asintió.

—Yo también puedo ayudar —dijo Roxy.

Minho resopló.

—Sin ofender, Roxy, pero ya te he visto manejar una camioneta. No hace falta que agarres cada ola peligrosa y te estrelles contra cada ballena que aparezca en el camino.

—Ey —sonaba casi ofendida—. Déjame decirte que mi abuelo me enseñó a andar en canoa. Sí, así es. Es un poco diferente, pero su primera regla —levantó un dedo en el aire—, era respetar el agua.

—Es una buena regla —contestó Minho—. Puedes ayudar a Naranja a "respetar el agua" vigilando el mar adelante.

—No hay nada más que agua. —Miró hacia las suaves olas del océano—. No hay barcos, ni ballenas, nada que vigilar. Un poco aburrido, para ser honesta.

—Espera —dijo Naranja, tomando el timón del capitán—. ¿Conocías a tus padres? ¿Y a tus *abuelos*? —Distintos rangos de soldados y generaciones de Portadores de las Penas era lo más cercano a un árbol genealógico que los Huérfanos de la Nación Remanente tenían. Minho quería escuchar la respuesta.

Roxy asintió con orgullo.

—Conocí a mis abuelos y a mi papá. Aunque no diría exactamente que lo conocía. Lo veía y pasamos mucho tiempo juntos, pero nunca pude *conocerlo* del todo. —Metió las manos en los bolsillos. Minho intentó entender qué significaba eso, que Roxy tuviera a alguien así en su vida, pero sin conocerlo de verdad—. Mi mamá tuvo una muerte horrible, pero nadie me quiso lo suficiente como para hablar de eso.

—Ah —dijo Naranja y giró el timón hacia la izquierda, mirando a Roxy—. Lo siento.

Minho recordaba que le había contado algo sobre su madre, pero debía molestarle mucho. No saber nunca la verdad.

—Quizás… te querían *mucho* y por eso no te lo contaron. Ya sabes, si fue horrible. —Él dio un paso hacia adelante y corrigió el rumbo nuevamente hacia la derecha para compensar la fuerza que los llevaba hacia la izquierda—. A veces, lo que sabemos… cambia lo que *sabíamos*, y quizás no querían eso para ti. —Entendía esto por todo lo que no les había contado a Roxy y a los demás sobre él mismo, su *verdadera* identidad, porque sabía que cambiaría lo que pensaban de él.

Roxy estaba perdida en pensamientos. Podía no ser su verdadera mamá, pero quería conocerla, realmente conocerla tanto como pudiera antes de que llegaran a Alaska y las cosas cambiaran. Podría revisar la pala del timón más tarde.

—Cuéntanos sobre tu abuelo. —Se sentó en el asiento del capitán—. Te enseñó sobre el agua, ¿qué más?

Roxy se sentó a su lado y acercó las piernas a su pecho, como si fuera a contarles una verdadera historia.

—Coleccionaba historias de todas partes. Libros, panfletos, almanaques, cualquier cosa que encontrara, y las memorizaba. Solía

recorrer el país, visitando pueblos a caballo para encontrar más.
—Rio.

Minho no podía imaginárselo.

—¿Tu abuelo viajaba a caballo? ¿Solo para contar historias?

—¿Por qué es tan difícil de creer? —Arrugó el entreceño.

Minho no quería ofenderla, era solo que no lo entendía. Viajar para dar advertencias era algo que entendía, porque había matado a muchas personas que lo hacían. Pero viajar para compartir cuentos de hadas parecía menos... respetable. Parecía una razón indigna para morir.

—¿Qué? Escúpelo. Lo que sea que estés pensando.

No estaba seguro de contarle todo sin decirle cuántos hombres había matado que estaban en misiones más importantes que esa. Miró a Naranja, pero ella solo estaba mirando el océano. Tal como debería hacerlo cuando estaba en el timón, pero no lo ayudaba a encontrar las palabras adecuadas.

—Porque no hay honor en eso.

—¿Honor? —espetó Roxy como si nunca hubiera escuchado esa palabra.

—Una razón. Un propósito. Una necesidad mayor que la propia —explicó el Huérfano de la mejor manera que pudo. No quería decir que contar historias no era una manera digna de morir. Sabía que Naranja entendería su punto de vista.

Roxy sacudió la cabeza con intensidad.

—La *conexión* es el propósito. Sin las historias, todos apenas estaríamos vivos. Las historias nos ayudan a entender la vida para que *podamos* vivirla. Las historias son el pegamento que mantienen a nuestros huesos unidos. Las historias de familia. Las historias de la antigüedad. Las historias de fantasía. ¿Acaso esa Nación tuya nunca te enseñó nada?

—Tenemos rumores en la Nación Remanente. Son como historias, ¿verdad? —preguntó Naranja y Minho intentó no hacer ningún gesto—. Cuéntanos una de las tuyas. —Nunca apartó la vista de las pequeñas olas por delante.

—Ah, hay tantas —dijo Roxy inclinando la cabeza hacia atrás, como si mirar al cielo sin nubes fuera a ayudarla a agilizar su memoria—. La gente solía ir de distintos pueblos solo para escuchar sus historias. Las que hablaban sobre los dioses antiguos eran las historias que la gente más disfrutaba.

—¿Qué dioses antiguos? —preguntó Minho.

—Los Elohim.

Miró confundido a Naranja, pero ella parecía sentirse igual que él.

—¿Qué es eso?

—Ya sabes, ¿el Dios con los Ángeles y el Diablo? —dijo Roxy, sacudiendo las manos frente a ella como si eso fuera a ayudarla. El único Dios del que había escuchado hablar mientras crecía era la Trinidad, y esas historias no eran sobre cómo adorarlos. No. Solo maneras de *matarlos*.

—La Llamarada era nuestro Diablo —dijo él—. Y nuestro Dios era la Cura.

—Lo sigue siendo —concordó Naranja.

Roxy resopló.

—La Cura es solo una cosa. No puedes adorar a una *cosa* —dijo y Minho conocía mucha gente que hacía eso. Continuó—: La mayoría de la gente de la antigüedad adoraba a un dios, pero no todos tenían al mismo. Diferentes nombres, diferentes orígenes, diferentes tierras y planetas de los que los dioses venían, pero una cosa que nunca cambiaba era el diablo. El mal se mantenía constante en todas las historias de la antigüedad.

Naranja movió el timón y Minho la miró para asegurarse de que continuara moviéndolo hacia la derecha. Para él, el mal era el mal, sin importar qué forma, cuerpo o cosa tomara. La Llamarada siempre sería su diablo, incluso luego de unirse a la Trinidad. Y la Evolución era necesaria para detener a ese diablo.

—¿Este sujeto tiene nombre? —preguntó para calmar a Roxy.

—Iblís —pausó—. Dios ordenó a todos los espíritus que adoraran al hombre, que había creado con su propio aliento, pero el espíritu llamado Iblís se negaba. No adoraría a nadie más que a Dios. No creía que un hombre pudiera ser un dios.

—Como la Trinidad —contribuyó Naranja—. La gente cree que son dioses y que pueden controlar la Cura. —¿Qué pensaría de Minho cuando descubriera que su misión personal en Alaska era unirse a esta Trinidad? ¿Convertirse en uno de ellos, a pesar de las filas en las que había nacido?—. Comparto lo que decía este tipo Iblís. Los hombres no son dioses.

Roxy parecía contenta con la conversación.

—Pero al no aceptar la palabra de Dios, lo ofendió. Tanto que fue enviado al Infierno.

Minho y Naranja se miraron con los ojos bien abiertos. Ambos entendían qué era el Infierno antes de escuchar estas historias de abuelo. Habían estado *allí*. Era el nivel más bajo de toda la fortaleza de la Nación Remanente, un lugar de tortura y crueldad. Un lugar al que Minho había jurado nunca más regresar.

—Ah, conocemos el Infierno —dijo Naranja.

—Sí —agregó Minho—. Ambos estuvimos ahí.

—No, no, no. —Roxy rio. Pero si alguna vez hubiera visitado su Infierno, no lo habría hecho—. El infierno es un lugar al que vas *luego* de morir, donde el diablo tiene su pequeño reino tenebroso. Yo no creo en eso, no en un sentido literal, pero algunas personas sí.

Roxy podía decir todo lo que quisiera con que el Infierno era un lugar inventado, pero era real.

Demasiado real.

—Entonces... —Naranja pensó en voz alta—. Este tipo Iblís. ¿Está a cargo ahí abajo?

—Lo envió allí y luego quedó a cargo. —Hizo una pausa—. Todavía sigue a cargo, creo.

Minho intervino para corregir el rumbo de Naranja una vez más.

—Lo tengo, lo tengo —dijo ella—. Ve a revisar la pala del timón.

Asintió. Sí. Revisaría eso. Cualquier cosa en lugar de estas tonterías sobre el diablo.

Pensó en todo lo que Roxy había dicho mientras caminaba hacia la otra punta del barco. Parecía como si cada generación en la Tierra tuviera una concepción diferente de Dios y cada una de ellas tuviera su propia idea del diablo. Él tenía sus propias creencias y se quedaría con ellas.

Los hombres *podían* ser Dioses, no hacía falta un Cielo o un Infierno.

Quizás aquellos que se quedaron en la Nación Remanente ya lo consideraban a Minho un diablo por no regresar. Estaba seguro de que lo pensarían cuando se uniera a la Trinidad.

No importaba que lo hicieran.

Nunca regresaría para descubrirlo.

Capítulo diecisiete

Suerte ciega

1

ISAAC

Había pasado más de un día desde que vieron al *Maze Cutter* desaparecer en el horizonte, pero Isaac no podía dejar de pensar en todos a bordo. Su único consuelo estaba en el hecho de que confiaba en Minho más que de lo que alguna vez había confiado en Kletter.

—¿Creen que estarán bien? —preguntó Jackie en voz baja, mientras caminaban hacia el sur junto a la costa.

—Sí… —contestó Isaac, frotando el brazalete de pasto tejido que Sadina le había hecho—. Estarán bien. —Quería llenar el silencio que Cowan y el viejo Sartén dejaban abierto. Isaac no culpaba a Sartén por no querer ir a Alaska. Para todos, las historias de la antigüedad eran solo historias, pero para Sartén eran recuerdos. Recuerdos dolorosos y horribles.

—Estarán bien —agregó el anciano—. Siempre y cuando no se crucen con ningún Penitente, estarán bien.

Isaac no sabía si estaba bromeando.

Cowan tosió.

—Nos reencontraremos pronto. Una vez que lleguen a la Trinidad, nosotros seremos su próxima parada.

—¿Crees que eso ocurrirá pronto? —preguntó Jackie, acelerando su paso ante estas noticias.

Isaac se preguntaba si la señora Cowan les contaría lo que le había contado a él: que todos en la isla eran sujetos de prueba, no solo Sadina. Bueno, excepto Isaac y el anciano, que fueron sumados a último momento. Ahora tenía sentido por qué Cowan había dudado tanto en dejarlos subir a bordo. Claro, Sartén no se tomaba la manipulación con sutileza. No sobre los sujetos de prueba, al menos, con el infame tatuaje aún visible en su cuello.

—¿Qué ocurrirá cuando lleguemos a la Villa? —le preguntó Isaac a Cowan, en un intento de invitarla a compartir toda la verdad con el resto del grupo. Había mantenido el secreto de su infección y ya no quería cargar con ningún otro.

—Nos presentaremos y les mostraremos nuestro linaje y les pediremos ayuda —Cowan respondió de manera realista, como si fuera tan sencillo.

Sartén intervino.

—Nadie nos ayudará si no ven que les podamos servir para algo. —Los árboles en el camino empezaron a verse más débiles a medida que se alejaban, más y más desnudos. Algo estaba comiendo sus hojas. O infectándolas.

—No tenemos que ir a la Villa, tú y yo —dijo Jackie, volteando hacia Sartén. Podemos quedarnos en el bosque hasta que ellos…

—No, iremos. Si hay algo en mi vieja sangre que pueda ayudar a la señora Cowan a que se recupere, la ayudaré.

Eso trajo una sonrisa honesta a los labios de Cowan.

—Gracias.

—No parece la Llamarada —agregó—. Una nueva variante, quizás, pero no es la Llamarada del Laberinto, eso está más que claro.

Los hombros de Isaac se relajaron al oír eso. No tenía nada con qué comparar los síntomas de Cowan en su mente, pero el sarpullido se veía *mal* y el rostro de la mujer había empezado a decaerse, como si la enfermedad en su cuerpo estuviera derribándola de cualquier manera posible.

—¿Alguien necesita descansar? —preguntó Isaac, mirando específicamente a los adultos. Si sus piernas estaban cansadas, entonces las de Cowan y Sartén debían sentirse el doble de agotadas.

—Estoy bien —dijo Cowan.

—Un poco más —agregó Sartén.

—¿Cómo es que yo estoy lista para descansar y ustedes dos no? —dijo Jackie, exhalando con pesadez y riendo—. Estoy dispuesta a caminar todo el día si eso significa no quedarme en ese estúpido bote, pero no creo que esté en forma como ustedes dos.

Sartén flexionó un brazo.

—En casa, caminaba más de seis kilómetros todas las mañanas. Hasta la costa ida y vuelta. —*Con razón tenía tanta energía.*

—Cuando regresemos, haré esa caminata contigo —dijo Jackie—. Todos los días.

—Yo también —dijo Isaac, sonriendo al pensar en su hogar. No estaba seguro de que fueran a regresar a la isla, pero se sentía aliviado de tener al resto. Incluso si le ocurría algo a Cowan, Isaac no estaría solo. Quizás Jackie no tenía el estómago para un viaje en barco, pero, según él, era la isleña más fuerte del grupo, incluso más fuerte que Dominic. Si se encontraban con algún Crank otra vez, confiaba en que Jackie los mataría solo con sus manos si era necesario.

—¿Qué *es* eso…? —preguntó Cowan, señalando a un pequeño montículo en el camino de tierra por delante. Isaac entrecerró la vista ante la extraña figura. Se acercó para investigar y se inclinó. Era un ave muerta.

—Solo un gorrión —dijo y Jackie se acercó y se agachó para tocar al ave—. Espera, podría estar infectada.

—No la voy a tocar, es solo un pequeñín al que quería saludar. —Señaló a una cosa diminuta y escurridiza roja y naranja que reptaba por la tierra. Un anfibio. Cowan había empezado a tener otro ataque de tos y aprovechó la oportunidad para detenerse y descansar—. Hola pequeñín, ¿cómo te llamas?

Sartén se acercó para mirarlo.

—Es una pequeña y vieja salamandra.

Cowan tosió y tosió para aclararse la garganta.

—Es tonto, pero quizás sea una señal…

Isaac miró al ave muerta y luego levantó la vista hacia Cowan. No quería que pensara que pronto estaría muerta sobre su espalda, con el pico hacia el cielo.

—No. Todo estará bien.

—Exacto. Es una *buena* señal —Logró esbozar una sonrisa, pero frunció el ceño. Isaac no tenía idea de qué estaba hablando—. Tenemos unos libros antiguos en el congreso, escritos por los inmunes, donde compartieron su conocimiento y sus recuerdos. Y en uno de estos libros, alguien llamaba a las salamandras como *newt*. Decían que no había que comérselas.

—Prefiero morir de hambre antes que comerme a esta lindura —dijo Jackie acariciando a la criatura sobre la cabeza con un dedo.

—Pequeño Newt —dijo Isaac y se ganó una sonrisa honesta del viejo Sartén.

—Es un buen nombre para cualquiera —agregó.

—¿Escuchaste eso? —le preguntó Jackie a la pequeña salamandra—. Eres un *newt*, un pequeño Newt. —Se puso de pie y ubicó a la nueva mascota sobre su hombro.

El grupo acababa de agregar a otro integrante, uno que hizo que cada uno de ellos sonriera. Quizás el pequeño animal traía un poco de suerte. Isaac no era supersticioso, pero aceptaba la buena fortuna siempre que fuera necesario, en especial cuando ese gorrión pardo fuera la segunda ave muerta que había encontrado en el camino.

2

Sus días habían encontrado una rutina y eso ayudaba a que su mente no perdiera el rumbo, o que no *patinara hacia la locura* como diría Trish si estuviera allí. El sarpullido de Cowan se estaba extendiendo y la crudeza de su color rojo empezaba a asomarse por detrás de su pañuelo. Su plan era seguir los pasos hacia la casa donde Isaac y Sadina habían sido secuestrados, donde habían asesinado a Kletter, y luego continuar por la calle y las casas colina arriba hasta ver a alguien.

—Kletter nunca le dijo a nadie cómo lucía la Villa, ¿verdad? —preguntó Isaac.

—No, tenía muchos secretos —contestó Jackie con amargura.

Isaac miró a Cowan en busca de una respuesta, pero como era una mujer de muchos secretos, sabía que no diría nada.

—¿Señora Cowan? —Se acercó a ella—. ¿Kletter mencionó algo sobre la Villa? ¿Antes de subir al barco, quizás en la reunión que tuvieron?

Cowan parpadeó más lento que de costumbre, como si su cuerpo y sus músculos estuvieran exhaustos por la fuerza que debían hacer para mantener sus piernas caminando.

—No lo sé… No creo —contestó, pero Isaac no estaba convencido. Si Kletter le había dicho que necesitaban sujetos de control y más gente que Sadina de la isla, entonces estaba seguro de que le había revelado algo más. Cosas que Cowan no recordaba o elegía no compartir.

Jackie levantó otro insecto escurridizo.

—Creo que prefiere los gusanos.

Isaac miró al pequeño Newt tragar a la criatura incluso más pequeña.

—Definitivamente no es vegetariano.

Jackie se frotó la boca.

—¡Puaj, agh!

—¿Qué pasó? —preguntó Isaac y se detuvo cuando Jackie escupió algo y empezó a frotarse la lengua.

—Se me acaba de meter un bicho a la boca. Qué asco.

—¿Te picó? —Sartén parecía preocupado.

—No —dijo Jackie, aun frotándose la lengua.

—Toma. —Le entregó su cantimplora—. No fue una avispa asesina, ¿verdad?

—Probablemente, con mi suerte. —Escupió una vez más y luego bebió un sorbo de agua.

Sartén llamó su atención.

—Ey, miren. Recuerdan eso de ahí adelante, ese edificio. —Señaló y solo le tomó un segundo a Isaac reconocerlo. Era el primer edificio que habían visto cuando llegaron de la isla. Un verdadero rascacielos, rodeado por muchos otros. Estaban cerca de la casa donde Letti y Timón habían degollado a Kletter.

Pensar en eso hizo que Isaac se pusiera alerta. No podía bajar la guardia y, mientras caminaban, hacia el mismo lugar en donde todo había salido mal, buscó el cuchillo que Minho le había dado. Esta vez, si alguien salía de una casa tenebrosa e intentaba atacarlos, Isaac estaría preparado.

3
XIMENA

Gastar saliva.

Un desperdicio de saliva y un desperdicio de aliento, como diría su *abuela*. No tenía sentido decirle a Carlos lo que ella sentía que era verdad sobre su mamá y su esposa. Muertas. Su pobre, joven y hermosa esposa que había deseado tener hijos algún día. La esperanza de Carlos siempre pesaría más que cualquier cosa en su mente y el viaje ya era lo suficientemente deprimente. Comer serpientes, dormir en el desierto, levantar campamento cada mañana. El calor. El insoportable calor.

—¿Quieres la piel de la serpiente para hacer algo? —preguntó Carlos mientras guardaba sus utensilios de cocina. Ximena le dijo que no sacudiendo levemente la cabeza. Habría más serpientes en el camino, si llegaba a querer algo—. ¿Qué ocurre? Estás muy callada.

—Nada. No pasa nada.

Hasta tener la clara sensación de que su mamá estaba muerta, Ximena había pasado cada día en el desierto mirando al horizonte, con la esperanza de ver a su mamá y Mariana caminando hacia ellos. Entonces caminarían rápido, quizás correrían. Pero debía recordar que no era la esperanza la que los había traído aquí afuera. Era su intuición de que algo estaba mal. *Manera de ver*, como solía decir su *abuela*. Su manera de ver.

—¿Tuviste una visión y no me lo estás contando? —preguntó Carlos mientras arrojaba la piel de la serpiente hacia un lado.

Sacudió la cabeza y pateó una roca, luego comenzó a caminar hacia el norte una vez más por el sendero desgastado.

—No. —No era mentira. Tenía una *sensación*, no una visión. Eran dos cosas muy diferentes.

Carlos asintió cuando se acercó a ella. Tenían un mapa hacia la Villa si lo necesitaban, pero hasta entonces, el camino era bastante claro.

Mucha gente en la aldea tenía intuiciones de distintas maneras. Carlos quizás también, si no estuviera tan abrumado por la esperanza.

Esperanza. Tenía una manera de ocultar todas las cosas como una enorme y gloriosa mentira hasta que cambiaban y se convertían en lo que la persona quisiera que fuera. Los videntes, por el contrario, abrazaban el dolor de la verdad y veían cosas que los demás *no*.

Ximena miró a Carlos mientras caminaba. Era un hombre lo suficientemente fuerte para protegerla de casi todo lo que se les cruzara en el camino. Todo menos la verdad.

—Hay algo que te molesta —dijo cuando notó su mirada—. Nunca estás tan callada por las mañanas. —Tenía razón. Por lo general, pensaba en voz alta.

Ximena se suavizó.

—Solo pensaba en lo que ocurrirá cuando lleguemos, eso es todo.

Carlos se detuvo.

—No te enojes con Annie cuando la veamos. No puede evitar que estas misiones tomen más tiempo que el esperado.

—Claro que *puede* evitarlo. Es la que lidera al equipo. Literalmente es la única que puede evitarlo —dijo y Carlos siguió caminando, pero no lo dejaría escapar de esto. Ya habían pasado dos meses desde la última vez que les había asegurado que el grupo de su mamá y Mariana regresaría. Pero la despistada Annie siempre, convenientemente, se olvidaba las promesas que les hacía a quienes se quedaban en sus casas, como cuándo era que sus madres, hijas y esposas regresarían. Incluso desde que Ximena era pequeña, su *abuela* le había enseñado a confiar en ella misma y a *no confiar* en "Annie de la Villa".

A pesar de esto, Ximena nunca pensó realmente que Annie haría que su mamá o Mariana fueran asesinadas. Entonces, ¿por qué se sentía así ahora? *Ellas están muertas*, le susurraban sus entrañas, a medida que su mente buscaba cualquier emoción que llegara con nombres del hogar que había dejado atrás al mismo tiempo que su madre. *Francisco, Manuel, Ana…* Se concentró en cada nombre mientras caminaban, pero ninguna impresión vino a su mente. *¿Dónde están?* Pero no consiguió nada. Ni siquiera los colores de su aura aparecieron.

No hubo un momento en la infancia de Ximena en el que, al separarse de su madre, al menos no pudiera *sentirla*, allí afuera, estuviera donde estuviera. No sabía cómo explicarlo, pero ya no podía sentirla.

Si había algo que estaba matando a las liebres, de seguro también podría estar matando a los humanos. Casi Cranks. O humanos saludables que no eran Cranks, pero que tranquilamente podían serlo. Humanos lo suficientemente malvados como para aniquilar a toda su aldea.

O, quizás otro virus.

Uno que su tierra natal no pudiera soportar.

Un virus que empezaba con las liebres muertas en el desierto.

—Annie no... —dijo Carlos y suspiró profundo—. Ella no es la culpable de todo. —Volteó hacia Ximena para asegurarse de que hubiera escuchado la última parte.

Lo había escuchado, pero no le creía. Era dolorosamente obvio que Annie había sido la responsable de cada una de las cosas que salieron mal en la aldea en los últimos veinticinco años y Ximena solo había vivido dieciséis de esos años. Si Carlos quería ignorarlo, dejaría que siguiera ignorándolo.

—Te pareces tanto a tu madre ahora.

—¿Qué? ¿Por qué? —Odiaba que hubiera pasado tanto tiempo desde que su madre aceptara realizar trabajos de campo para la Villa, que ya estaba empezando a olvidar cosas sobre ella.

—Siempre se creyó más inteligente que el resto —dijo Carlos, sacudiendo la cabeza, como si ser inteligente en un mundo lleno de casi Cranks fuera algo malo. ¿Y qué si su cerebro era más... *humano* que el de la mayoría de los humanos? Mejor que el cerebro de un animal. Un monstruo. O una mentirosa como Annie.

Ximena empezó a sentir comezón en su cuello. Los mosquitos eran terribles en el desierto.

—Lo siento. —No sabía qué más decir. No era que se *creyera* más inteligente que los otros, simplemente lo *era*. Casi siempre sabía cosas antes de que ocurrieran, en especial cuando se trataba de su familia y la aldea.

Una tormenta que llegaba de manera inesperada, fuera de temporada, y rompía el techo de la estación sur.

Un anciano enfermo del oeste que se quedó ciego por comer fresas.

Y lo más importante de todo: su madre predijo a un "águila" que venía a la tierra y traía consigo verdad y conocimiento. Un águila pasó por la aldea dos años atrás y se quedó parada en el árbol más alto de todos. Nadie entendía su importancia con la misma profundidad que la mamá de Ximena. Ella aún estaba intentando descifrar qué significaba la profecía, pero la enorme y hermosa águila cazaba en el campo frente a su casa todos los días y observaba su aldea todas las noches.

La mamá de Ximena empezó a tejer un águila en todo lo que tocaba.

Y le prometió a su hija que haría lo mejor para tejer la verdad en el mundo por el resto de sus días.

4
MINHO

Los Huérfanos definitivamente no eran Dioses, pero los Huérfanos tampoco eran diablos.

Minho luchaba por ubicarse dentro de la historia sobre el abuelo de Roxy, pero era difícil porque ni siquiera conocía a su creador; nunca había conocido a sus padres.

—¿Solucionaste ese problema con la dirección? —preguntó Roxy, señalando al timón.

—Quizás —dijo Minho. Había estado allí abajo durante una hora o más sin siquiera saber qué estaba conectado con qué, pero algo debió haber funcionado. Soltó el timón para ver en qué dirección se movía y el barco lentamente empezó a avanzar hacia la izquierda otra vez—. No.

—Está bien. Has sido bendecido por los Dioses. —Señaló hacia la puesta de sol.

—¿De qué estás hablando?

—Solían decir *cielo rosado de noche para el gusto del marinero* —rio—. ¿Ya te estás cansando de todas estas historias del Abu?

Minho sonrió, algo relativamente nuevo para él. Le gustaba que lo llamara *Abu* en lugar de decir *mi abuelo*.

—Nunca. —Le gustaba escuchar la historia familiar de alguien, aunque no fuera la suya. En particular le gustaba saber qué otras cosas además del dolor, la tortura y las enfermedades podían pasar de generación en generación.

—Bueno, acabas de tener el mejor clima posible para navegar y el cielo te promete un buen día mañana —dijo Roxy, pasando un brazo sobre sus hombros—. ¿Quieres que siga yo?

—Olvídalo.

—¿Te estás vengando por no dejarte manejar la camioneta?

—Me vengaré de ti y nos llevaré a salvo. —No estaba equivocada; a él le gustaba tener el control. Roxy asintió y le alcanzó un poco de agua. La dejó sostener el timón mientras bebía un sorbo. Quizás no debería haberle hecho la siguiente pregunta, pero no pudo evitarlo. Algo al ver al barco superar ola tras ola, rompiente tras rompiente, lo hizo comprender que cada acción tenía una reacción. Necesitaba saberlo—. ¿Cómo murió el Abu?

El rostro de Roxy se arrugó como una uva olvidada durante mucho tiempo en su viñedo.

—A ustedes los soldados les gusta ponerse mórbidos, ¿verdad?

—No, quiero decir… —hizo una pausa, intentando preguntar lo que en verdad quería saber—. ¿Murió en su casa, en la cama? —El Huérfano dejó el agua a un lado—. ¿O salió en uno de sus viajes y nunca regresó?

Roxy no respondió enseguida.

—Necesito saber —dijo, encogiéndose de hombros—. Así como tú necesitabas saber sobre tu mamá. Solo eso.

Roxy soltó el timón.

—¿Te preocupa que lo hayas matado? ¿En esa Nación Remanente tuya? —Sacudió la cabeza, como si fuera imposible, pero ella no sabía a cuántos hombres el Huérfano había matado.

Tragó con fuerza.

—Le disparamos a muchos intrusos. —Dejó caer su cabeza, no podía tolerar ese pensamiento.

—El Abu murió mucho antes de que tú siquiera nacieras. —Apoyó una mano sobre el hombro de Minho, pero eso no lo hizo sentir mejor. Alguien en la Nación Remanente podría haberlo matado de igual modo.

—¿En su casa? —preguntó Minho.

Roxy sacudió la cabeza lentamente.

—Murió en uno de sus viajes. —Lo sabía, Minho lo sabía. Tomó el timón y ella dio un paso hacia un lado—. Pero su vida no fue solo suya. Su vida también estaba en cada uno de los libros que leía. Había vivido cientos de vidas y había tenido cientos de muertes cada vez que esas historias terminaban. —Respiró profundo—. Vivió una larga y buena vida.

Minho no podía dejarlo ir.

—Pero es posible que se haya acercado a la fortaleza…

Ella finalmente cedió.

—Supongo que es posible —dijo y Minho se quedó mirando al océano por delante. Al vasto y vacío océano. El agua se extendía tan lejos que ni siquiera algo tan grande como la Nación Remanente podría controlarla—. ¿Minho? —El Huérfano la miró—. ¿Por qué te molesta tanto?

No estaba seguro del porqué. Algo sobre estar al otro lado del muro había hecho que su vida se sintiera diferente. Olas. Ondas. Cuanto más días pasaba entrenando para no matar a nadie, más empezaba a lamentar los tiempos en los que sí lo hacía.

—Cualquiera que tocara nuestras fronteras... Teníamos órdenes de no dejarlos decir más de tres palabras antes de disparar. —Siempre había roto esa regla. Los había dejado decir una oración o dos, porque cada hombre merecía hablar antes de morir.

—¿Por qué solo tres palabras?

—Era solo una regla. Una de tantas. —Volteó sobre su hombro para asegurarse de que Naranja no estuviera en la cubierta para escucharlo—. Pero siempre los dejaba decir más. —Los intrusos insistían que no estaban infectados o le pedían ayuda a la Nación para alguien que *sí* estaba infectado. Alguien que amaban—. Todos... Todos tenían una historia para contar.

Roxy suspiró.

—Al menos, tú eras lo suficientemente diferente para reconocer eso.

Minho quería cambiar de tema. Cualquier cosa que evitara que Roxy siguiera imaginándolo matando a otras personas.

—¿Qué hay de los libros? ¿Los libros de tu abuelo? —preguntó con incomodidad.

—Ah, aún los tengo. Bueno, los *tenía*. La mayoría quedaron en la casa donde me encontraste.

El Huérfano recordaba ver muchos libros sobre estantes cuando ella lo había acogido en su casa con una comida. De algún modo, pensar que Roxy había abandonado todas esas historias de su abuelo se sentía más como una muerte que todos los intrusos que él había matado.

—¿Dejaste todos sus libros para venir conmigo?

—¡Claro! —dijo Roxy—. Esas historias estarán ahí. Además, las sé de memoria. Pero esta historia... —Abrazó a Minho con más fuerza de la que alguien jamás lo había hecho. Lo abrazó como él había visto a Dominic abrazar a Jackie antes de despedirse. Sus reflejos despertaron. Luchó contra la urgencia de girar y arrojarla al suelo—. Esta historia es una verdadera aventura. Y en esta aventura, tengo un hijo.

El Huérfano llamado Minho nunca se cansaría de escuchar eso.

Y en lugar de voltearla y romperle el brazo, como todos sus instintos le pedían que hiciera, hizo todo lo contrario.

El Huérfano la abrazó.

CAPÍTULO DIECIOCHO

PERDER EL CONTROL

1
MIKHAIL

Volar el Berg de regreso a Alaska fue más difícil de lo que había imaginado. La puñalada que casi le había atravesado el riñón había dejado de sangrar, pero la herida en su mente se volvía cada vez más grande. Faltaban grietas de tiempo. Recuerdos. Perdidos. Solo quedaban suposiciones. *Locura*, diría Alexandra.

La locura completa de un Crank.

La conmoción empezaba a desaparecer.

Maniobró el Berg y tomó otro sorbo de la cantimplora que había llenado con agua de cúrcuma. Tragó el brebaje analgésico y bactericida. Sabía a sudor, tan amargo y punzante como su color oxidado lo indicaba. Una calidez dentro de su boca y garganta lo hizo toser, pero Nicholas le había enseñado hacía mucho tiempo que la especia ayudaba a calmar la inflamación. *Siempre ten un frasco de cúrcuma a mano, querido Mikhail*, diría Nicholas.

Mikhail no podía recordar si la especia era para que la usara sobre las heridas abiertas o para que la consumiera, así que hizo ambas cosas. Quizás ninguna de las dos. Quién rayos sabía. Mikhail no. Llevó el Berg hacia el borde de las montañas a las afueras de Nuevo Petersburgo. Siempre y cuando evitara que la herida se infectara, viviría a pesar de la pérdida de sangre. *Sí* recordaba dónde estaba la pista de aterrizaje. *¿Dónde estaba la pista de aterrizaje?* Necesitaba llegar a su refugio. La cabaña en el bosque de la que nadie, ni siquiera y especialmente Alexandra, sabía algo. La que había construido lo suficientemente alta sobre el nivel del mar para ver cómo se desataba la guerra.

Respiró profundo, intentando pensar con intensidad, pero aún tenía tantas preguntas. ¿Qué quiso decir Nicholas cuando dijo que los traumatismos podían afectar su cerebro? ¿Su personalidad? *IIIIHHH… IIIIHHH…* Los chillidos del jabalí resonaban en su mente.

Pero no había ningún jabalí a bordo.

Locura.

IIIIHHH.

Mikhail se estaba volviendo loco. Nicholas le había advertido que algo así podía ocurrir. El traumatismo infectado. *¿Infligido?* El traumatismo infligido. Eso.

La guerra continuaría. La Nación Remanente tenía las coordenadas y el día. Siempre y cuando el Ejército de Cranks se mantuviera unido, en sentido literal y figurativo, podría detener la Evolución. Rio para sí mismo, mientras maniobraba el Berg de un lado a otro. *IIIIHHH.* El jabalí en su mente, su propia alma salvaje gritaba para ser liberada. El futuro del mundo dependía de los Cranks. ¡Cranks! Era ridículo. Una completa locura. Debería haberle disparado a cada uno de los muertitos muertos muertos en el búnker, pero no pudo. No les disparó a los muertitos muertos

muertos porque se habría estado matando a sí mismo. Todo lo que había logrado. Final. *Más allá del Final.*

¿Dónde estaba yendo? *La cabaña.* Tenía que aterrizar y llegar a la cabaña.

Maniobró el Berg como todo un gran piloto y bebió otro sorbo del agua de cúrcuma.

2
ALEXANDRA

La Diosa revolvió su té, mirando a las hebras con intensidad como si contuvieran una especie de respuesta, pero no había nada allí que pudiera calmar su mente. Mannus había sobrevivido al viaje en bote. Claro que iba a sobrevivir. Las mujeres en la Villa podían saber mucho sobre crear la Cura, pero Alexa sabía más sobre cómo sobrevivirla.

Sabía que la Evolución era buena.

Ya la tenía en su interior.

Recitó los dígitos en su mente. Había evitado que las mujeres de la Villa destruyeran todo, pero solo temporalmente.

—¿Diosa? —preguntó Flint, abriendo la puerta sin golpear. Quizás había golpeado y ella tan solo no lo había escuchado sobre el zumbido de su mente. A pesar de eso, el hombre hacía que fuera demasiado fácil que ella desquitara cualquier frustración que tuviera con él.

—¿Qué pasa, Flint? —pronunció cada palabra para que supiera que debía ser breve.

El hombre se paró en la puerta, repiqueteando sus dedos sobre el picaporte.

—El discurso está pactado para el domingo. Al finalizar la Misa.

Alexandra miró cómo golpeaba nervioso la puerta.

—¿Qué ocurre? ¿Qué más?

—Nada, Diosa Romanov —pausó—. Nada que requiera su atención inmediata. —Retrocedió en la puerta.

Alexandra dejó su té a un lado.

—¿Pero me molestarás más tarde con lo que sea que te esté poniendo nervioso? ¿Qué ocurre?

Flint asintió y dio un paso hacia adentro.

—Los peregrinos están… Están empezando a circular rumores sobre la muerte de Nicholas —suspiró—. Ya sabe cómo se pone la gente cuando no ven actividad.

Alexandra les había dado *actividad* en el sentido más grande de la palabra. Había matado a Nicholas para que la Evolución culminara. Pero nunca le agradecieron porque nunca lo sabrían. Incluso aunque lo supieran, no lo entenderían.

—¿Qué acciones sugieres? —Se acercó a Flint en la puerta.

Su mano temblaba.

—Creo que compartir los detalles de la investigación sobre la muerte de Nicholas calmaría sus miedos.

Intentó con todas sus fuerzas controlar su rostro para no poner los ojos en blanco. Antes de la muerte de Nicholas, los peregrinos habían temido a las luces del norte. Ningún miedo estaba fuera del alcanza de sus mentes débiles.

—Entiendes que he estado sufriendo. La gente… —se detuvo al escuchar una serie de gritos que provenían de afuera, pero más que eso por la expresión de Flint, su reacción ante la voz. Completo terror. Sus ojos se agrandaron y contuvo el aliento. Conocía bastante al sirviente como para saber que no quería que ella escuchara lo que esa mujer estaba gritando.

Se acercó a la ventana y la abrió.

—No es nada, Diosa, los peregrinos…

—¡Shhh! —lo calló Alexandra. Debajo en la calle, una peregrina con una túnica amarilla sacudía los brazos con locura. Alexandra entrecerró la vista. Esta peregrina le resultaba familiar. Era una de las mujeres, sin cuernos, con la que se había encontrado cuando le reveló su plan a Mannus. Una de las devotas seguidoras que había llevado al Laberinto.

Con quien había compartido el suelo sagrado.

Con quien compartía el título de asesina.

La mujer corría por las calles, gritando palabras que Alexandra no comprendía muy bien, porque era algo que nunca debía enunciarse en voz alta. Al igual que lo sagrado del Laberinto, esto debía permanecer en secreto. Pero la mujer debajo de su ventana gritaba sobre la muerte de Nicholas y sobre el asesinato. Alexandra repasó los dígitos a medida que sus oídos zumbaban. Su visión se volvió roja.

—¡Un miembro de la Trinidad mató a otro! —gritaba la peregrina, su voz chillona y estridente.

Alexandra volteó hacia Flint con toda la calma que podía mientras cerraba lentamente la ventana.

—Es una lástima cuando aparecen rumores como este. —Sacudió la cabeza, como si la peregrina no fuera nada más que un caso de locura—. Saca a esa mujer de las calles por su propio bien. —Regresó a su taza de té, de seguro ya frío—. Odiaría que le pasara algo.

3
SADINA

A pesar de haber abandonado a su mamá, a su mejor amigo y a su compañero de fogata por las noches, Sadina no se sentía sola. Trish compensaba su ausencia. Había intentado mantener a Sadina hidratada y bien alimentada, como una madre. Había dejado que se burlara de ella, como una mejor amiga, y había intentado escucharla e impartirle sabiduría como solo el viejo Sartén podía hacer. Aun así, no era lo mismo. Nunca sería lo mismo. A pesar de todos los esfuerzos de Trish, Sadina necesitaba tiempo con sus pensamientos para procesar todo lo que acababa de ocurrir. Necesitaba tiempo a solas.

Subió a la cubierta del barco y se sentó contra el tronco que sostenía el ancla. Minho le asintió desde la cabina del capitán y ella lo saludó con un gesto de su mano. Quería sentirse bien, y estar bien para Trish, pero no pasaría de la noche a la mañana.

Tomó el diario de Newt y pasó su mano por las marcas desgastadas del libro que había vivido en el bolsillo de Sartén quién sabía por cuántos años. No entendía por qué, pero lo acercó a la nariz para sentir su aroma. Esperaba encontrarse con olor a sudor, pero para su sorpresa era como oler cuero y su famoso estofado. Eso hizo que lo extrañara aún más.

Pasó las páginas del diario y dejó que su dedo se posara sobre un pasaje al azar.

Siento la paz de una certeza. Tuve amigos y ellos me tuvieron a mí.

Y eso es lo que importa.

Lo único que importa.

Cerró el diario para evitar llorar. Lo leería completo, porque se lo había prometido al viejo Sartén, pero este no sería el día. Haber perdido a Lacey y a Carson aún dolía, y no sabía si volvería a ver a Isaac, o a su mamá, o a Sartén. Todas esas cosas hacían que las palabras de Newt llegaran más profundo en su corazón.

—Ey, ¿estás bien? —preguntó Trish, apareciendo en la cubierta con una expresión de terror.

—Ey. Sí. —Respiró profundo. Sabía que necesitaba hablar con Trish sobre lo que sentía, *tenía que hacerlo*. Pero estaba tan exhausta emocionalmente que parecía una tarea imposible. Al mismo tiempo, sabía que nada cambiaría a menos que expresara sus sentimientos—. ¿Puedo hablar contigo un minuto?

Los ojos de Trish se movieron de un lado a otro, más rápido que Dominic jugando al ping pong solo con la red improvisada que había hecho bajo cubierta. *Nerviosa.*

—No me gusta cómo suena eso.

—Trish, solo siéntate. —Señaló a su lado y Trish se sentó sobre la cubierta—. Escucha…

—Nada bueno empieza cuando le dices *Escucha* a alguien…

—Escucha —repitió Sadina con firmeza. Necesitaba que superara sus propias inseguridades para realmente escuchar lo que Sadina tenía para decirle. Trish se sonó los nudillos nerviosa y Sadina tomó una de sus manos—. Cuando estás nerviosa, tú necesitas *esto* —dijo y meció la mano de Trish con la suya—. Necesitas contacto, consuelo y palabras positivas —pausó para pensar cómo era la mejor manera de expresar la siguiente parte—. Pero cuando yo estoy nerviosa, o asustada, o no sé cómo me siento. —Soltó la mano de Trish para señalarse a sí misma—. No necesito eso. De hecho, cuando haces lo que te hace sentir mejor a *ti*, a veces puede ser incómodo para mí y…

Respiró profundo cuando los ojos de Trish empezaron a llenarse de lágrimas.

—Mira, ya sé que pasaste por el infierno cuando nos secuestraron a mí y a Isaac. Ya sé que fue demasiado difícil, pero para mí también. Pensé en ti en cada segundo que pasó. Y cuando regresé, estabas tan aliviada, pero no me has soltado por más de cinco minutos desde entonces y yo necesito…

—Lo sé. Lo siento. Es solo que… Me quedé dormida y después Dominic gritó algo y me asusté y vi que no estabas y…

—No es solo hoy, ni ahora, necesito que sepas que cuando estoy atravesando algo, la clase de apoyo que necesito es espacio. Aunque te ame más que nada en el universo. Pero estamos muy encima de la otra y no siempre necesito estar…

—Entonces dices que quieres… espacio… —Bajó la voz.

—Solo digo que lo que te sirve a *ti*, puede ser abrumador para *mí*. El contacto te consuela a ti, pero para mí puede ser *sofocante*. —Estaba intentando con todas sus fuerzas pronunciar lento y suave sus palabras, pero sin importar cómo las hubiera dicho, la palabra *sofocante* acababa de brotar de su boca. Y se convirtió en un arma y apuñaló a Trish en la panza.

—¿Te sientes sofocada…? —dijo Trish, poniéndose de pie y acercándose a la borda del barco. *Mierda*, pensó Sadina.

—Trish, déjame terminar. —Se acercó a ella.

—No, no quiero *sofocarte*. Me quedaré aquí parada y lloraré sola porque mi novia necesita espacio.

—No quiero terminar contigo.

—Sadina, eso es exactamente lo que significa que *necesitas espacio*. —La miró con intensidad.

—Lo sé, pero eso no es lo que quise decir. —Respiró profundo—. Quiero que sepas cómo me siento en caso de que pase algo. Puede pasar cualquier cosa en Alaska y, si necesitan llevarme a algún lugar extraño lejos de ti, quiero saber que estarás bien y no perderás

la cabeza porque yo no estoy ahí. Y si algo *malo* ocurre como…
perder a mi mamá… —tragó saliva con fuerza e intento contener
algunas lágrimas que se empezaban a formar como rocío sobre
sus ojos al pensar en su mamá—. Lo que me consuela más que
cualquier otra cosa en tiempos difíciles es que me ayudes a crear
ese espacio. Necesito más tiempo a solas que tú. Necesito tiempo
para… reflexionar y recomponerme, y a veces, el contacto me
hace sentir más dispersa y abrumada y ansiosa. No es que no me
guste que me toques porque claramente me encanta, pero cuando
ocurren tantas cosas que necesito procesar a la vez, es demasiado
para mí. Es sobreestimulante. ¿Tiene sentido?

—¿Sobreestimulante? —repitió Trish—. ¿Supongo?

—Sí, como… cuando buscas mi mano o me tocas el brazo cuando tengo mucho en la cabeza, no se siente como un contacto normal… —Intentó hacer lo mejor al tomar la mano de Trish entre las
suyas y golpetear los dedos sobre su piel—. Se siente tipi-tapi. —Dejó
de mover sus dedos y la presionó con amor—. Aunque no quieras
hacerlo. Y aunque yo no quiera.

Rayos, todavía estaba intentando entender ella misma todos estos
sentimientos. Nunca se había sentido más estresada que la noche
en el anfiteatro en la isla y cada día parecía ser peor que el anterior.

Trish se mordió el labio.

—Pero —agregó Sadina con entusiasmo—, no es todo el tiempo.
Para nada. Solo este último tiempo cuando empezaron a pasar
tantas locuras. Cuando estamos relajadas, nadando junto a los acantilados o paseando en una caminata, no se siente así. El estrés y la
ansiedad hacen que se sienta…

—Bonki-bonki.

—Completamente bonki-bonki. —Esbozó una sonrisa que hizo
sonreír a Trish.

Trish asintió lentamente.

—Lo entiendo. De verdad. Y por favor no vuelvas a decir tipi-tapi nunca más. Solo yo tengo permitido inventar palabras estúpidas.

—Trato hecho. —Buscó en su bolsillo lo que había hecho en la costa—. Gracias por escucharme y entenderme. Ya sé que soy rara.

—Lo eres. —Le dio un beso en la frente—. Pero eres mi clase de rara favorita.

Sadina sonrió.

—Toma. —Le dio su regalo—. Te hice esto antes de que nos subiéramos al barco. Otra vez. —Miró nerviosa cómo Trish lentamente abría el regalo envuelto en una hoja de palmera que Isaac le había ayudado a armar. Trish levantó el collar frente a ella, un cable envuelto en metal, soldado, y con un trozo de madera colgando de la cadena—. Es un trozo de madera que encontré cuando nos secuestraron a Isaac y a mí y decidí quedármelo. No sé por qué. Supongo que era algo que podía llevar para tranquilizarme cuando no teníamos nada. Era algo con lo que podía decir *esto es mío*.

—Es… hermoso —dijo Trish, examinando cada parte intrincada del collar con sus dedos—. Gracias…

—Al igual que este trozo de madera era algo a lo que me podía aferrar y decir que era mío, cuando no tenía nada, quiero que sepas que nuestro amor es *tuyo*. Tú lo tienes. Y al igual que esta madera flotando de regreso a la costa desde algún naufragio, te prometo que siempre encontraré el camino de regreso a ti. Sin importar lo que cueste. —Se acercó a Trish para ayudarla a colocarse el collar—. Las mismas tormentas que nos pueden separar, también nos acercarán. ¿Está bien? —Miró al collar en Trish y luego la abrazó con fuerza.

—Vaya, eso fue lo más cursi que escuché en mi vida y me encantó. Y esto también. —Tomó el trozo de madera que ahora colgaba de su cuello—. Así que, a veces necesitas espacio y te daré espacio.

A veces necesitas que *no* te toque para que tu sistema nervioso no se ponga todo bonki-bonki. Y a veces me haces creer que estamos terminando, pero luego me regalas la cosa más romántica del mundo. Gracias por la charla. −Abrazó a Sadina una vez más y susurró−. Te amo.

−Yo te amo a ti. −Se besaron y Sadina sujetó a Trish con más fuerza, y toda la escena cursi habría durado para siempre de no ser porque Dominic apareció corriendo por la cubierta gritando como si la cabina de mando se hubiera prendido fuego.

−¡No van a creer lo que encontré! −Se acercó corriendo a ellas, sacudiendo los brazos con un libro en sus manos.

−¿Qué es eso? −preguntó Trish, finalmente separándose del abrazo.

−¡La bitácora del capitán! −gritaba cada palabra y luego miró a Minho−. ¡Encontré la bitácora de Kletter!

4
MINHO

Caos. Conmoción.

Los gritos de Dominic y la presencia de todos en la cabina hizo que el Huérfano se tensara. Volteó sobre su asiento e identificó visualmente a cada miembro de la tripulación: Sadina, Trish, Dominic, Miyoko. Todos excepto Roxy y Naranja que estaban desatando un desastre de sogas. Por lo menos, nadie se había caído del barco.

Si Dominic realmente había encontrado la bitácora, podría ayudarlos a resolver el problema con el timón del barco.

—Dame, déjame ver. —Le quitó el pequeño libro de las manos a Dominic.

—Buena suerte leyéndolo.

—¿Qué? ¿Es tan terrible la letra? —preguntó Trish.

—No, está escrito en una especie de código secreto —contestó.

Miyoko lo golpeó en el brazo por una extraña razón.

—¿Dejas que Feliz lo lea antes que yo?

—¿Eh? —preguntó el Huérfano, pero nadie contestó. *¿Feliz?*–. ¿Dónde encontraste esto?

Miyoko de hecho fue quien contestó.

—Detrás de un panel de madera en la escalera. Dominic se resbaló y se cayó. —Eso tenía sentido. Minho había escuchado un golpe unos minutos atrás y supuso que solo estaban bromeando. Miyoko continuó—. Cuando nos acercamos a ver si la escalera estaba bien…

—Yo estoy bien, por cierto, gracias por preguntar —agregó Dominic. Miyoko lo ignoró.

—Encontramos este libro metido entre los paneles.

Minho revisó las páginas y pudo reconocer el alfabeto, pero tan mezclado que no podía leerse nada. Reconoció alguna que otra palabra, pero no estaba seguro. *Collection, scientific, observation, extraordinary, reaction, exploration* y luego una palabra en particular que era clara para todos en el planeta: *infection.*

—No está en código. Creo que está en inglés.

—¿Inglés? —repitió Dominic, como si nunca hubiera escuchado la palabra.

—Sí, inglés. Ya sabes, ¿otro idioma? Déjame ver si Roxy puede leer esto. Alguien vigile el timón por un minuto.

Sadina dio un paso hacia adelante y tomó el timón. Minho empezó a marcharse, pero luego volteó hacia Dominic.

—No lo gires.

—¿Cómo sabías que quería girarlo?

Minho miró a Sadina.

—No dejes que lo gire.

$$\bullet\ \bullet\ \bullet$$

En la cara sur de la cubierta del barco, Minho encontró a Roxy y Naranja sentadas junto a una jungla de nudos. Muchas sogas de diferentes colores y grosores estaban dispersas sobre ellas, un desastre de nylon blanco, cuerdas amarillas, rollos naranjas y el cabo de amarre todo enredado. Algunas líneas de pesca estaban envueltas alrededor de otras sogas más gruesas y Naranja usaba su cuchillo cuando era necesario. Estaban tan compenetradas con la tarea que ni siquiera levantaron la vista cuando Minho se acercó.

—Esa tal Kletter que navegó antes que nosotros dejó algo escrito —dijo.

—¿Una nota? ¿Y qué dice? —preguntó Naranja, aún sin levantar la vista de sus nudos.

—No, una nota no, un cuaderno. Una bitácora, pero está en inglés. —Se agachó para estar a su nivel—. ¿Sabes inglés, Roxy?

—Un poco, sí.

A juzgar por el mantenimiento del barco y su pobre condición, el Huérfano no estaba seguro de que algún consejo de la antigua capitana fuera a ser útil. Aun así, sentía curiosidad.

—¿Puedes tomarte un momento y ver si alguna palabra te suena? —Le entregó el libro a Roxy.

Ella lo miró como si él mismo fuera un desastre de nudos antes de pasar algunas páginas de las anotaciones de Kletter.

—No sé. Aprendí inglés leyendo señales de advertencia.

—Aquí —dijo Minho cuando encontró una página con algunas de las palabras que había reconocido. Palabras sobre experimentos y expediciones—. Incluso yo reconozco algunas —señaló—. La palabra infección se repite en cada una de las páginas. *Infection*.

Eso finalmente captó la atención de Naranja.

—¿Documentó la Llamarada?

—No sé. Algo.

—Déjame ver —dijo Naranja, arrojando hacia un lado la montaña de nudos que tenía sobre su regazo y se acercó al libro. Roxy lo acercó más a su rostro y luego lo apartó—. Conozco esta palabra, tanto como estoy segura de que las remolachas manchan. Conozco esta palabra —golpeteó el texto con un dedo—. *Expire*.

No era algo que el Huérfano hubiera escuchado antes.

—¿Qué significa?

Le entregó el libro a Minho.

—Está en todas las latas de comida que vi. Indica cuándo la comida se pondrá mal, cuándo caducará.

Caducado. No sonaba bien.

—¿Podría significar algo más?

Naranja se encogió de hombros.

Roxy suspiró.

—Bueno, veamos… —Miró hacia el cielo—. Un límite de tiempo, una longitud de tiempo hasta que algo malo ocurra y… —dejó de hablar.

—¿Qué? —preguntó Minho. Roxy no dijo nada, solo puso esa misma expresión de desaprobación como cuando Minho hablaba sobre la Nación Remanente. Sus ojos se agrandaron un poco y su boca se tensó un poco más—. ¿Qué más significa?

—Bueno, a veces… en nuestro idioma al menos, la gente usa la palabra caducado cuando se refiere a una persona que está muriendo.

Muerte. Ahora tenía sentido. No solo por el pasado del Huérfano y toda la muerte que había visto y causado, sino por las historias que Isaac había contado sobre la llegada de Kletter a la isla.

—Esas personas en la tripulación de Kletter, los que Isaac dijo que tenían un disparo en la cabeza cuando vieron el barco por primera vez... Quizás escribió sobre ellos. —Examinó con cuidado el texto alrededor de la palabra *Expire* hasta que sus ojos se detuvieron sobre *infection* una vez más—. ¿Qué tal si estaban infectados?

—¿Por qué llevaría a personas infectadas a la isla? —preguntó Naranja.

Minho estaba de acuerdo con que no tenía mucho sentido. Debieron haberse enfermado durante el viaje.

Ningún capitán mataría a toda su tripulación solo para divertirse.

—Quizás por eso los asesinó. Se infectaron durante el viaje y tuvo que dispararles. —Pensó en todas las veces que palabras parecidas a *reacción* e *infección* aparecían en las notas de Kletter—. O quizás...

Eso.

Tenía que ser eso.

Volteó para asegurarse de que Dominic, Sadina, Miyoko y Trish estuvieran junto al timón del barco.

—Quizás los isleños tengan algo que ver con esto. —La sangre de Sadina. El sarpullido de Cowan—. ¿Y si no son inmunes después de todo?

Capítulo Diecinueve

Casas embrujadas

1

ISAAC

Ahí estaba. La casa donde todo había cambiado y su aventura se había vuelto una misión de escape, luego una misión de supervivencia y luego una misión de rescate. Había algo sobre esa casa, incluso antes de que todo saliera mal, que asustaba mucho a Isaac. Las ventanas rotas y oxidadas, la pintura descascarillada, el revestimiento quemado por un incendio lejano. Una vez que pasó junto a este horrible lugar donde él y Sadina habían sido secuestrados, donde Kletter había sido agresivamente asesinada, esperaba poder reiniciar su futuro y olvidar que Letti y Timón alguna vez hubieran mencionado a la evolución y la extinción.

Se preguntó por Letti y Timón, y si quizás no eran casi Cranks cuando los conocieron. Luego se preguntó si el cuerpo de Kletter seguía descomponiéndose en algún lugar. Aceleró el paso y decidió que lo mejor era no averiguarlo. Retorció el brazalete de pasto tejido alrededor de su muñeca. Cada día que pasaba, este se secaba más y más. Esperaba que Sadina y el resto de la tripulación estuvieran bien.

—¿Creen que ya están cerca de Alaska? —le preguntó al resto del grupo.

—Más cerca cada día —respondió el viejo Sartén.

—¿Qué piensa, señora Cowan? ¿Cree que Minho ya tiró a Dominic por la borda? —Le gustaba el desafío de hacer reír a Cowan.

—No, estoy segura de que Dominic se está comportando bien, pero Sadina... —tosió—. Ella sí puede ser bastante terca. Espero que ella y Minho no tengan diferencias.

Isaac ni siquiera se había preocupado por eso. Cowan tenía razón, eran dos personalidades fuertes, pero contaba con que Trish y Miyoko los mantuvieran bajo control. Sabía que los isleños se mantendrían unidos.

—Puede que haga calor aquí, pero al menos no estamos mareados —dijo Isaac, esperando a que Jackie dijera algo, pero no lo hizo. Había estado horriblemente callada desde hacía un largo rato. Volteó hacia ella—. ¿Verdad, Jackie?

Ella empezó a aminorar la marcha.

—*Izaac...*

—¿Jackie? —Se detuvo, intentando que lo mirara a los ojos, pero su mirada parecía distante y fuera de foco. Era como si estuviera mirando más allá de él—. ¿Qué ocurre, Jackie? —Sabía que era propensa a sentir náuseas, pero el camino había sido demasiado recto—. ¿Quieres vomitar?

—Si necesitas vaciar la panza, hazlo por allí. —El viejo Sartén señaló a un arbusto de tréboles junto al camino. Pero Jackie no llegó tan lejos. Sus rodillas cedieron y sus piernas se retorcieron debajo de ella como una hamaca cortada por una tormenta. Isaac se acercó corriendo y la sostuvo entre sus brazos, y luego la acostó en el camino. Newt cayó de su hombro y desapareció entre las malezas. Jackie buscó a Cowan.

—*Zeñoda* Cowan.

Cowan tomó la mano de Jackie.

—¿Qué ocurre? —preguntó Cowan. Jackie se sentía pesada, casi sin vida en los brazos de Isaac.

—No *ziento loz labioz* ni la boca, ni *miz piernaz*.

La voz de Jackie era lenta y arrastrada. Isaac la miró y luego miró a la *casa*, como si tuviera una especie de maldición. Probablemente estaba embrujada con el espíritu de Kletter.

—¡¿Qué está pasando?! —exclamó Isaac, mirando al viejo Sartén, su fuente de sabiduría más confiable, pero su rostro no contenía ninguna respuesta. Isaac buscó algún sarpullido en su piel. Nada. Ninguna picadura. Ningún sarpullido.

—Tenemos mala suerte cada vez que pasamos por aquí —dijo Sartén.

Isaac, en pánico, miró a Cowan.

—No lo entiendo, no tiene ningún sarpullido, usted sigue de pie, pero ¿ella no? —Podía sentir el calor que irradiaba de la piel de Jackie. Fuera lo que fuera, tenían que llegar a la Villa todavía más rápido.

—*Izaac...*

—Está bien. Conseguiremos ayuda. La Villa no debe estar lejos. Te cargaré, ¿está bien? —Enseguida, Isaac se puso de pie y levantó a Jackie entre sus brazos—. Estás bien —Intentó tranquilizarla con una sonrisa forzada, pero no lo estaba mirando.

Estaba mirando *más allá* de él.

—*Izaac* —balbuceó—. No puedo *ved...*

2

Isaac caminó tan rápido como pudo por el interminable vecindario con Jackie en sus brazos. Estaba agotado, ríos de fuego se vertían a través de sus músculos, pero no se detendría a descansar hasta que encontraran a alguien, a cualquiera, que pudiera ayudarlos. Habría corrido si supieran hacia dónde estaban yendo, pero la incertidumbre solo empeoraba el pánico atascado en su pecho.

—Las casas son más grandes aquí, debemos estar cerca —comentó Sartén. Llegaron a una mansión con columnas circulares al frente. Algo se movió.

—¡Ahí! —Señaló a una persona cerca de la puerta del frente, pero Isaac sabía que solo podía ser un Crank que deambulaba por la zona. El cuchillo que Minho le había dado estaba aferrado a su bota, pero su mejor asesina de Cranks estaba invalidada sobre sus brazos.

—¡Por favor, ayuda! —gritó Cowan; la figura adelante se detuvo y volteó. Al acercarse, Isaac, sudando profusamente y respirando con pesadez el aire caliente, vio a una mujer rubia. A pesar de su débil condición, empezó a correr, Jackie rebotando en sus brazos.

—¡Alto! ¡No te acerques! —La voz de la extraña tembló y se quebró, como si no estuviera acostumbrada a hablar tan fuerte, o siquiera a hablar con otras personas.

—Por favor, ayúdenos. —Isaac aminoró la marcha sin detenerse.

—Somos científicas, no médicas. No reacomodamos huesos y definitivamente no somos un Palacio de los Cranks. Si tiene la Llamarada, llévenla allí. ¿Me escucharon? —La mujer les dio la espalda y abrió la puerta de lo que Isaac esperaba que fuera la Villa.

—¿Esta es la Villa? —preguntó desesperado—. Kletter nos habló sobre ustedes.

La mujer se quedó quieta. Volteó lentamente.

—¿Kletter? ¿Está con ustedes?

—No está lejos. —*Solo un poco muerta, pero no hace falta que sepas eso*, pensó. Isaac hizo contacto visual con Cowan y el viejo Sartén, esperando que lo entendieran.

La mujer miró a cada uno de ellos de pies a cabeza, y miró a Sartén como si nunca hubiera visto a nadie tan viejo. Algo que, viviendo aquí afuera entre casi Cranks, era posible. ¿Qué significaba Kletter para estas personas como para que la extraña cambiara de parecer tan rápido?

—¿Qué le pasa a la chica? —preguntó.

—No sabemos —Isaac respondió sin mucha energía, casi al límite absoluto de su fuerza—, empezó a balbucear, perdió la sensación en sus piernas y luego la vista. Creo que en ese orden. No sé. Pasó tan rápido.

La mujer dejó salir un suspiro pesado.

—Está bien, la entraremos, pero todos ustedes tienen que quedarse *afuera* hasta que obtengamos la autorización. No puedo comprometer al laboratorio.

—No tenemos la Llamarada —dijo Sartén.

—No me preocupa la Llamarada. Es la evolución. Vamos. Acuéstenla aquí en la puerta. En los próximos treinta minutos sabremos si sobrevivirá.

¿Evolución? Se preguntó Isaac. ¿Qué significaba eso?

—Espera —dijo Cowan—. Yo también necesito ayuda. —Se quitó el pañuelo y reveló el sarpullido. La mujer empezó a sacudir la cabeza con tanta energía que Isaac pensó que se le estaba a punto de salir.

Les gritó a todos:

—Muéstrenme sus cuellos. ¡Ahora! —Señaló con energía a Isaac y luego a Sartén.

—Solo las mujeres están enfermas —dijo Sartén levantando la barbilla y girando en círculo, al igual que Isaac, con Jackie aún en sus brazos. La mujer caminó alrededor de Sartén para revisar su cuello.

—Tú… tienes un tatuaje… —dijo con un tono que estaba entre la adoración y el miedo. Probablemente no podía creer que realmente fuera uno de los antiguos miembros del Área.

Fue el turno de Sartén de suspirar.

—Sí, soy un sujeto de la prueba original del Laberinto —dijo e Isaac nunca lo había escuchado decirlo de ese modo, pero quizás las científicas apreciarían la formalidad. *Más bien un héroe*, quería agregar Isaac. *Un sobreviviente. Una leyenda.*

La mujer nuevamente parecía conflictuada. Honrada un momento, horrorizada al siguiente.

Isaac no podría sostener a Jackie por más tiempo.

—¿Pueden ayudarnos o no? —preguntó.

La mujer asintió lentamente, obviamente aún conmocionada.

—Entren. Todos. Entraremos por el sótano.

Los guio por un camino de grava que iba hacia la parte trasera del edificio, donde finalmente llegaron a una puerta pintada de negro, como la pupila de un ojo.

3
XIMENA

—¿**Estamos cerca?** —**le preguntó a Carlos. Casas abandonadas de**-lineaban cada lado de la calle agrietada.

—Sí, quizás veinte minutos.

—Siempre dices lo mismo y luego terminamos caminando durante una hora. —El sudor manchaba su camisa.

—Si siempre digo lo mismo, entonces en algún momento tendré razón. —Sonrió, siempre tan genuino de él—. Déjame en paz, pasaron dos años desde la última vez que caminé por aquí.

Ximena tenía un nudo en el pecho. Uno que conocía bien y al que había aprendido a no aferrarse. La ansiedad en sí misma a veces era una premonición. Intentó concentrarse en cada una de las casas que pasaban e imaginaba los colores intensos que alguna vez habían recubierto sus paredes cuando fueron construidas.

—Mira, Ximena —dijo Carlos, levantando algo del suelo. Un pequeño arbusto de maleza—. A Mariana le encanta esto. Bueno, no, de hecho, las odia, pero se reirá si le llevamos un poco. —Le dio a Ximena un puñado de la maleza para que la revisara—. Las plantó luego de que *tú* nacieras.

—¿Yo? ¿Por qué? —Miró la pequeña flor rosa en la punta del trébol rojo, pero no entendía el entusiasmo de Carlos y su rostro debió dejarlo en evidencia.

—Porque tu mamá decía que había estado bebiendo té de trébol rojo antes de quedar embarazada de ti. Así que Mariana empezó a juntar cada trébol que veía en la aldea, sin importar su color —comentó Carlos y rio—. Eventualmente, terminó plantando un jardín entero *solo* de tréboles. —Continuó juntando un ramo de la maleza para su esposa.

Ximena asintió. Todos en la aldea empezaron a hacer cosas raras luego de que ella naciera.

—¿Qué sabor tiene el té de trébol rojo, por cierto?

—Horrible. Tiene el gusto que uno espera de la maleza. Pero si no estaba ocupada cuidando ese jardín o secando los tréboles, estaba ocupada bebiendo té, día y noche. Té caliente, té helado, pasteles de té. Quiere tanto tener un hijo. Hacer algo que odias por alguien que amas, bueno, eso es amor incondicional.

—Habría sido una gran mamá —agregó Ximena, antes de darse cuenta de que había hablado en pasado. Esperaba que Carlos no lo hubiera notado.

—Aún hay tiempo —rio—. Ya sé que para una adolescente como tú yo debo parecer una antigüedad, pero no somos tan viejos todavía.

Ximena miró a la casa detrás del jardín de tréboles rojos y se preguntó si la mujer que solía vivir allí antes de la Llamarada siquiera necesitaba beber un té para la fertilidad. Sus ojos se concentraron en un patrón inusual en el deterioro en la casa. Su revestimiento quemado.

—¿Ves eso? —le preguntó a Carlos, pero estaba demasiado ocupado intentando hacer que la maleza se viera como flores—. El lado de la casa está quemado. ¿Crees que haya sido una fogata o una explosión? —Se acercó al revestimiento derretido del lugar polvoriento.

Carlos dejó de recoger maleza.

—Ya sé que crees que la gente solía caminar arrojando granadas de mano todos los días. No creo que haya sido así.

—Creo que son un arma de defensa revolucionaria y mucha más gente de la que crees las usaba. —Estaba tan concentrada en la posible evidencia de su arma favorita de toda la historia que no le prestó mucha atención al suelo debajo de la mancha de quemadura.

Una vez que bajó la vista, no pudo apartarla.

—Carlos… —Empezó a tener dificultades para respirar. La ansiedad de hacía un rato encontró su razón para expandirse. Su corazón empezó a latir con tanta fuerza que el sonido llegó a sus tímpanos—. ¡Carlos, rápido!

La verdad era que no quería que mirara. No era una persona con un estómago fuerte, pero *necesitaba* verificar que no estaba imaginando al cadáver a sus pies.

—Ah, Dios, aléjate. —La acercó a él, pero ella no podía apartar la vista de los huesos. El cuchillo que se asomaba desde el bolsillo de su pantalón se veía extrañamente familiar.

—Espera, ¿Carlos? —Se inclinó sobre el cuerpo muerto y se acercó al bolsillo para tomar el cuchillo.

—Ximena, te enfermarás. Vamos —dijo Carlos, como si por un momento se hubiera olvidado de que ella no podía agarrarse la Llamarada; nadie en la aldea podía. Y ninguna enfermedad era tan fuerte como la Llamarada.

—¡Es de nuestra aldea! —Levantó el cuchillo para que Carlos pudiera ver el tallado de un águila, con un círculo a su alrededor, en la vaina del arma. El mismo diseño que su madre bordaba en todo. Para simbolizar la verdad. Trazó el bordado blanco y café de la cabeza del águila directo sobre el cuero—. Mi mamá...

Carlos dio un paso hacia adelante y Ximena le entregó el cuchillo para que lo inspeccionara. Lo miró con consternación, como si la hoja afilada acabara de reventar su globo de esperanza.

—Ah, mierda. —De repente parecía estar a punto de vomitar.

—¿Qué?

Respiró profundo y apartó la vista del cuerpo.

—¿La mano izquierda tiene un anillo con una serpiente en el dedo del medio? —preguntó como si ya supiera que la respuesta era *sí*.

Le tomó a Ximena algunos momentos distinguir lo que era y no era parte del esqueleto, pero un anillo de plata esterlina reflejó la luz del sol.

—¿Una serpiente que se come su propia cola? ¿Qué significa?

Carlos evitó mirar a Ximena a los ojos.

—...Un símbolo para el eterno ciclo de la destrucción y la re-creación. O algo de eso.

—No, yo... ¿Qué significa que esta persona lo llevara? O lo que *solía* ser una persona. ¿Quién es? ¿Quién *era*? —Nadie de la aldea de Ximena, por lo que sabía.

—Es... Kletter. —La miró como si tuviera que saber quién era. Todos los que visitaban su aldea tenían tres o cuatro nombres. Nombres de pila. Del medio. Apodos. Nombres de su pueblo.

—¿Trabajaba para la Villa con mamá?

—Es *Annie* Kletter.

Los hombros de Ximena se tensaron; todo el aire en sus pulmones abandonó su cuerpo.

—¿*Ella* es Annie? —Bajó la vista sin poder creerlo. Ira. La despistada Annie. Muerta. Como la liebre en el desierto, aquí camino a la Villa. Ximena se habría regocijado ante esa idea días atrás, pero ahora solo hacía que la ansiedad en su pecho creciera hasta un tamaño descomunal—. Mamá y Mariana... Ellas no la abandonaron aquí. La habrían enterrado en la aldea. ¿Por qué...? ¿Por qué no lo hicieron? —Deambuló de un lado a otro, sujetando el cuchillo en su mano.

Carlos no respondió. Solo sujetó el ramo de malezas.

Ximena dejó que su ira aumentara en su interior para evitar derramar lágrimas. No porque fuera a llorar por la muerte de Annie, no. Agradecía que esa mujer estuviera muerta. *Ellas están muertas*. Pero las lágrimas que no dejaba salir eran por su mamá y Mariana. Algo estaba mal. No habrían dejado atrás a alguien con quien habían trabajado durante tantos años. Su mamá no habría permitido que los animales se alimentaran de la carne muerta de Annie sin haberle dado algún ritual o plegaria.

−¡No pudieron haberla abandonado aquí!

−Quizás ellas…

−No tiene sentido. ¿Tan cerca de la Villa? −Sacudió la cabeza.

−Quizás por eso tu mamá y Mariana se quedaron más meses. El laboratorio necesitaba más gente. −Regresó al camino−. Vamos. Están en la Villa. Encontraremos respuestas. Quizás Kletter marchó para un viaje diferente y no tienen idea de que ella… murió.

Ximena siguió a Carlos por el camino.

Sus pies avanzaron con pesadez sobre el pavimento agrietado. Quería respuestas. Justicia. Esperaba que Carlos tuviera razón. Esperaba tener… esperanza. Pero la ansiedad en su pecho le decía que la esperanza era un demonio, uno que la llevaba hacia una falsa realidad hasta que tanto la mentira como la verdad la mataran.

Un objeto circular en el camino captó su atención. Se agachó y levantó un brazalete de pasto tejido.

−¿Qué es eso? −preguntó Carlos−. ¿Es nuevo?

−Sí −dijo envolviendo el brazalete alrededor de la empuñadura del cuchillo de Annie−. Quizás sea una pista. Alguien tuvo que matar a Annie Kletter y quiero descubrir quién fue.

4

ISAAC

La mujer de la Villa nunca dijo su nombre. Isaac deseaba haberle preguntado mientras estaba sentado impaciente en la habitación de cuarentena con el viejo Sartén. Estaban allí para ser "observados", pero empezaba a sentirse más como una prisión que un lugar seguro para esperar. Sartén estaba sentado en silencio con la espalda sobre el receptáculo de cristal. Isaac quería creer que Jackie estaría bien. Quería creer que volvería a ver a Sadina y lograría reunir a Sadina con su madre, y que Sartén viviría para cumplir cien años. Pero la verdad rara vez era mejor que los deseos.

Isaac no podía sentirse más drenado de emociones hasta que bajó la vista y notó que había perdido su brazalete en algún lugar. Debió haberse soltado cuando cargaba a Jackie. Frotó su muñeca desnuda. Ya fue suficiente.

—¡Ey! —Empezó a golpear la pared de cristal y llamó la atención de otro científico. Había contado un total de cinco personas desde que habían entrado al edificio. Todas llevaban ropa negra debajo de sus batas de laboratorio. Casi parecía una secta. ¿Todos los científicos hacían eso? Golpeó el cristal una vez más y un hombre en la pared del fondo levantó la vista hacia él—. ¿Podrías decirme qué está pasando? —gritó Isaac. A pesar de que el tipo lo miró, no dijo nada y continuó con su trabajo.

—No se pondrán a tu nivel porque no creen que estás al *mismo nivel que ellos* —dijo Sartén, suspirando.

—Pero ella nos hizo entrar a *todos* porque… somos únicos. Somos inmunes. Sadina y…

—¿Alguna vez te preguntaste si eso no es verdad? —lo interrumpió. Isaac se detuvo.

—¿A qué te refieres? ¿No crees que seamos inmunes?

—Las cosas cambian. ¿La evolución no se trata de eso? —Cerró los ojos y se reclinó más sobre la pared de cristal—. Cuando un estofado está demasiado salado, no lo tiras a la basura. Tienes que agregarle una patata.

Isaac sacudió la cabeza.

—¿En serio? ¿Qué se supone que significa *eso*? —La mención de la comida hizo que su estómago rugiera.

—Puedes agregarle una patata pelada para que absorba la sal del estofado, pero tienes que recordar sacarla luego. Y si eres inteligente y trozas la patata y la *dejas* ahí, puedes resolver ese problema también, pero entonces terminarás con una sopa de patata en lugar de un estofado.

Isaac realmente quería mucho a este hombre y sus lecciones.

—¿Estás hablando de la Evolución? ¿En mayúscula?

—Solo digo que estamos en una situación salada aquí. —Miró al laboratorio a su alrededor, como si temiera que a los científicos no les gustara lo que estaba diciendo—. Entramos para ayudar a Cowan y a Jackie, pero tenemos que asegurarnos de que estas dos patatas —se señaló a él y luego a Isaac—, salgan de inmediato de esta cacerola ni bien puedan. —Sus ojos se movieron hacia un receptáculo de cristal en un rincón del laboratorio, tenía una cortina negra que lo cubría por afuera. Cortinas negras como los uniformes negros. Todo en este lugar tenía un aura de misterio, velado por una capa.

—¿Qué hay allí? —preguntó y Sartén señaló al suelo del receptáculo de cristal. La cortina estaba apenas corrida, lo suficiente para dejar a la vista el contenido de la habitación.

Pero Isaac no podía ver nada.

—Solo espera… —susurró el viejo Sartén y observó.

Isaac esperó.

No sabía qué estaba mirando, pero no pasó nada.

Hasta que un destello metálico se movió dentro del espacio visible. Algo que Isaac nunca había visto. Más brillante que cualquier metal que alguna vez había forjado en la fundición. Filoso. Dentado.

—¿Qué es esa cosa?

—Eso es algo que no esperaba volver a ver. —El miedo en el

rostro de Sartén acentuaba cada arruga y cada marca de su edad–. Eso, amigo mío, es un Penitente.

Isaac volteó hacia el receptáculo, pero la pata o el brazo del Penitente, fuera lo que fuera, ya se había movido. Solo podía buscar en su imaginación las historias que Sartén y los ancianos contaban sobre el Área y los Penitentes que los perseguían, infectando a los miembros del Área con una variación de la Llamarada. Pesadillas vueltas realidad. *¿De verdad era un Penitente vivo lo que había ahí?* Casi parecía imposible, como un cuento de hadas. Volteó hacia Sartén.

–¿Cuál es el tiempo máximo que crees que dos patatas pueden cocinarse en un estofado antes de deshacerse por completo?

No dudó al responder.

–Quizás un día como mucho.

5

MINHO

–Sean inmunes o no, esta tal Kletter parece una Portadora de las **Penas.** Y no confío en ninguno de ellos –dijo Naranja sentada en el asiento del capitán, revisando la bitácora. Minho se había pasado dos noches revisando el registro en detalle, pero no podía descifrar suficientes palabras como para formar una opinión, más allá de la misma conclusión a la que acababa de llegar Naranja.

–¿Nunca confiaste en los Portadores de penas? ¿Ni siquiera antes de esa locura en el Berg? –preguntó Minho y se quedó mirando al agua que tenía por delante. No había pasado mucho tiempo desde que los Portadores de las Penas de la Nación Remanente lo habían dejado a su suerte para que pudiera convertirse en uno de ellos, uno de sus pares, pero sabía antes de que lo arrojaran por un acantilado que no quería eso. No solo torturaban niños por el solo hecho de revelarse un día para matar a la Trinidad, pero Minho no *quería* matar a la Trinidad, él quería unirse a ellos y ayudar a que el mundo evolucionara. Pero, por supuesto, no podía decirle eso a Naranja. La Evolución, incluso la mención de esa palabra, era una blasfemia dentro del Ejército de Huérfanos.

—Había algo sobre ellos que no se sentía bien. —Le entregó la bitácora y tomó sus binoculares.

Minho se relajó detrás del timón.

A diferencia de todos en el barco, Naranja podía vigilar si aparecía alguna ballena o algún barco por delante sin intentar llenar el espacio entre ellos con palabras. Era igual a cuando estaban en el muro haciendo guardia para la Nación Remanente, excepto que esta vez nadie moriría. Con suerte. Mientras tanto, Minho podía relajarse en el silencio. No había tenido que esforzarse demasiado para entender la dinámica del grupo o luchar contra sus instintos de soldado. Cuando solo estaban él y Naranja, podía ser él mismo, el Huérfano llamado Minho.

Observó el horizonte mientras giraba hacia el noreste. Los sonidos del océano se volvían más fuertes, como el arrastre del barco a través del agua. El silbido del viento sobre la cubierta. Incluso la manera en la que la alegre voz de Dominic subía como un eco desde el camarote abajo.

Minho extrañaría todo esto cuando llegaran a Alaska.

Naranja bajó sus binoculares y volteó hacia él con una confesión en sus ojos.

—Flacucho y yo nunca dijimos nada en voz alta porque no queríamos que nos reforzaran, pero… cuando te fuiste, sabíamos que no regresarías.

—¿En serio? —Saber eso le trajo paz, como la confirmación de que había tomado la decisión correcta. Se preguntaba si los Portadores de las Penas también lo sabían. Si es por eso que habían atado las cuerdas con tanta fuerza. La razón por la que lo habían empujado por el acantilado con tanta violencia. La razón por la que fueron a buscarlo.

Naranja asintió.

—Sí, estábamos celosos.

Jamás había soñado que alguien notaría su ausencia, mucho menos que alguien se sentiría celoso por él.

—¿Estuviste pensando en cómo lo harás? —preguntó—. ¿Matar a la Trinidad?

—No. —No era una mentira. Esperó una reacción, pero ella no hizo nada. Quizás era la cantidad de días que habían pasado en mar abierto, pero Minho decidió poner a prueba a Naranja—. ¿De qué crees que se trate la Evolución? —Los ojos de su compañera se abrieron con gran sorpresa—. Lo siento, es algo en lo que pienso a veces… —Regresó su atención al océano que tenían por delante.

—No lo sé… —No estaba acostumbrada a tener permiso para pensar por su propia cuenta sobre ese tema. Pero si tenía tiempo para pensar sobre un Ejército de Cranks, de seguro habría pensado en la Evolución y lo que era y no era—. Supongo que podría ser lo que nos dijeron o algo completamente diferente. Solo estoy segura de una cosa. Nunca volveré a poner un pie en ese lugar.

—Yo tampoco. —Los muros de la Nación Remanente eran algo que no volvería a ver. Nunca. Pero ni bien lo dijo, sintió una punzada de dolor en sus entrañas. *Kit.*

—¿Qué ocurre? —preguntó Naranja—. Tu cara hizo algo.

—Nada. Solo recordé algo que me olvidé.

—Minho, ningún arma, artefacto ni órgano interno vale la pena para volver a ese lugar.

—¿Y una persona? Un niño llamado Kit. —No podía creer que le estuviera contando esta historia a Naranja, pero si había alguien que entendía cómo se sentía, era ella—. Una noche, estaba caminando por los túneles del Infierno cuando escuché algo que parecía un perro moribundo. Lo salvé, creo. —No estaba seguro de cuánto tiempo habría vivido el niño después de semejante golpiza; quizás debería haberlo sacado de su miseria. Lo que la Nación Remanente llamaba "refuerzo" era solo otra versión de la muerte, moler a golpes su voluntad y subordinación más allá que solo en la superficie. Salvar a Kit fue lo primero que Minho hizo en contra de lo que le habían enseñado.

Abandonar la Nación Remanente y nunca regresar había sido lo segundo.

Naranja parecía genuinamente impresionada.

—Guau. No puedo creer que no te mataran ahí mismo por eso.

—No creo que fuera un Portador de las Penas quien lo estaba lastimando. Fuera quien fuera, se fue corriendo.

Naranja dejó los binoculares sobre el asiento.

—Deberías sentirte orgulloso por ese recuerdo, no triste.

El Huérfano sacudió la cabeza. El orgullo no tenía nada que ver con eso.

—Cuando le pregunté al niño su nombre, me respondió *Kit*. Pero cuando él me lo preguntó a mí, le dije que no tenía uno. —Vergüenza. En ese mismo momento en su vida donde había mostrado la mayor valentía, también había mostrado la mayor cobardía.

Respiró profundo.

—No podrías haberlo hecho y él no debería haberte dicho su nombre. Probablemente por eso lo estaban golpeando, para que olvidara su nombre. Ya sabes. −Se cruzó de brazos al decir eso y sacudió la cabeza. Minho sabía que lo entendería. Necesitaba dejar de castigarse por eso, pero no decirle su nombre a Kit había quedado flotando como su único arrepentimiento−. Tienes que intentar olvidarlo. Cuando yo era pequeña, también me reforzaron tan mal como eso.

−¿En serio? −La miró de pies a cabeza en busca de alguna cicatriz visible, pero estaba bastante bien.

Minho sacudió su cabeza.

−No como a ese niño.

−Ah, ¿no? −Se alejó de Minho y levantó la parte inferior de su camisa. Sobre su espalda baja había varias cicatrices de siete centímetros de ancho como si casi la hubieran cortado por la mitad−. Tenía diez años. Me atraparon cantando. −Bajó su camisa y lo enfrentó una vez más.

−Maldición, Naranja. Eres más fuerte de lo que creí. −Esa imagen habría sido imposible de sacar de su mente. Cortes. *¿Todo por cantar? Pero si Naranja había sobrevivido a eso, entonces aún había esperanza para Kit.* Minho intentó seguir−. De todas formas, como capitán de este barco, te doy permiso para darle una bofetada en la cabeza a Dominic cada vez que *él* empiece a cantar.

Naranja sonrió y se inclinó sobre el timón, desde donde susurró:

−Canta mal, ¿verdad? Como una gaviota chillando por un pescado.

Minho sacudió la cabeza, su rostro dolorido.

−No puedo creer que tuvimos que escucharlo tararear y chillar durante todo el viaje y tú te estuviste guardando esto. *Tú* deberías cantar. Más fuerte que él o junto a él, aunque preferiría que fuera en lugar de él.

−Eh, quizás. −Se encogió de hombros, sin poder agregar algo más.

El Huérfano lo entendía. Una vez lo habían golpeado tanto que no habló durante un mes. Se sentía intrusivo de siquiera pensarlo, pero tenía que preguntárselo. Lentamente aminoró la marcha del barco. Naranja merecía toda su atención para la siguiente pregunta.

—¿Cómo te llamas? —La miró fijo.

Naranja inclinó la cabeza, confundida.

—¿Cómo me llamo? —Tembló levemente, como si una Sacerdotisa fuera a darle una bofetada en cualquier momento por siquiera pensarlo, pero la Nación Remanente no tenía poder sobre ellos aquí y ahora en medio del océano. Eran libres. Tenía que tener un nombre—. Ya sabes mi nombre. Es Naranja.

—Naranja es tu apodo, no es tu nombre real. —Quería saber cómo esta muchacha, parada frente a él con cicatrices por cantar, se llamaba dentro de su propia mente.

—Sí, pero los apodos son mejores que los nombres reales porque solo los *amigos* te llaman por tu apodo. —Lo empujó levemente con el codo—. Lo que significa que tengo amigos.

Minho tomó sus palabras como las olas suaves que se mecían delante de ellos. Se preguntaba si tener un apodo era un aspecto importante para medir la amistad; y si alguna vez había tenido a un verdadero amigo. Naranja interrumpió sus pensamientos.

—Así como Flacucho y yo siempre te llamamos *Feliz*.

Minho buscó en su memoria alguna vez en la que Flacucho lo hubiera llamado de ese modo.

Apenas podía ubicarlo.

—¿Feliz? —No era como él habría elegido llamarse a sí mismo.

—Sí —respondió Naranja, mirándolo con los ojos entrecerrados—. Todos te llaman Feliz. —Se llevó las manos a cada lado de su boca y gritó por el barco hacia los otros que estaban subiendo a la cubierta—. Ey, Dom, ¿cuál es el apodo de Minho?

Dominic contestó con mucho entusiasmo.

—¡Feliz! —saludó desde el otro lado de la cubierta—. Ella nos lo dijo en el Berg. Solo me bastó conocerte para entenderlo. —Luego, completamente inesperado, indeseado y para nada bienvenido, empezó a cantar una canción sobre ser feliz mientras el resto lo acompañaban con sus palmas.

Minho no pudo evitar sonreír. Movió la palanca para acelerar el barco. Roxy y Miyoko hacían palmas con entusiasmo, pegando gritos y alaridos a la par de la canción.

Minho, el Huérfano que no tenía nombre, ahora tenía dos nombres.

Uno que él había elegido. Y uno al que quizás se acostumbraría.

Feliz.

6

SADINA

Anclar cerca de la costa antes del anochecer permitía que el *Maze Cutter* se mantuviera a salvo mientras Minho y Naranja descansaban, pero Sadina odiaba lo mucho que se movía la nave de un lado a otro por las olas. Se inclinó sobre la cama de su camarote y cerró los ojos mientras los otros preparaban la cena.

—¿No puedes hacer eso en la cubierta? —le preguntó Miyoko a Dominic—. Estás tirando tripas de pescado por todas partes y huele horrible. Peor que tú.

—Jackie estaría vomitando si estuviera aquí, eso está más que claro —agregó Trish.

Sadina intentó bloquear el ruido y la conmoción, pero pensar en Jackie la hacía pensar en Isaac que a su vez la hacía pensar en su mamá y el viejo Sartén. Su corazón dolía.

Dominic nunca se dio por aludido.

—Cocino aquí porque tiene más sentido hacerlo aquí. ¡Me gusta el olor! Además, la cubierta está muy ventosa hoy.

—Ah, cierto, Dom tiene frío —bromeó Miyoko. Sadina abrió los ojos.

—Ey —dijo Dominic, parándose más recto con la cabeza de un pescado en la mano—. Cuando nos sumamos a esta aventura no sabía que nos congelaríamos el trasero y la cabeza. —Apoyó el pescado sobre su propia cabeza, boca abajo, como un sombrero.

—Qué asco. Basta —dijo Miyoko, sacudiendo las manos.

—¿Qué? Soy la Trinidad de los pescados.

—Tú no eres la Trinidad de nada. —Le arrebató el pescado de la cabeza.

Trish rio y miró a Sadina, pero no tenía ganas de reír, ya que seguía preocupada por su mamá. Hoy, por alguna razón, sentía como si algo malo fuera a ocurrir. Seguía repitiéndose que probablemente ya llegaron a la Villa sanos y salvos, pero no saberlo con certeza hacía que todo se sintiera peor; permitía que esa sensación de malestar se extendiera y tomara el control.

—Te ves como si quisieras vomitar —Trish se acercó a Sadina.

—No estoy mareada, pero no me siento bien. —No sentía náuseas, pero no estaba *bien*. Venía de un lugar distinto en su interior—. Creo que subiré a tomar un poco de aire.

—Y yo te concederé tu espacio. —Sonrió y le dio un beso. Estaba tomando lo que habían hablado en su charla particularmente bien, lo cual Sadina agradecía bastante. Parecía como si, cuanto más lejos el *Maze Cutter* estuviera de su mamá, peor se sentía y más espacio necesitaba.

Sadina subió por la escalera hacia la cubierta; entrecerró la vista por el cambio en la intensidad de la luz. El sol que se estaba ocultando en el horizonte del mar era enceguecedor, un contraste brillante a la oscuridad del camarote abajo. Y Dominic tenía razón, hacía frío. Se acercó a Naranja y Roxy junto al barandal.

—Ey —dijo Naranja, su piel lucía más sonrojada—. ¿Qué ocurre? ¿Quieres vomitar?

—No, solo… No lo sé. Tengo un mal presentimiento de que algo le ocurrirá a mi mamá. —Soltó esto antes de siquiera pensar que definitivamente algo les había ocurrido a las madres de Naranja y Minho, y a sus padres también—. Lo siento, eso fue un poco desconsiderado.

—Está bien. Crecimos sabiendo que nuestras madres probablemente estaban muertas en los pozos de llamaradas en algún lugar. Por eso las quemaduras del sol no me molestan. Podría ser peor.

—A veces, las cosas que Naranja y Minho decían se sentían oscuras, y esta era una de esas ocasiones.

—Es solo que no puedo quitarme la sensación de que algo está muy mal —repitió Sadina cuando Minho se acercó con sogas en sus brazos.

—¿Por qué no te quedaste entonces? ¿Con tu mamá? —preguntó. Minho siempre atrapaba a Sadina con la guardia baja. Era muy directo con sus preguntas, siempre teñidas de un tono que parecía juzgarla. La verdad era que, su comentario sí la había afectado, porque ella ni siquiera había considerado quedarse. La presión de su misión, el llamado para ir a Alaska era tan grande, que sentía que *no* ir no era una opción. Pero tenía razón, sí lo había sido. Isaac no lo pensó dos veces antes de quedarse con su madre para que ella pudiera ir a Alaska. Ella también debería haberse quedado.

—No lo sé. Quiero decir… La Cura y todo eso, creo que, si

nos encontramos con la Trinidad y podemos ayudarlos con eso, entonces...

—Pero si tú eres la Cura, ¿no deberías haberte quedado *con ella?* —presionó aún más y varias lágrimas empezaron a acumularse en los ojos de Sadina.

—Pero ella no tiene la Llamarada, ¿verdad? —preguntó Sadina, mirando a Minho, Roxy y Naranja. ¿Acaso sabían algo que ella no? Roxy respiró profundo y se encogió de hombros. *¿Qué significaba eso?*—. ¿Roxy? —Miró con atención el lenguaje corporal de la mujer.

—Está bien, cariño, no te equivocaste al no quedarte con ella. Hiciste lo que sentías que necesitabas hacer. Solo... algo que esa Kletter escribió en la bitácora hizo que Minho empezara a cuestionarse algunas cosas. —Apoyó un brazo con suavidad sobre los hombros de Sadina.

—¿Qué cosas? —Miró cada uno de sus rostros en busca de alguna pista.

Naranja no dijo nada.

Minho solo miró a Roxy.

Sadina apartó el brazo de Roxy.

—¿Qué ocurre? ¿Qué escribió Kletter?

Roxy suspiró y arrojó sus brazos hacia arriba.

—Bueno, no lo sé, solo puedo leer algunas palabras sueltas, pero escribió mucho sobre infecciones y caducidades, y... —miró a Minho y él asintió—. Y escribió algunas páginas sobre tu mamá.

—¿Qué? —Las olas contra el barco mecieron a Sadina con mayor intensidad—. ¿Qué decía?

Minho le entregó la bitácora.

—No lo entendemos, pero aquí —señaló Roxy—, estas páginas son donde escribió *Ms. Cowan* varias veces junto a *infection.*

Sadina miró el diario y la estúpida y horrible caligrafía de Kletter. Miró las palabras alrededor de "*Ms. Cowan*" y deseó que pudieran reacomodarse para tener sentido, pero no era el caso. La sensación que sentía en sus entrañas, la que le había advertido que *algo estaba mal*, no era una premonición, era arrepentimiento. Debería haberse quedado con su madre. Sadina le devolvió el registro a Minho y las lágrimas brotaron de sus ojos. Roxy la envolvió en un abrazo. Sadina deseaba que Trish la hubiera acompañado a la cubierta y *no* le hubiera dado espacio. No podía sentirse peor. Era un desastre.

—No debería haber venido.

—Tienes mucho sobre tus hombros, querida —dijo Roxy, meciéndola de un lado a otro en su abrazo—. Está bien. Estás haciendo lo que crees que es lo correcto y Minho no quería hacerte llorar, ¿verdad? —Miró a su hijo adoptado con intensidad, sus ojos adustos mantuvieron la pausa necesaria para una disculpa.

—Lo siento —dijo Minho—. Solo me preguntaba por qué no te quedaste. —*Vaya talento para las palabras.* Sadina se quedó mirando al atardecer y dejó que sus lágrimas cayeran.

—Todo estará bien —dijo Naranja. Pero al igual que su piel enrojecida, así también se sentía el corazón de Sadina.

—Prueba la técnica del francotirador —dijo Minho.

—No creo que dispararle a alguien sea la respuesta —dijo Roxy, aun meciendo a Sadina.

Naranja asintió como si supiera a lo que se refería.

—No, es una buena idea. —Extendió sus manos—. Para mantener la calma bajo presión, hacíamos ejercicios de respiración —dijo y Roxy aflojó sus brazos alrededor de Sadina—. Antes de dispararle a un intruso o a un animal, siempre tienes que respirar profundo por la nariz y exhalar muy lento por la boca. Entonces el rifle y tú quedan lo suficientemente estables para disparar.

—Pero yo no le voy a disparar a nadie —dijo Sadina, sacudiendo la cabeza—. No gracias.

—No se trata de jalar el gatillo —dijo Minho—. Es para dejar que todo se vaya en esa exhalación, por la boca, para que tu cuerpo pueda calmarse. Puedes agregarle cada ansiedad, cada preocupación, cada pensamiento que alguna vez tuviste en toda tu vida a esa exhalación. Y lo sacas hacia otra parte. —Señaló lejos hacia el horizonte.

—Adelante, inténtalo —dijo Roxy—. No puede hacerte daño. —Y todos esperaron a que Sadina respirara. Se sentía tonto.

Se secó las lágrimas e inhaló lentamente por la nariz y contuvo la respiración, lo suficiente para pensar en todo lo que debía sacar en esa exhalación. Las preocupaciones sobre si su madre seguía con vida. Sobre verla otra vez. Sobre verlo a Isaac otra vez. Estar a la altura del legado del viejo Sartén. Estar a la altura del legado de su tío abuelo Newt. Ser parte de la Cura. Encontrarse con la Trinidad. Todo a la vez.

Y entonces Sadina exhaló lentamente. Liberó todas sus preocupaciones y presiones al aire para que se fueran flotando hacia otro lado. Imaginó esos pensamientos sobrevolando por el océano e imaginó la misma marea que mecía el barco con aspereza, llevándoselos. Lejos, muy lejos.

7

XIMENA

—Aquí estamos —dijo Carlos, señalando a un edificio con columnas al frente, pero no parecía que Ximena lo recordara. La Villa parecía mucho más grande y tenebrosa cuando era pequeña. La mansión que tenía por delante se veía gastada y débil. Había concreto apilado sobre los escalones de la entrada principal. Empezó a caminar en esa dirección. Pero Carlos la tomó del brazo y la detuvo.

—Esa puerta no.

—¿Por qué? —esperó a que Carlos señalara otra entrada, pero en su lugar simplemente miró a los árboles a la izquierda y derecha. No le soltaba el brazo—. ¿Qué? —preguntó una vez más. La llevó de la muñeca hacia un lado de la Villa. Su pie se resbaló sobre las raíces retorcidas de un arbusto seco—. ¿Qué diablos? —Miró a Carlos en busca de alguna explicación.

—Tienen seguridad —dijo susurrando.

—¿En los árboles? —Miró cómo inspeccionaba la propiedad con sus ojos, manteniendo el cuerpo presionado contra la Villa. *¿No podía haberle contado todo esto durante el largo viaje?* Probablemente habría alimentado aún más sus dudas sobre la confianza en Annie y la Villa, y estaba segura de que Carlos no quería escuchar kilómetros y kilómetros de las preguntas de Ximena—. ¿Qué ocurre? Actúas como si nos fueran a disparar por invadir la propiedad.

Carlos no dijo nada y eso le dijo todo.

Le hizo un gesto con la mano para que la siguiera por un pequeño sendero entre más arbustos secos. Ximena tomó el cuchillo que le había quitado a Annie y lo sacó de su vaina de cuero.

—Pero tú también trabajaste aquí. ¿No hay alguna contraseña que les puedas dar?

—Es más un proceso que una contraseña. —Avanzó con cuidado hacia la parte trasera del edificio—. No sé si siguen teniendo trampas, así que tenemos que…

—¿Trampas? —Las trampas eran para los animales, no para las personas.

Carlos volteó hacia ella.

—El trabajo que hacen aquí es muy importante, Ximena. Tiene que estar protegido.

Ella suspiró. Toda su vida había escuchado sobre lo importante que era el trabajo de la Villa, pero aún no había visto el *impacto* de esa importancia. Solo veía cómo había afectado a su propia aldea de manera negativa. Pisó en los mismos lugares que Carlos lo mejor que pudo hasta que doblaron en una esquina de la casa y llegaron a una puerta pintada de negro. La pintura tenía grumos, como si la hubieran pintado varias veces. Descuidado. Si esta era una señal del trabajo que la Villa hacía *adentro*, entonces lo que pensaba de la Villa seguiría siendo lo mismo. Carlos golpeó una vez con fuerza. El crujido resonó a su alrededor como si la puerta estuviera hecha de metal. *¿Por qué la Villa tenía puertas de metal?*

Carlos se meció de atrás hacia adelante. Solo hacía eso cuando estaba nervioso.

—¿Crees que ya sepan lo de Annie? —susurró él, como si alguien pudiera escucharlos a través de la puerta de acero.

—No. Y si lo supieran, no estaría allí. No la habrían abandonado, no de ese modo —dijo Ximena y enderezó su postura cuando la puerta se abrió. Para su sorpresa, alguien de su aldea estaba al otro lado. Ximena reconoció sus facciones, aunque no podía recordar su nombre.

—¿Diena? —arriesgó.

—Danita —dijo la mujer sin calidez. Los miró de pies a cabeza.

—*Hola, ¿Podemos... podemos entrar?* —preguntó Carlos, pero Danita sacudió la cabeza.

—*Tenemos que hablar con la profesora Morgan ahora* —insistió Ximena para que la dejaran hablar con la profesora, pero Danita empezó a cerrar la pesada puerta negra. Ximena la detuvo con la misma mano que tenía el cuchillo de Annie–. *Annie Kletter. Ella está muerta.*

Danita hizo una pausa.

–*¿Ella está muerta?*

Ximena asintió.

–¿Podemos entrar? –preguntó Carlos nuevamente, señalando a la puerta.

2

Habían pasado muchos años desde la última vez que Ximena vio el interior de la Villa. Danita los llevó a través de las habitaciones inferiores hacia la sala principal sin decir nada. Ximena habría esperado que les preguntara sobre la aldea y su familia, pero Danita solo parecía concentrarse en la tarea del momento: encontrar a Morgan. Carlos tenía su ramo de tréboles rojos como si fuera a encontrarse con su esposa en cualquier momento, pero Ximena ni siquiera estaba mirando las caras de los trabajadores y científicos a su alrededor. Estaba demasiado ocupada examinando las máquinas y los instrumentos que cambiaban de habitación a habitación. La Villa había aumentado sus capacidades, bastante, desde la última vez que había estado allí.

Llegaron al piso principal y Danita volteó hacia ellos.

–Esperen aquí.

Carlos asintió. Los recuerdos de Ximena de la Villa volvieron a la vida cuando miró a la habitación de cristal dentro del laboratorio. Una habitación que conocía bien. Era la que habían construido para ella luego de que su mamá insistiera que Ximena debía estar en el mismo lugar que el laboratorio en el que trabajaba, no abajo con el resto de los sujetos. Empezó a acercarse a la caja de cristal, pero Carlos la sujetó por la muñeca otra vez. Movió sus ojos a los dos hombres que estaban en el interior. Ximena no los había visto.

Dos hombres, uno viejo y otro joven, sentados con las rodillas presionadas sobre sus pechos. Parecían cansados, demacrados. O quizás derrotados. Recordaba bien que a la caja de cristal la llamaban "cápsula de seguridad", pero la hacía sentir todo lo opuesto.

El joven se puso de pie y miró a Ximena a los ojos.

Ella enseguida apartó la mirada.

—Carlos, Ximena, ¿qué noticias tienen sobre Kletter? —La profesora Morgan entró por el corredor y el solo hecho de escuchar su voz hizo temblar a Ximena. El cabello de Morgan era tan rubio como ella recordaba y sus manos igual de huesudas.

—Encontramos su cuerpo, a poco más de tres kilómetros de aquí al sur. Cerca de la costa —dijo Carlos, bajando su mochila, pero aún sin soltar los tréboles rojos—. ¿Puedes avisarle a Mariana que estoy aquí?

—Mariana estaba con Kletter —dijo Morgan sin emoción, pero Carlos actuó como si no lo hubiera escuchado, aún sostenía el ramo de malezas como si su esposa fuera a llegar en cualquier momento—. Se llevó a un grupo de investigación con ella para encontrar a los descendientes de los Inmunes. Deberías saberlo.

¿Descendientes de los Inmunes? No, su madre le habría dicho si allí era donde *ella* estaba yendo.

—¿Dónde está mi madre? —recordó que aún tenía el cuchillo en su mano y lo sujetó con fuerza.

Morgan se acercó con cuidado a Ximena y la ayudó a guardar el cuchillo nuevamente en su vaina. Odiaba que su mente y cuerpo siguieran obedeciendo las órdenes de Morgan con tanta facilidad. Habían pasado años, pero así sin más, Morgan la había desarmado.

—Tu mamá estaba con Mariana y Kletter.

—Pero *encontramos* a Annie. Mamá y Mariana no estaban ahí. —Comprendió que no había revisado el interior de la casa embrujada. Deberían haberlo hecho. *¿Por qué no lo hizo?* Miró a Carlos—. No entramos a la casa.

—No se quedarían ahí. —Pero eso no era lo que Ximena quería decir. Lo que intentaba decir era que *deberían haber revisado el interior de esa casa para ver si había más cuerpos.*

—Bueno, ya vendrán —dijo Morgan, como si la mamá de Ximena y Mariana solo fueran un par de perros perdidos que se habían separado de su jauría—. Tenemos a cuatro del grupo que encontraron, de la isla. —Los ojos de Ximena se movieron hacia los dos hombres en el interior del cuarto de cristal.

—¿*Esos* son los inmunes? —Miró nuevamente al cuarto. Los dos extraños lucían sucios, pálidos. Algo no estaba bien—. Si mi mamá y Mariana los fueron a buscar a *ellos*, con Annie, entonces ¿cómo puede ser que *ellos* estén aquí y Annie esté muerta? Mi mamá no habría abandonado la misión. —La profesora Morgan no respondió. Ximena volteó para preguntárselo ella misma a los dos hombres, pero Carlos la detuvo de nuevo.

—Ximena. —Su tono firme le recordó a su *abuela* cuando le hacía saber que algo estaba fuera de alcance. *Pero ¿por qué no estaban tan preocupados como ella?*

Morgan finalmente habló en voz baja.

—Nos dijeron que Kletter estaba viniendo, justo por detrás de ellos. —Se acercó a Ximena y Carlos—. ¿Llevaba mucho tiempo muerta?

Ximena asintió. Nunca había visto un cuerpo tan descompuesto. Estar ahí en la intemperie claramente no ayudaba.

—¿Cuánto tiempo estiman? —preguntó Morgan, girando hacia Carlos, como si él supiera, pero no había visto más cuerpos muertos en su vida que Ximena; además, apenas había mirado a Annie. No era un adulto que realizara entierros, no tenía mucha noción de la muerte. Solo era un hombre que estaba buscando a su esposa, con un ramo de malezas en sus manos y demasiada esperanza.

Ximena se hizo cargo de la situación.

—La carne estaba licuada. Huesos. —Ya no era una niña que debían apartar en una caja de cristal.

Morgan asintió lentamente, solo una vez. Un movimiento de arriba y abajo que, de algún modo, la hizo sentir escuchada. Respetada.

—Saben más de lo que nos dijeron. Debemos interrogarlos con cuidado. —Se acercó a los técnicos de laboratorio en la parte trasera. Danita se acercó.

—Yo ayudaré —dijo Ximena sin pensar. Morgan parecía impresionada, quizás veía su potencial. Pero no era eso. Ximena necesitaba saber qué sabían estos hombres que habían viajado con Annie. Necesitaba encontrar a su mamá.

—Entonces acompáñanos —dijo la profesora Morgan—. Danita, abre la puerta.

¿Son los pensamientos que se repiten en mi cabeza, una y otra vez, sin parar, los más importantes o los más insignificantes? Cuanto menos pienso en algo, más pensamientos e imágenes parecen llegar. Incluso en la oscuridad de mi mente, los veo. Los escucho. Los siento.

¿De dónde vienen?

—*El diario de Newt*

PARTE CUATRO

LOS LÍMITES DE LA PARADOJA

Capítulo veinte

Llamarada arriba

1
ALEXANDRA

Caminó de un lado a otro en su balcón, sujetando con fuerza una taza de té para que sus manos no temblaran. Por primera vez en su vida, había tenido un sueño que era tan visceral, tan real a la vida, que le hacía sentir un miedo genuino. El aire frío de la noche de Alaska secaba el sudor de su rostro. No tenía dudas en su mente ahora. Pronto sería recibida por la completa locura.

Recitó los dígitos, pero no podía dejar de lado la oscura y presente sensación que había dejado el sueño. Recordaba cada momento de este, como si hubiera quedado gravado dentro de sus células: perseguida por una máquina de metal, fuego que caía del cielo, flechas que se clavaban sobre los cuerpos.

Alexandra bebió un sorbo de té.

No es fuego, solo son las luces del norte que han regresado, se decía a sí misma mientras miraba al cielo. Pero incluso entonces no podía ignorar las partes rojas de la aurora boreal que había ganado fuerza en los últimos días. El rojo no era un color tranquilizador. No era un color de la Evolución, era el color del peligro. El color del fuego. De la guerra. *Compórtate, Alex.*

Maldita la disciplina de la Llamarada, lo último que necesitaba era volverse loca como Mikhail, con sus parloteos constantes sobre sueños y visiones. *Nicholas le hizo esto a ella.* Él debía saber que intentaría tomar el poder y la envenenó para que se volviera loca lentamente. *¿Será eso?* Bajó su té y lo apartó junto a los pensamientos de Crank. *No*, pensó, *esa es solo la locura hablando.*

La paranoia y el miedo pueden dar vuelta a una persona.

Era eso. Era solo la paranoia de hacía un rato, la peregrina gritando en la calle sobre la culpa de Alexandra. La había escuchado, Flint la había escuchado, todos la habían escuchado. La guerra que había soñado era solo una guerra en su interior, su inconsciente que le alertaba a su consciente de las flechas que estaban apuntando hacia ella. Necesitaba un plan para calmar la situación. Miró su té. Sonrió para sí misma. Lo que la calmara a *ella* calmaría a toda la situación.

Sabía exactamente como apagar las llamas de la paranoia y las acusaciones.

Sujetó su túnica amarilla y lo que necesitaba de su apartamento, y partió hacia la sala de guardia.

2

Pensó en los dígitos mientras caminaba entre los arbustos y matorrales en el aire de la medianoche de Alaska, haciéndolos coincidir con sus pasos. El cielo arriba ayudaba a iluminar la planta exacta que estaba buscando: romero de pantano. Crecía en el suelo con sus brazos puntiagudos extendidos hacia el cielo. Algunos producían flores, pero, a pesar de la belleza que contrastaba con el pantano, solo necesitaba las hojas. Cuando lo encontró, cortó varias hojas de la planta hasta tener suficientes y las guardó en las profundidades de su túnica.

Marchó a toda prisa hacia la sala de guardia mientras desarrollaba su plan. ¿Su entrada sería más sencilla si estaba oculta con un disfraz? *No*. La Guardia Evolucionaria había intensificado su alerta desde la muerte de Nicholas. Necesitaba entrar a la sala como el miembro de la Trinidad que era y reprimir cualquier sospecha por su visita tan tarde en la noche.

—1, 2, 3, 5, 8, 13, 21, 34... —susurró sin pensar. Los dígitos eran más que solo los números favoritos de la naturaleza; constituían el número áureo, la espiral que contenía en su interior el principio y el fin de cada ciclo de vida. A los árboles les crecían sus ramas según los dígitos. Las flores hacían crecer sus pétalos según la espiral del número áureo. Y Alexandra ayudaría al mundo a evolucionar en su secuencia más pura, tal como la naturaleza tenía pensado hacer.

La naturaleza era la gran equilibradora.

En cuestión de horas, les comunicaría su anuncio a todos los peregrinos y a todos los habitantes de Nuevo Petersburgo: el comienzo oficial de la Evolución. Dejando de lado su propia evolución o cualquier miedo que estuviera creciendo en su interior; no podía darle otro nombre a lo que ya sabía: locura. Haría a un lado esta pesadilla y le hablaría a la gente por la mañana. Darles esperanza y soluciones a los peregrinos sería lo más fácil; la adoraban y temían a la Llamarada. Convencer a la Villa de que administrara la primera dosis de la Cura, por otro lado, necesitaría un poco de creatividad. Se preocuparía por eso más tarde. Un plan a la vez.

Al acercarse a la sala de guardia, el edificio de la ciudad que más se parecía al Laberinto, le hizo un gesto con sus manos a dos Guardias Evolucionarios. A diferencia del Laberinto, este lugar contenía sus propios prisioneros.

—Diosa, ¿está bien? —Se pararon a su lado. Era agradable saber que aún contaba con su lealtad a pesar de los rumores delirantes de que un miembro de la Trinidad había matado a otro.

—Tuve una horrible pesadilla y necesitaba venir antes de la mañana. ¿La mujer que estaba gritando sobre el asesinato de Nicholas? Necesito verla. —Antes de siquiera terminar, los Guardias la llevaron al interior de los muros altamente fortificados del edificio. Estaban demasiado entusiasmados por concederle lo que quisiera.

—Está en el fondo —dijo uno de los guardias.

El aire húmedo de la sala de guardia ahogó a Alexandra. Tosió y tosió. *Moho*. Los edificios más viejos estaban llenos de eso.

—¿Es posible conseguir un poco de agua caliente? —Se aclaró la garganta por la pesadez del aire al que los guardias, probablemente, ya estaban acostumbrados.

—Claro. —Uno de ellos la llevó hacia la parte de atrás mientras el otro fue a buscar el agua. Alexandra les agradeció y siguió al guardia a través del intrincado camino de arcos derrumbados. Intentó ocultar su disgusto por el estado de la sala de guardia. Apestaba a un baño sucio. Las telarañas se mecían suavemente como hilos sueltos mientras ella pasaba caminando por debajo de ellas. No se quedaría por mucho tiempo, pero odiaba haber ido.

—Aquí está. —El guardia señaló a una mujer tras las rejas, que dormía en el suelo repugnante.

Alexandra asintió, poniendo su mejor rostro de dolor y desesperación. Se llevó la mano al corazón mientras estudiaba el rostro dormido de la mujer. La pobre desgraciada había considerado una blasfemia *traicionar a Nicholas durante una hora tan sagrada*, pero nunca hubo un momento *más* adecuado para la traición. Alexandra despertó a la mujer con aplausos lentos y fuertes por su terrible actuación en las calles. Desconcertada, se despertó enseguida y se lanzó hacia el fondo de su celda.

No tenía almohada, ni cama ni una cubeta para hacer pis.

—¿Qué...? ¿Qué hace aquí? —Las manos vacías de la peregrina se ubicaron debajo de ella.

—Quería felicitarte por tu actuación. Alteraste bastante a todos con eso de que la Trinidad se rebeló contra uno de los propios.

—Yo... No la mencioné a usted ni a Mannus —susurró la mujer, temblando de pies a cabeza.

Alexandra enfrentó su ridiculez con silencio. Le recordaría lo que significaba ser devota. Tener fe. Honor. Después de un minuto incómodo entero, Alexandra habló.

—Creo que es terriblemente injusto que te tengan aquí por reclamar justicia por el asesinato de Nicholas. —El Guardia Evolucionario llegó con el agua caliente. Le hizo un gesto con la cabeza para que la dejara sola con la prisionera.

—¿Qué quiere? —preguntó la peregrina infiel, apenas levantando la cabeza.

Alexandra mezcló el romero de pantano en el agua para preparar un té. Revolvió y revolvió hasta que el aroma de las hojas del romero intoxicó el aire. Los ojos de la prisionera se agrandaron cuando, en lugar de beber la infusión, la Diosa se la ofreció a ella.

—Quiero que recuperes tu fe. Eso es todo. —La mujer dudó en tomarlo, pero Alexandra insistió—. Una Diosa no es nadie sin su gente y tú eres especial para mí, incluso aunque sientas que tu propósito ha sido ignorado.

Aceptó la taza.

—Gracias. No me dieron nada en todo el día. —Bebió el té—. El aire está muy húmedo.

—Espantoso. Eso aliviará tu alma —dijo y observó cómo la peregrina bebía de a varios sorbos a la vez. Le contó la historia de las Pruebas del Laberinto, una que sabía de memoria. Una historia de fe y engaño. La Diosa recitó todas sus partes favoritas lo suficientemente fuerte como para que los Guardias Evolucionarios la escucharan y, cuando terminó, abandonó a la peregrina y a los guardias con la calidez de sus palabras.

No habría ningún levantamiento. Ningún peregrino fuera de control. Hoy no.

Porque dentro de seis horas, el romero de pantano liberaría todo el efecto de su andromedotoxina. La peregrina empezaría a tener los ojos acuosos y la nariz congestionada que lentamente aumentaría su presión sanguínea y le provocaría vómitos, lo que eventualmente desencadenaría en convulsiones y parálisis. Para cuando Alexandra se dirigiera a todos al día siguiente al mediodía, el cuerpo físico de la mujer parecería tan loco como su mente. Espasmos. Balbuceos. Si la lengua de la mujer se las arreglaba para decir algo, nadie le creería una palabra.

3

MIKHAIL

El Berg medio se estrelló y medio aterrizó en un espacio bien escondido bajo los árboles, mientras una cortina de humo brotaba de la parte trasera. Los colores le hablaban y los sonidos tomaban formas que entraban y salían flotando de su consciencia. Su fiebre rugía. Quizás ese pequeño mocoso sí le había dado más cerca de su riñón de lo que creía. Todo alrededor de Mikhail se movía como en cámara lenta. Vio a seis Bergs volando por encima de él en una formación de guerra, y las colas de vapor brotaban por detrás de ellos formaban letras, luego palabras, pero en un idioma que él no podía leer. Los vapores del Berg se tornaron de colores y estos se endurecieron en el cielo nocturno de Alaska con las coloridas auroras boreales.

Locura.

Mikhail se reclinó sobre el asiento del capitán. Sabía que debía cerrar los ojos ante tantas dificultades físicas, pero no podía confiar en su vista y solo podía pensar en visitar el Área Infinita. Quizás esta sería la última vez.

Respiró lento y profundo. Inhaló durante tres segundos, contuvo el aliento otros tres, exhaló por otros tres. Escuchó los sonidos de la guerra al exhalar.

La destrucción era la única manera de crear.

La muerte era la única manera de traer nueva vida.

La gente de Alaska nunca sabría *por qué* ocurría la guerra. Quizás asumirían lo usual: poder, control, para detener la Evolución… y las tres opciones serían correctas. Pero si la guerra era exitosa, nunca sabrían realmente *por qué* la Evolución debía detenerse. La mayor destrucción que causaría si el mundo seguía los pasos de Alexandra.

Mikhail entró al Área Infinita dentro de su mente y no encontró nada. *¿Acaso Nicholas había tenido premoniciones antes de morir?* Debió haberlas tenido, pero el querido Nicholas no tenía ninguna herida de defensa en sus manos cuando encontraron su cuerpo. *¿Cómo podía alguien ver y escuchar tanto y no ver su propia muerte?*

Y quizás era eso.

Tal vez uno no podía ver su propia muerte, incluso cuando pudiera ver la muerte de todo un pueblo.

Mikhail deambuló por el Área Infinita.

4

SADINA

No había dormido ninguna noche desde que abandonaron la cos-ta y eso la hacía extrañar aún más al viejo Sartén. En el *Maze Cutter* no había una fogata junto a la cual sentarse ni nadie para darle consejos. Estaba sola, completamente despierta en su cama, escuchando los crujidos y chillidos del barco.

Se levantó y se acercó a la pequeña ventana, iluminada por la luz de la luna, y abrió el diario de Newt. Si leer ayudaba a Sartén a dormir, quizás también la ayudaría a ella. No tenía la valentía para leerlo desde el principio hasta el final y presenciar cómo su tío abuelo Newt perdía la mente, pero esperaba que abrir alguna página al azar le fuera a dar palabras reconfortantes. Cerró los ojos y pasó los dedos por las páginas hasta que se detuvo en la setenta y cuatro.

No puedes prepararte para lo que está por venir cuando lo que viene nunca ha ocurrido antes.

Sus palabras, con la letra de Sartén, le hicieron sentir un escalofrío que subió desde sus pies hasta la punta de su cabeza. Tenía *toda* la razón. Y así era exactamente cómo ella sentía que se estaba preparando para conocer a la Trinidad. ¿Cómo podía prepararse cuando ella, o de hecho todos en ese barco, nunca habían conocido a un miembro de la Trinidad? Mucho menos a los *tres*.

Los ronquidos de Dominic resonaban cada vez más fuerte. Sadina respiró profundo a través de la nariz y vertió todos sus miedos a esa respiración, cerró los ojos y exhaló como Minho le había enseñado. Los ronquidos se detuvieron. El Huérfano de verdad hacía milagros.

—Ey —susurró Trish.

Sadina se sobresaltó un poco.

—Lo siento. ¿Te desperté? —Hizo espacio para que Trish se acercara a la ventana y se abrazaron bajo el resplandor azulino de la luna.

—No, Dom me despertó. Pero después yo lo desperté a *él* y le dije que se acostara de lado. Cuando ese tipo duerme boca arriba la lengua le tapa toda la garganta y hace ese sonido que parece una ballena encallada.

—Sí, es bastante fuerte, ¿verdad?

—Como esos cuernos que teníamos en la isla. Para los huracanes. De hecho, Dom es peor —dijo Trish sonriendo, pero luego su sonrisa se desvaneció—. ¿Sadina?

—¿Sí?

—¿Crees que volveremos a casa?

Sadina tenía miedo de darle esperanzas. Cada día que había pasado desde que abandonaron la isla se sentía como si las estuviera llevando cada vez más y más lejos, no solo en un sentido literal, no solo de su vieja vida, sino de la posibilidad de volver a tener *una vida como la que conocían antes*. Lacey y Carson estaban muertos, al igual que dos miembros del congreso que los habían ayudado a escapar. Kletter estaba súper muerta y, con su mamá que no se sentía bien, Sadina no sabía si siquiera *quería* regresar cuando todo esto terminara.

—No lo sé… —dijo finalmente—. Honestamente, no lo sé.

—¿Puedo decirte algo sin que te enojes? —preguntó Trish, mientras jugaba de manera nerviosa con el trozo de madera que le había regalado y llevaba colgado alrededor de su cuello.

—Claro.

Trish hizo una pausa y se rascó la frente.

—No te enojes.

—No lo haré, te lo prometo. ¿Qué es?

—Dejé una nota en la isla…

—¡Trish! —exclamó Sadina, casi olvidándose de que todos estaban dormidos—. ¿Por qué? ¿Qué decía? —Habían acordado que, cuando se marcharan del anfiteatro, nadie en la isla sabría la verdad—. Se suponía que teníamos que aparentar que Kletter había hecho todo eso. El envenenamiento, el secuestro, ¡así cuando regresáramos fuera *ella* quien tuviera toda la culpa!

—¡Lo sé, lo sé! —exclamó Trish, sujetando el trozo de madera con más fuerza— Pero a ti te acompañaba tu mamá y yo estaba dejando a toda mi familia atrás. No podía *no* contarles nada. No quería que se preocuparan. Ya sabes que mataría a cualquiera por mi madre.

Sadina estaba intentando encontrar la paciencia, mantener su promesa. Entendía por qué lo había hecho, pero no quería que la mamá y el papá de Trish se lo contaran al resto de la isla.

—¿Qué decía la nota? —insistió Sadina—. No estoy enojada. Lo entiendo. Pero necesito saber qué les dijiste.

Trish estaba al borde de las lágrimas.

—No lo recuerdo. La escribí justo antes de partir. —Se frotó la cabeza otra vez—. En gran parte, quería decirles que estaba bien, que los quería y que regresaría pronto. Que estábamos yendo en una aventura.

Sadina suspiró.

—Estás enojada.

—No estoy enojada. De hecho, es perfectamente entendible. —Abrió el diario de Newt. Si el Congreso no se hubiera dividido en primer lugar, les habrían contado la verdad antes de abandonar la isla sumidos en una inmensa nube de misterio—. Si confías en que no dirán nada entonces yo también confío en ellos.

Se quedaron sentadas en silencio por un rato, abrazadas. Dominic empezó a roncar otra vez.

Trish señaló el diario y habló con suavidad:

—¿Marcaste estas páginas porque son tus favoritas?

Sadina no sabía a qué se refería. Ella no había marcado nada, así que debió haber sido Sartén. Pasó las páginas del libro y, para su sorpresa, había bastantes páginas con sus números encerrados en un círculo. Siguió pasándolas y contó los números en voz alta.

—1, 2, 3, 5, 8, 13, 21, 34, 55, 89, 144, 233. La primera página tiene dos círculos. Me pregunto qué significará.

—Quizás al viejo Sartén le gusta hacer garabatos.

—Quizás. —Pero no se sentía aleatorio. Se sentían conectados. Como un código. Pasó las páginas con su pulgar, una y otra vez, repitiendo los números encerrados en los círculos dentro de su cabeza hasta que algo literalmente empezó a tener sentido.

—Trish. Mira, estos números, no creo que sean solo las páginas… Estos… Cada uno de ellos, cuando le sumas el número anterior te da el número que *sigue*. Matemática básica. O sea, mira, cinco más tres es ocho. Ocho más cinco es trece. Veintiuno más trece es…

—Treinta y cuatro —terminó Trish con asombro—. Pero ¿qué significa?

—Creo… —Los pensamientos de Sadina estaban en conflicto con la realidad que tenía frente a sus ojos, eran solo números, pero números que crecían y evolucionaban en una secuencia perfectamente medida—. Creo que tiene algo que ver con la Evolución…

Capítulo veintiuno

Espectadores cautivos

1
ISAAC

Fue una noche larga.

Una pausa para ir al baño, un vaso de agua y un par de rodajas de pan que sabían a harina cruda y arena. Le recordaba a cuando él y Sadina eran más jóvenes y preparaban pasteles de arena en la playa. Aunque, en aquel entonces, solo *fingían* comerlos. La joven asistente que les trajo la comida y le dio los permisos para ir al baño no les dirigió la palabra y eso solo profundizó la sensación de que eran prisioneros.

Por la mañana, apenas vieron a la mujer rubia que se había llevado a Jackie, Isaac se puso de pie de un salto y golpeó frenéticamente la pared. No le importaba que el cristal se rompiera; de hecho, esperaba que lo hiciera.

—¡Ey! ¡Ey! ¡¿Qué le están haciendo a Jackie?! —El cristal frente a su boca se empañó. La científica se acercó con un portapapeles en la mano.

—Todavía estamos examinando su sangre.

—Pero ¿está con vida? —El alivio inundaba sus venas—. Hace horas dijiste que en treinta minutos sabrías si había logrado salir adelante, ¿entonces sí? ¿Lo logró? ¿Estará bien?

—Está muy mal, pero está recibiendo un suero de desintoxicación bastante agresivo. —Apenas miró a Isaac mientras hablaba.

Volteó hacia Sartén para asegurarse de que hubiera escuchado que Jackie se estaba recuperando. Asintió. Entonces Isaac entendió lo que significaba; era hora de salir de la olla.

—Entonces, ¿qué le pasó? —le preguntó Isaac a la científica.

—Tu amiga se intoxicó con una neurotoxina mortal que bloqueó sus canales de sodio. Esto hizo que su sistema nervioso se apagara —se detuvo—. Tienen suerte de que no le haya ocurrido lo mismo a ninguno de ustedes.

La palabra sodio lo hizo sobresaltarse. *¿Acaso Sartén tenía razón sobre la sal en el estofado?*

—¿Qué significa todo eso?

La científica parecía muy molesta con todas las preguntas.

—La tetrodotoxina es una biotoxina común en algunas especies de pulpos, peces globo, gusanos, ranas…

—La salamandra —dijo Sartén, poniéndose de pie.

—¿En serio? —preguntó Isaac—. ¿El pequeñín ese?

La mujer les prestó toda su atención. Isaac podía leer *Prof. Morgan* bordado sobre el bolsillo derecho de su bata de laboratorio junto a una serie de letras que no significaban nada para él.

—Me sorprende que Kletter no les haya advertido nada sobre todo esto… ¿Traerlos hasta California desde su refugio seguro? Hay cosas que necesitan saber. Es muy común encontrar aves y otros animales muertos por el veneno de la salamandra. Es parte de la evolución que ha comenzado una epidemia…

—¿Una epidemia de evolución? —repitió Isaac.

—Sí. Cuando una especie se vuelve más presente que otras, todo el ecosistema altera su equilibrio. Las aves, las liebres, incluso las serpientes perdieron una gran porción de su población en los últimos años... —explicó Morgan y volteó sobre su hombro hacia los asistentes del laboratorio y les levantó un dedo para que esperaran un momento.

Isaac intentó ponerle sentido a todo esto, lo frágil que podía ser la vida.

—Jackie había tocado a la salamandra unas cien veces como mínimo y luego, cuando se le metió un bicho a la boca, se frotó la lengua. ¡Se pasó toda esa toxina de mierda en la boca! —Recordó que Jackie también había bebido agua de su cantimplora. Era una maravilla que él no se hubiera enfermado.

—Pero, ¿estará bien? —preguntó Sartén—. ¿Pueden sacarle el veneno?

Morgan asintió.

—Tienen suerte. —Pero Isaac no se sentía con suerte. Se sentía atrapado—. Llegaron justo a tiempo. Si hubieran pasado más horas, estaría muerta.

Isaac sintió un escalofrío por todo el cuerpo y luego una ola de calor. Necesitaba ver a Jackie.

—Llévanos a verla. —Golpeó las palmas contra el cristal—. Y a Cowan —agregó, pero Morgan simplemente lo miró. Golpeó el cristal más fuerte.

Algo no estaba bien.

—Cowan es un caso diferente —dijo Morgan abriendo lentamente la puerta de cristal. Isaac sintió una ola de alivio—. Los llevaremos a un piso inferior. Podrán verlas una vez que las dos estén estables.

Isaac avanzó, ansioso por salir de ese cuarto. Salir de una vez por todas de ese lugar.

—Pero primero —dijo Morgan, bloqueándole la salida de la cápsula— tienen que contarme exactamente lo que saben de Kletter y dónde está. —Levantó las cejas y se cruzó de brazos. *Lo sabe.*

Sartén dio un paso hacia adelante.

—¿A qué te refieres con que Cowan es un caso diferente? —La profesora podía cruzarse de brazos y levantar las cejas todo lo que quisiera, pero no podía negarle respuestas a uno de los antiguos miembros del Área—. ¿Algo más sobre la evolución de la naturaleza?

Morgan sacudió la cabeza.

—No de la naturaleza. —Dejó que ambos brazos cayeran a su lado—. Miren. Lo que tiene Cowan, ya lo hemos visto antes. —Miró hacia atrás, como si estuviera pidiéndoles que salieran de la cápsula de cristal. Isaac salió con mucho gusto de esa prisión, pero Sartén lo hizo más lento, sin apartar la vista del rincón del laboratorio donde estaba la otra cápsula tapada con la cortina con el destello metálico del día anterior. *¿Podía el Penitente ser un producto de su imaginación?* Quizás sí se habían envenenado un poco por tocar a Jackie o beber agua de la misma cantimplora.

—Pero ¿esa otra persona se recuperó, está bien? —preguntó Isaac, con esperanza. Si Jackie estaba bien, Cowan también tenía que estarlo. Necesitaba que la señora Cowan estuviera bien para Sadina.

Morgan frunció el ceño.

—No me refería a que lo había visto en una *persona*. —Volteó sobre su hombro y señaló—. Estaba en ese estante ahí.

Isaac siguió su mirada hacia un estante del laboratorio que estaba lleno de instrumentos de cristal y equipos quirúrgicos.

¿Eh?

¿Qué clase de infección tenía Cowan?

2
MINHO

Tácticas de guerra.
Encauzar al enemigo.
Así era exactamente cómo estas islas que se elevaban desde el océano como los hombros de un gigante hacían sentir al soldado Huérfano. Le daban poco margen de maniobra, como si el barco estuviera siendo guiado por un enemigo. Un viento fuerte soplaba sobre las aguas agitadas y hacía que fuera más difícil maniobrar.

—Vamos a quedarnos atrapados —dijo Naranja, pero la verdad era que ya lo estaban. Si pudiera voltear al *Maze Cutter* e intentarlo otra vez, alejarse hacia el oeste, lejos de esas pequeñas islas, lo habría hecho—. Son aguas muy poco profundas. —El barco crujió por debajo—. Eso no es por la presión del agua, son las rocas. —Bajó la velocidad a cinco nudos. El viento rugía por las ventanas.

Naranja miró por sus binoculares al laberinto de islas que tenían por delante.

—No sé qué pasó. Estas dos masas pequeñas se convirtieron en veinte enormes. —El resto de la tripulación estaba en la cubierta, desafiando al vendaval y mirando boquiabiertos toda la belleza. Los árboles más verdes se elevaban desde las aguas más azules, formas y colores que probablemente venían de un mundo anterior a las llamaradas solares y las enfermedades. Era una imagen imponente, pero tendrían bastante tiempo para disfrutar todo eso agradable cuando el bote encallara—. Ay, no… —dijo Naranja, señalando hacia adelante. Un naufragio. Uno que parecía haber ocurrido hacía cien años.

Minho dirigió a la nave rápido hacia la derecha, lejos de las rocas o lo que fuera que estuviera destruyendo todo ahí, intentando mantenerse al otro lado de las aguas, pero Naranja fue rápida en corregirlo.

—Hay otro naufragio allí. Uno más nuevo. Tienes que quedarte en el medio.

Sus manos temblaron en el timón mientras llevaba al barco entre un centro de aguas cambiantes entre las islas estrechas. Docenas de islas. Cien caminos diferentes. El viento sacudía el barco de un lado a otro, más fuerte que la marea nocturna, recordándoles cuán pequeños e insignificantes eran. Habían estado preparados para los Cranks, pero no tanto para la ira de la naturaleza.

—¡Tráelos adentro! —gritó. Lo último que necesitaba era que alguien se cayera por la borda. Naranja se movió a toda prisa para apartar a los isleños y a Roxy de la borda y los llevó a los camarotes bajo cubierta. A pesar de todos los esfuerzos de Minho por mantenerse en el centro del canal, el *Maze Cutter* golpeó algo por debajo. Un sonido ominoso retumbó, crujió y chilló por todo el lugar.

Minho miró desesperado a Naranja y ella asintió.

Enseguida, bajó corriendo para revisar cómo estaba todo y subió al cabo de treinta segundos.

—Sí, tenemos una filtración.

—¿Qué hacemos? —preguntó Dominic, justo por detrás de ella.

Minho subió la velocidad a diez nudos. Ya no le importaba el daño, solo la velocidad.

—Agarren sus cosas. Nos bajaremos más al sur de lo planeado.

3
ISAAC

–Mi asistente los llevará al nivel inferior –dijo Morgan. El viejo Sartén no podía apartar la vista de la cortina negra que cubría la cápsula de la esquina, pero Isaac estaba más preocupado por la expresión en la cara de la joven asistente. El fuego en sus ojos no había disminuido ni un poco desde el día anterior.

–¿Ahí es donde está Cowan? –La asistente solo lo miraba a él, como si fuera el responsable de haber matado a su perro o algo así. Luego se marchó.

Morgan le hizo un gesto a Isaac para que siguiera a la muchacha furiosa.

–Cowan está en una cápsula de seguridad separada en el nivel inferior. Podrán hablar con ella a través del cristal –le dijo e Isaac jaló la manga de Sartén para que apartara su mirada de lo que fuera que estuviera perturbándolo detrás de la cortina. Salió de su trance y siguió a la asistente. A Isaac no le importaba cómo llamaran a esas cajas de cristal, pero no tenían nada de seguras. Eran celdas. Él y Sartén no tenían un plan más allá que contarle lo que habían descubierto sobre su enfermedad y el Penitente encerrado que habían visto... o no.

–Los veremos para la dosificación esta tarde –gritó Morgan desde atrás.

–¿Dosificación? ¿Qué es eso? –La asistente no respondió. Ni siquiera volteó. Él y el viejo Sartén apenas podían seguirle el paso. Por un segundo, Isaac creyó haber visto el brazalete de pasto que se asomaba de su bolsillo trasero, junto con un cuchillo, pero no era posible. No podía ser. Se frotó su muñeca vacía.

La joven los llevó a ambos por un corredor, por una escalera hacia abajo y luego otro corredor antes de llegar a una habitación con varias cápsulas de cristal como la que había arriba. Isaac intercambió una mirada con Sartén. Había al menos una docena de ellas, todas vacías excepto la que contenía a una señora Cowan muy pálida. Se veía peor que antes. La disposición del suelo inferior era casi idéntica al laboratorio de arriba; Isaac revisó las esquinas, pero no había ninguna cápsula con una cortina negra que ocultara a algún Penitente. Tenía que contárselo a Cowan.

—¿Por qué tiene que estar en el sótano? Nada bueno ocurre bajo tierra —murmuró el viejo Sartén mientras miraba a todas las cápsulas dentro de la habitación. La asistente se acercó a la siguiente cápsula para acomodar algunos catres.

—¡Isaac, Sartén! ¡¿Dónde está Jackie?! —gritó Cowan desde el otro lado del cristal ni bien los vio. Isaac no sabía si era por la luz de la Villa o el estrés del cuerpo de Cowan, pero la piel alrededor de sus ojos se veía casi morada.

Isaac habló lo más fuerte que pudo para asegurarse de que lo pudiera escuchar.

—Jackie se pondrá bien. Tienen que sacarle una bacteria mortal que tenía la salamandra en la piel. —Observó cómo era el lugar donde estaba Cowan. Le habían dado una cama y varias cubetas. Tenía una vía intravenosa en el brazo.

—Ah. Solo era eso… ¿La salamandra? —Se frotó la cara—. Me alegra que se esté recuperando.

—Nosotros también —dijo Isaac y asintió, pero tenía cosas más importantes para comentarle cuando la asistente gruñona los hizo entrar a otra cápsula de seguridad separada—. Señora Cowan —dijo a través del cristal—. Necesitamos que nos cuente la verdad. Con el viejo Sartén, aquí. —No quería tener que contarle él a Sartén que

Kletter también estaba usando al resto de los niños como sujetos de prueba. Pero la enfermedad de Cowan y la posible exposición a algo tan extraño, necesitaban estar en la misma página—. Esto no se trata solo de la sangre de Sadina…

La barbilla de Cowan bajó y parecía estar lista para desmayarse.

—Lo siento tanto, Sartén. Nunca quise involucrarte en esto —tosió—, pero el pedido de Kletter iba más allá que solo nuestro linaje familiar. Necesitaba la mayor cantidad de muestras de sangre posible para que pudiéramos escapar de la isla. —La manera en la que Cowan lo dijo, *escapar de la isla*, confundió a Isaac. La isla era su hogar, no necesitaban escapar de allí; esto, ahora, aquí era de lo que necesitaban escapar. Podría no darle importancia y decir que era la enfermedad en su cuerpo la que la confundía, pero sonaba como si le hubieran lavado el cerebro o algo.

—Lo sé —dijo Sartén de un modo despreocupado. Esto no solo sorprendió a la señora Cowan, sino también a Isaac.

—¿Lo sabías? —preguntó Isaac.

—¿Qué? —rio—. Puedo ser más viejo que un frijol mungo, pero sabía que no era solo una aventura fuera de la isla para buscar una Cura. Apenas llegamos al Refugio todas esas décadas atrás, sabía que un día, alguien iría a buscarnos. Nunca terminaría, hasta que lo hiciera.

—Sigue siendo para buscar la Cura —intervino Cowan débilmente—. No hicimos nada malo, además de mentirle al congreso y omitir algunas de las intenciones. Tener el potencial de usar sujetos de control dentro del mismo linaje familiar si los necesitábamos de regreso en la isla —dijo Cowan y tosió por la que pareció ser la centésima vez en los últimos minutos—. Pero la Cura es el objetivo. ¿Me oyen? Le debemos al resto del mundo… —Empezó a tener un ataque de tos hasta que vació un líquido en una cubeta.

Isaac no sabía si eran sus pulmones o su estómago, pero, de cualquier manera, no era nada bueno. Observó cómo la asistente taciturna abría la segunda cápsula y la preparaba.

—Señora Cowan, ¿Kletter le dio algo? ¿Le dio algo para ver si tenía alguna reacción? —Miró a Sartén para medir cuánto debería contarle. Por la manera en la que Cowan parpadeó, cada vez más lento, Isaac no estaba seguro de si debía molestarla con la amenaza de una máquina arriba que podía ser o no un Penitente.

Cowan parecía estar buscando en su memoria.

—Probé la sustancia para dormir antes de usarla en la multitud del anfiteatro. ¿Crees que… tuve una reacción a eso? Pero fue hace tanto tiempo.

Isaac le preguntó a Sartén, pero él sacudió la cabeza.

—No, no puede ser eso. Pero, ¿puede ser que le haya dado algo más mientras dormía?

Cowan tosió otra vez.

—No.

—¿Quizás estaba probando cómo reaccionaría con una parte de la sangre de Sadina? —preguntó Sartén mientras Isaac miraba a la asistente acercarse a ellos, arrastrando los pies con pesadez.

—¿Kletter? —Los ojos morados de Cowan parpadearon—. ¿Crees que me dio algo mientras dormía? —Se sujetó la cabeza.

—Annie Kletter era una ladrona y una mentirosa —dijo finalmente la asistente. Abrió los ojos bien en grande, como si estuviera animando a cualquiera a que la contradijera—. ¿Por eso la mataron?

—¿Annie? —preguntó Isaac. Jamás había escuchado el nombre de Kletter, pero, por alguna razón, *Annie* no parecía encajar. Era un nombre demasiado agradable para esa mujer.

—Nosotros no la matamos —dijo Sartén.

—No, no la matamos —agregó Isaac, más alarmado de que la

Villa supiera que Kletter estaba muerta. Esperaba poder usar eso para escapar de ese lugar, pero en su lugar las paredes empezaron a cerrarse sobre él. No tenía nada más que la verdad para usar como arma—. Un tipo llamado Timón y una mujer llamada Letti lo hicieron… No sé cuál de los dos le cortó la garganta porque yo tenía una bolsa en mi cabeza antes de que me secuestraran, pero *ellos* la mataron. —Estaba disperso, odiando el recuerdo.

—¿Dónde está el resto de la tripulación? —La asistente llevó su mano izquierda hacia su bolsillo trasero, donde tenía el cuchillo.

—El resto del grupo está yendo a Alaska, lo juro. Nosotros no la matamos.

—¿Dónde está el resto de la tripulación de *Kletter*? —Su voz había cambiado de exigente a desesperada—. Necesito saber dónde están.

—¿La tripulación del barco de Kletter? —preguntó Isaac, intentando pensar en algo, cualquier cosa, para decirle que las ocho personas que habían llegado en la cubierta del *Maze Cutter* estaban muertas y con principios de descomposición—. ¿Por qué?

—Porque mi madre estaba con ellos.

Capítulo Veintidós

Destello de Justicia

1

ALEXANDRA

Vaya día. Tenía puesta su túnica amarilla para combinar con la interminable multitud de peregrinos que tenía por delante, recordándole una vez más que todos serían Dioses algún día si elegían a la Evolución a su lado. *¿Qué otra opción tenían?* Al hacer progresar a la sociedad, ella pondría a Alaska nuevamente en línea. No en la internet de la antigüedad, sino en un nuevo sistema de conexión humana que le permitiría a la humanidad lograr cosas que jamás habría soñado. Alaska, el lugar del Laberinto, sería la líder del futuro.

Flint trabajaba para calmar a la multitud frente a ella.

La Guardia Evolucionaria flanqueaba a cada lado más cerca que nunca.

Alexandra examinó a la multitud en busca de peregrinos que pudiera reconocer de los seis devotos quienes, como Mannus y la mujer desquiciada en las calles, conocían sus secretos. Debería haberse esforzado más por aprender sus nombres y rostros, pero tenía otras maneras de deshacerse de ellos.

Su visión destelló nuevamente en rojo con fuego. Llamas rojas y naranjas como si su mente fuera lo que estaba ardiendo y no pudiera escapar de su propia locura. El estrés de la Evolución estaba haciendo de las suyas con ella, eso era todo. El estrés de que Nicholas *aún* tuviera el control de ella desde el más allá. Su muerte se había vuelto una manta de lana asfixiante, más áspera que la túnica más barata de los peregrinos, y estaba lista para liberarse de ella. Sus oídos zumbaban con un tono tan agudo que casi deja salir un grito. Al diablo con la disciplina de la Llamarada, necesitaba tener el control de su mente. Recitó los dígitos, una cosa que hacía más frecuentemente con cada día que pasaba.

—Diosa Romanov, están listos para usted —dijo Flint, dirigiéndola hacia el frente del escenario, pero ella aún no estaba lista para dirigirse a la multitud del domingo, no sin Mannus. Él era su experimento social, su prueba contra cualquier estigma o rumor de que la Evolución no era nada bueno. *¿Dónde estaba ese humano con cuernos?*

—¡Diosa! —gritó un hombre de cabello largo apelmazado desde el frente de la muchedumbre—. ¿Qué hay del asesinato? ¡¿Quién será condenado por la muerte de nuestro Dios?! —Otros gruñeron de acuerdo con su exabrupto.

—¡Necesitamos justicia!

—¡Envíenlos a la sala de guardia!

Alexandra los calmaría hoy, pero en algún momento necesitaba un chivo expiatorio o los peregrinos nunca quedarían conformes. Miró a Flint quien con voracidad intentaba calmar los cantos de domingo, *Llamarada arriba, Laberinto abajo*.

La multitud finalmente se calmó.

Se quedaría con el tonto de Flint. Era bueno para algunas cosas. Empezó a haber conmoción detrás de ella y la barricada que formaba la Guardia Evolucionaria dejó subir a alguien al escenario, pero no era Mannus. Era un hombre con una túnica oscura, similar a la que usaba Nicholas. Solo por un instante, Alexandra sintió el grito de traición de sus guardias, como si el fantasma de Nicholas les hubiera susurrado su culpa. Sus músculos se contrajeron con tensión.

—¿Cómo me veo? —preguntó la figura cuando se acercó.

El alivio inundó su cuerpo.

—Te ves... —Buscó las palabras, pero lo único que se le vino a la mente fue "sin cuernos".

Mannus, sin su barba andrajosa y sus cuernos, parecía más delicado, más humano que nunca. Parpadeó y dejó salir una risita que hizo que Alexandra se sintiera vulnerable. *¿Acababa de leerle la mente?*

—Así es, impresionante, ¿verdad? —dijo—. Esa Cura me dio algunos dones divertidos.

Ella tensó su mandíbula. Los labios de Mannus no se habían movido.

Así como se había deshecho de la telepatía Nicholas, ahora aparentemente había heredado la de Mannus, pero tenía que aceptar que algunos de los dones de la evolución serían como los de las Pruebas del Laberinto. Era inevitable. Las redes neuronales eran parte de la Evolución.

Pero a diferencia de Nicholas, ella tenía el *control* de Mannus.

Pareces Nicholas con esa túnica, pero no seas un idiota. Compórtate y conservarás la cabeza. Se aseguró de pensar las palabras con claridad antes de dar un paso hacia adelante y dirigirse a la multitud.

—Buenas tardes, queridos peregrinos. Queremos asegurarnos de que no hay nada más importante para la Trinidad que su seguridad, así que por eso avanzaremos con nuestros planes para la Culminación de la Evolución. —Se detuvo, considerando la delicadeza con la que debía equilibrar sus motivaciones con los miedos, deseos y necesidades de supervivencia de sus seguidores. Se deshizo del fuego y el zumbido en su mente y abrazó la disciplina de la Llamarada—. No solo el suero de la Evolución previene a la Llamarada, sino que también desbloquea su más alto potencial en todas sus formas.

—¿Suero? ¿Tenemos que beberlo? —se quejó un anciano, como si no bebieran todas las noches en el bar. Alexandra odiaba enroscarse en la semántica, pero no estaba exactamente segura cómo distribuirían los viales. *Suero* sonaba mejor que *dosis*, el término que usaba la Villa.

—¿Cómo sabemos que es seguro? —gritó otro.

—Los detalles estarán disponibles pronto, pero ya hemos comenzado nuestras primeras pruebas en humanos —dijo y le hizo un gesto a Mannus para que la acompañara al frente del escenario, ignorando convenientemente el hecho de que su Trinidad había sido el comienzo *real* de las pruebas en humanos—. Mannus, por favor, da un paso hacia adelante.

Sus ojos deambularon por la multitud, expectante por cada reacción única de aquellos peregrinos que sabían que Mannus pertenecía a los estratos más bajos de la sociedad. Un peldaño más por encima del musgo muerto sobre el sitio del Laberinto, pisado a diario. Un ser con cuernos, más bestia que humano, apenas más hombre que un Crank.

Mannus se quitó la capucha para revelar su rostro y, más importante aún, su cabeza sin cuernos. La multitud reunida tomó una bocanada de aire asombrada, desde el frente hasta el fondo. Alexandra sonrió a medida que los peregrinos se miraban entre sí, compartiendo su asombro.

—Tal vez recuerdan a Mannus como uno de ustedes, pero ahora ha ascendido al estado de Dios gracias a la ayuda de la Evolución. Un poco exagerado, estaba lista para admitir. Pero no importaba. Medio para un fin, eso era todo.

El alboroto empezó luego del asombro inicial.

—Él no es ningún dios. ¡Solo se cortó los cuernos!

—No nos importa esto, queremos justicia por Nicholas. ¡Justicia!

—¡Justicia!

Flint intentó acallar el creciente disentimiento, pero el movimiento de sus brazos y sus gritos fueron de poca ayuda y quedaron ahogados por el bullicio. El zumbido en el oído de Alexandra empezó otra vez, acompañado por un feroz dolor de cabeza.

—Justicia, justicia, justicia... —exclamaron y Alexandra presionó aún más su lengua contra su paladar furiosa. Simplemente no podría hacer nada con la Evolución hoy. En su lugar, tendría que apaciguar sus pedidos de justicia. Al diablo con la Llamarada, les daría justicia. Dio un paso hacia adelante con las manos al frente de ella en posición de rezo.

—Por favor, cálmense. Sabemos quién es el responsable del asesinato de nuestro querido Nicholas. —La multitud quedó en silencio, tal como sabía que ocurriría. Volteó hacia Mannus.

Nómbralos, a los cuatro que te acompañaron. Alexandra le *pensó* a él. Él sacudió la cabeza y se paró con firmeza. Desafiándola.

Eres tú o ellos, pensó, junto con toda la *sensación* de advertencia que podía reunir. Mannus se quedó parado allí con su túnica, inmóvil y callado. Está bien, que así sea. Le mostraría que no estaba bromeando.

—Querido pueblo de Alaska. Busquen a...

—¡Peregrino Gilbert! —gritó Mannus con una voz profunda y resonante.

La multitud volteó como una hacia un hombre de cabeza redonda, sin cuernos, pero con los nombres de cada uno de los antiguos miembros del Área tatuados sobre su rostro. Alexandra lo recordaba. *¿Cómo podía haber olvidado esos tatuajes de fanático?* Ni bien Mannus dijo el nombre, fue como si la túnica de Nicholas hubiera transformado su palabra en ley; todas las personas empezaron a atacar al hombre tatuado, asestándole golpes y patadas en el suelo. Entre todos los golpes, el hombre intentó defenderse, intentó hablar, pero la violencia solo empeoró. A Alexandra no le gustaba, pero dejaría que la gente tuviera su momento, conteniendo a los Guardias Evolucionarios con la mirada, permitiéndoles a los peregrinos el alivio de la justicia por mano propia.

De repente, el hombre tatuado logró liberarse de la multitud, cada centímetro de su cuerpo magullado y ensangrentado.

—¡Fue un miembro de la Trinidad quien traicionó a otro! Fue… —un hombre de la multitud golpeó al peregrino tatuado y este colapsó con fuerza en el suelo, completamente sin vida. La Guardia Evolucionaria se lo llevó arrastrando.

Alexandra se mantuvo inmutable. A veces, la violencia era la única opción. A veces, debía darles un ejemplo. Por el bien mayor.

—Sí, los rumores son ciertos —habló fuerte y claro—. La Trinidad le ha dado la espalda a uno de los suyos, así como también al pueblo de Alaska. —La multitud se calló—. Mikhail asesinó a nuestro querido Nicholas y usó a los más débiles de los peregrinos para cumplir su voluntad. —Apenas había pronunciado las palabras cuando la gente a su alrededor erupcionó en gritos de incredulidad. Horror. Se clavaron las uñas en su propia piel y ojos.

Flint intentó calmarlos, gritando uno de los cánticos.

—¡Llamarada arriba, Laberinto abajo! ¡Llamarada arriba, Laberinto abajo! —Pero nada de ese estilo parecía calmarlos. La gente necesitaba sanar y para poder sanar primero necesitaban abrir la herida.

Continúa. Le envió sus pensamientos a Mannus, encontrando la tarea cada vez más y más sencilla. *Tú querías poder, bueno así es como lo consigues.* Sus oídos estaban abarcados por el zumbido ensordecedor mientras observaba a Mannus anunciar los nombres de otro hombre y dos mujeres. La multitud salió a perseguir a los peregrinos antes de que la Guardia Evolucionaria siquiera tuviera oportunidad de hacerlo.

—¡Asesinos de Dioses! ¡Traidores! —gritó la multitud, sus voces elevadas como aluviones de fuerza. Casi asesinan a los cuatro peregrinos antes de que la Guardia los pudiera tomar cautivos. Tenían suerte de estar vivos.

Mientras tanto, Alexandra estaba intentando apartar la locura de su interior. El zumbido, las visiones de fuego. *Ya estaba hecho,* se dijo a sí misma. No habría más exabruptos. No más exigencias por parte de la multitud. Mannus parecía particularmente molesto, ya que probablemente comprendía el precio de la traición. Alexandra apenas podía sentir empatía. Si quería usar la capa de un miembro de la Trinidad, entonces tenía que cargar con el peso que venía con ella.

No había terminado con la multitud.

—¡El pueblo de Alaska quiere justicia y se la daremos hoy! —permitió una larga pausa dramática—. ¡Los enviaremos al Laberinto, por Nicholas!

Los peregrinos festejaron.

Demasiado fácil.

2
XIMENA

La verdad siempre saldrá a la luz.

Presionó al muchacho que estaba parado frente a ella, necesitando saber toda la verdad sobre Annie.

—¿Estaba con un grupo de gente cuando la conocieron o no?

—En lo profundo de sus huesos sabía que su mamá estaba muerta, pero en el centro de su corazón permanecía la más pequeña de las esperanzas.

—Yo… yo no… sé. —Los ojos del joven se dispararon hacia los otros dos en la habitación, el anciano y la mujer enferma, pero Ximena había oído noticias decepcionantes toda su vida por parte de los adultos. Quería escuchar esto del joven.

—*Sí* que sabes. —No podía ser más obvio que estaba mintiendo. Débil. La sangre inmune podía ser fuerte, pero el resto de su cuerpo era débil. Sus ojos estaban cansados, heridos, como si lo que fuera que hubiera visto no fuera algo que quisiera decir en voz alta. No había manera de que él haya matado a Annie. Ximena guardó el cuchillo nuevamente en su bolsillo. Suavizó su voz—. ¿Cómo te llamas?

—Ya era hora que alguien nos preguntara. Soy Isaac. Y él es Sartén y ella es la señora Cowan.

—Isaac —pronunció más despacio sus palabras—. Necesito saber dónde están. La gente que estaba con Annie. ¿Puedes decirme eso?

Asintió, casi como si estuviera aliviado.

—Están en nuestra isla —contestó en voz baja y Ximena permitió expresar el más leve alivio. Por supuesto que su mamá y Mariana no querrían regresar a casa desde la isla, con tanto para estudiar y aprender de los inmunes. La despistada Annie no las dejaría atrás; *eligieron* quedarse.

Ximena miró al anciano, llamado Sartén, por alguna razón. Tenía una extraña mirada en sus ojos.

−¿Qué? ¿Qué ocurre? −preguntó. La señora Cowan tosió. Todos evitaron la mirada de Ximena como si supieran lo *diferente* que era. Una singularidad que su madre llamaba *especial*, pero Ximena sentía de manera diferente. Cada vez que conocía a alguien que provenía de fuera de su aldea y descubría la verdad sobre ella, la ignoraban y se mantenían alejados−. ¿Mi mamá les contó algo sobre mí?

−¿Cuál es tu nombre, querida? −preguntó la mujer enferma y Ximena entendió que aún no se los había dicho. No importaba, no la volverían a ver después de hoy.

−Ximena.

−Qué hermoso nombre. −Tosió la señora Cowan−. Lamento tener que decirte esto, pero…

−El barco, cuando llegó… −continuó Isaac y Ximena se quedó congelada. Algo que empezaba con una disculpa y necesitaba de dos personas para explicarlo no era nada bueno. Observó cada uno de sus ojos débiles y cansados. El anciano regresó su mirada de sincera simpatía, como si hubiera visto lo peor que el mundo tenía para dar durante su larga vida, y que lamentaba todo.

Sacudió la cabeza, queriendo negarlo.

El augurio de la muerte, las liebres ennegrecidas.

Sus premoniciones.

A pesar de ya saber la verdad, no pudo dejar de sacudir la cabeza.

Sartén dio un paso hacia adelante y apoyó su mano suavemente sobre su codo.

−No sufrieron −dijo de una manera que solo alguien que había perdido a un ser querido podía. O a varios seres queridos.

Ximena empezó a llorar antes de escuchar el cómo y el porqué de todo. *Su mamá estaba muerta.* Se secó los ojos, prometiéndole a su *abuela* que descubriría la verdad. Le debía eso a toda la aldea y todo empezaba con estos isleños.

—Entren a las cápsulas. Una cada uno. —Señaló con las llaves en su mano.

—Lo sentimos mucho —dijo Isaac. ¿Pero había manera de que supiera lo que se sentía perder a un padre? ¿No poder despedirse? Lo dudaba.

—Entren a la cápsula —ordenó, negándose a mirarlo a los ojos.

3
SADINA

Árboles. Montañas. Acantilados escarpados.

El aire casi tan frío como el agua que chocaba contra la costa. Alaska.

El *Maze Cutter* ancló dentro de una pequeña bahía entre algunos sacudones que sobresaltaron a Sadina. Trish la ayudó a juntar sus cosas; Miyoko y Dominic cargaron el resto.

—¿Deberíamos llevar las otras alfombrillas? —preguntó Miyoko.

Minho respondió con contundencia.

—No. Solo lo que necesiten para sobrevivir. Bolsos, comida, armas.

Sadina guardó el diario de Newt en su morral.

—No necesitamos armas.

Como si cada una de sus palabras hubiera disparado el cambio completo del mundo, el cielo se oscureció. Por encima de ellos, acercándose desde el horizonte de la isla boscosa, había seis Bergs. ¡Bergs! *Seis.* Luego el sonido llegó a ellos, sacudiendo el aire y la tierra, meciendo al barco. Todo pasó tan rápido.

—¿Qué está pasando? —le gritó Miyoko a Minho, soltando las alfombrillas que estaba cargando a pesar de las órdenes que le habían dado.

—¡Mierda! —fue la respuesta del Huérfano. Tomó su bolsa de artillería—. ¡Naranja! —Le hizo un gesto a su compañera de toda la vida, un lenguaje de señas que Sadina no comprendía.

—¿Sabes quiénes son, hijo? —preguntó Roxy—. La última vez que vimos esas cosas, no fue nada bueno.

—No estoy seguro. —Pero Sadina vio algunas lágrimas en los ojos de Minho que la preocuparon. Algo similar al miedo, tan inusual en él—. *No* es nada bueno, tienes razón. Me recuerda a la formación de guerra de la Nación Remanente. Todos tomen un arma.

De todas las cosas que se le habían estado pasando por la cabeza a Sadina, la *guerra* no era una de ellas. La isla en donde habían crecido era tan pacífica y dedicada al crecimiento generacional que la guerra ni siquiera estaba en su esfera de pensamiento. ¿Qué diría el viejo Sartén si estuviera aquí? Probablemente algo como "Nunca nada bueno pasa en Alaska".

—Toma —dijo Minho, entregándole a Dominic un pequeño cuchillo no más grande que los que él había estado usando para descamar a los pescados—. No tengas miedo. Quizás solo pasen volando por encima de nosotros. O mejor, parece que se dirigen al norte, no hacia nosotros.

El muchacho se encogió de hombros, intentando ocultar el temblor en sus hombros.

—¿Cómo sabes que tengo miedo…?

—Solo una suposición —respondió Minho y luego le entregó

una pequeña pistola a Sadina. Ella no sabía absolutamente nada sobre cómo usarla.

—No la quiero. —Intentó devolvérsela, pero él la presionó contra ella.

—Un arma es una extensión de tus *brazos* —insistió, ubicando la pistola en su mano derecha y mostrándole cómo sostenerla de manera correcta—. Respeto. Control. Puedes hacerlo. —Ella miró a Dominic con su cuchillo y deseó tener eso en su lugar. Pero Dom no tenía nada de control y era más propenso a dispararse en el pie.

Sadina miró a Trish a los ojos y Trish asintió como si pudiera escuchar lo que estaba pensando.

—Espera. —Intentó una vez más devolverle la pistola a Minho—. Tú estarás con nosotros, tú puedes protegernos. ¡No quiero matar a nadie!

—Yo solo puedo usar un arma a la vez —dijo Minho—. Todos escuchen. Iremos corriendo juntos hacia el bosque y avanzaremos tanto como podamos, y luego giraremos un poco hacia el norte una vez que estemos tapados por los árboles. Manténganse en silencio y alerta. No creo que los Bergs nos vean o que les importemos. No todavía, claro.

Sadina no sabía a qué se refería exactamente. Guardó la pistola en su bolsillo trasero, pero se sentía como una carga pesada en muchos sentidos. Deseaba que Minho hubiera dicho algo más alentador como "no se preocupen, todo estará bien". Su mamá lo habría hecho si estuviera allí. Pero Sadina nunca estuvo más consciente del peligro a su alrededor.

—Trish. —Buscó su mano cuando descendieron del barco—. ¿Estás bien?

Otros seis Bergs pasaron volando por sobre ellos, un poco más cerca esta vez. Miyoko se tapó las orejas y preguntó:

—¿Cuántas cosas de esas hay?

—Con esos son doce —contestó Roxy, mientras colgaba un arma larga sobre su pecho y guardaba un cuchillo en su cintura.

—¿Estás bien? —le susurró Sadina a Trish otra vez.

—No sé qué pensar... —dijo Trish, mirando fascinada a los Bergs que se alejaban hacia el norte—. Pero, vayas donde vayas, iré contigo.

—Entrelazó sus dedos alrededor de los de Sadina y los sujetó con fuerza. Sadina estaba agradecida de sentir algo más que miedo en ese momento y la sujetó igual de fuerte. Le susurró su respuesta al oído:

—Donde sea que estés, yo estaré contigo.

4
ALEXANDRA

Bergs. Muchos Bergs.

Seis. Aparecieron tan rápidos como un derrame cerebral.

Mareada por la imagen espectacular y horripilante, casi tuvo que sujetar a Flint para mantener el equilibrio. El sonido de las máquinas voladoras era como la ira de los dioses antiguos, representada por los rayos y los truenos. Le dolían los oídos, el estruendo era mucho peor que el zumbido exasperante que la había estado afectando últimamente. Quizás había sido una advertencia todo este tiempo. *Pero ¿qué sentido tenían las premoniciones si no podía hacer nada para evitarlas?*

Aparecieron *otros* seis Bergs. ¡Doce!

Su visión destelló en rojo.

Justo cuando los monstruos de metal, exhalando fuego azul

como dragones del folclore de la antigüedad, estaban dispersos por el cielo arriba, la gente de Nuevo Petersburgo empezó a correr por las calles en un pánico desquiciado. Como si su cuerpo ahora tuviera el control, como si hubiera sobrepasado a su mente perturbada, Alexandra abruptamente entendió que ella también estaba corriendo en busca de refugio, su Guardia Evolucionaria y Flint a su lado.

Sus pies golpeaban contra el suelo como nunca. Una sensación salvaje y foránea de miedo la invadió por completo.

Volteó hacia su Guardia Evolucionaria y les gritó por encima del estruendo de los Bergs sobre ellos.

—Tenemos que regresar al…

Uno de los guardias cayó de rodillas.

—¡Levántate! —*Tenían que abandonar la ciudad.* Un gruñido suave brotó de los pulmones del guardia y colapsó por completo sobre su barriga. Una flecha sobresalía por su espalda.

—¡Diosa! —Otro de los guardias la llevó con fuerza, pero ella levantó la vista, trazando la dirección de la flecha. Un Berg, tan estruendoso y brillante como el sol, que sobrevolaba por encima de ellos; podía jurar haber visto a un niño con un arco. *¿Un niño? ¿Eso es lo único que hace falta para matar a su guardia más fuerte?* El pánico la invadió como una aurora en el cielo nocturno.

El otro guardia la llevó hacia un edificio para escapar del fuego cruzado, luego se abrieron paso a través de la panadería vacía, todos corriendo sin rumbo alguno, mientras el Berg le disparaba a la Diosa con más que solo flechas.

Explosivos. Bombas.

Las paredes se derrumbaron a todo su alrededor, el mundo se convirtió en una nube de polvo y ruido, escombros de cemento y metales retorcidos. Y muerte. Varios guardias quedaron aplastados.

Ella no sabía nada sobre la guerra. Durante años, había tratado bien a Nicholas y Mikhail para que las tensiones nunca escalaran. Mientras se las arreglaba para esquivar los escombros que caían sobre ella, ahogada por el polvo, una idea estalló en su mente. *Mikhail.*

De algún modo, en su mente confundida de Crank, había podido orquestar esto.

Dos guardias empujaron a Alexandra hacia la salida trasera. Tosió y tomó una bocanada de aire cuando emergieron en una ciudad devastada por el fuego y la destrucción. Sujetó su túnica con más fuerza a su alrededor, como si tuviera poderes mágicos que la fueran a proteger.

—Llévenme a… —Pero cuando volteó solo estaba Flint detrás de ella.

—Ellos, ellos… —tartamudeó Flint.

—¡No importa! ¡Vamos! —Corrió y Flint la siguió. Avanzó a toda prisa por las calles del sur, cada vez más lejos del ejército de niños y los Bergs. Avanzó moviéndose de un lado a otro, esquivando cosas que caían del cielo, manteniendo su capucha con firmeza alrededor de su rostro para que nadie pudiera reconocerla, su Diosa, que dejaba atrás a su pueblo. Oyó el estruendo de los disparos desde todos lados. Consideró marcharse hacia las ruinas de las ruinas del Laberinto, pero si iba bajo tierra, estaba segura de que sería su lugar de entierro.

Y entonces, corrió.

Corrió, Flint a su lado, abriéndose paso entre los peregrinos que decidían hacerle frente al ataque como maníacos y defender su tierra, entre los cuerpos muertos que se apilaban en el suelo. Saltó por encima de una mujer en la calle, sus ojos vidriosos, quien más temprano había visto pedir justicia a los gritos. *Justicia, justicia…*

Al diablo con la Llamarada.

Al diablo con la Evolución.

Al diablo con Mikhail.

Vio una túnica negra que, por un momento, la hizo pensar que Nicholas había regresado de la tumba con el ejército de muertos en busca de venganza.

Mannus.

Volteó hacia ella con la mirada muerta de un hombre abatido por el terror. Estaba vivo, pero su mente parecía estar a punto de partir, el escape de la locura. Luego lo recordó.

El bote.

Amarrado en el puerto sur, desde donde habían regresado de la Villa.

—Flint, hay un… —empezó a decir y se detuvo cuando vio la expresión de su fiel sirviente, retorcida por el dolor. Se miraron a los ojos por un momento y él le dio una mirada de arrepentimiento, y cayó. Sus rodillas golpearon el suelo y una única flecha roja sobresalía de su cuello.

Flint.

Todos estos años, nunca siquiera se había molestado en aprender su verdadero nombre. Sus ojos moribundos buscaron el rostro de Alexandra y la mayor vergüenza que jamás había sentido cubrió cada una de sus células.

—Lo siento… —gesticuló ella sin emitir sonido. Y entonces, Flint murió.

Lo único que le quedaba en este mundo era correr.

Entonces, la Diosa Alexandra Romanov corrió.

Capítulo veintitrés

Dosis de incredulidad

1

MINHO

Interminable entrenamiento.

Constantes amenazas.

Todo lo que el Huérfano había experimentado en esta vida lo había llevado a este momento, una guerra que, en ocasiones, había dudado de que siquiera ocurriera. Pero las balas que se disparaban a lo lejos lo convencían de que era real. *¿Acaso la Trinidad siquiera sobreviviría a un ataque como este?* Ningún ejército de chusma de peregrinos podía igualar al Ejército de Huérfanos. Minho continuó guiando al grupo tierra adentro, a través del bosque, las colinas y los barrancos. Lo suficientemente lejos como para estar a salvo, lo suficientemente lejos de los ataques hasta que las cosas se calmaran.

—¿Cuánto tiempo dura algo como esto, por cierto? —preguntó Miyoko mientras miraba a través de sus binoculares. Minho sabía que no podría ver nada. El bosque era demasiado tupido.

—Por los libros de historia, las guerras pueden durar meses...

años… décadas –dijo Roxy. Minho tenía que preguntarle por alguna historia de guerra de su abuelo más tarde, pero ahora quería silencio. Necesitaba escuchar lo que estaba ocurriendo en la distancia.

Naranja tomó los binoculares de Miyoko.

–No durará más de un día. Esta escaramuza terminará para el atardecer o el amanecer de mañana.

Minho tenía que estar de acuerdo con ella, en especial por lo que había escuchado sobre la gente en esta ciudad de los Dioses. Un pueblo sin armas y para nada entrenado como el suyo.

Dominic levantó su cuchillo como una vela.

–Solo les recuerdo que fui el único en votar por volver a casa.

–¿Qué pasará…? –preguntó Sadina en un susurro, caminando más lento que el resto.

Minho de seguro no amaba la respuesta a esa pregunta. Solo se le ocurrían dos posibles resultados y supuso que lo mejor sería ser honesto con ella.

–O la Nación Remanente toma la ciudad de Nuevo Petersburgo y secuestra a la Trinidad o la Nación Remanente toma la ciudad y la Trinidad muere.

El grupo se quedó en silencio.

La guerra arrasaba en la distancia.

2

XIMENA

Su edificio tenía tantas habitaciones en los pisos superiores como cápsulas de seguridad en los pisos inferiores, y no le tomó mucho tiempo encontrar la pequeña habitación que le pertenecía a su

mamá. Se sentó en la cama y miró por la ventana al atardecer polvoriento, deseando poder regresar a su hogar y contarle todo a su
abuela: Kletter estaba muerta, su mamá y Mariana enterradas en la
isla de los inmunes, pero no podía obligarse a contárselo a Carlos
hasta que supiera más.

Hasta que tuviera un plan.

Estar entre la espada y la pared, diría su *abuela*. Estaba entre el
diablo y el profundo mar azul. Atrapada contra las cuerdas. Ximena
quería regresar corriendo a su aldea, cruzar el desierto entre los
cadáveres de liebres y acurrucarse con su manta favorita y llorar
por todo. Beber un té con su *abuela* y pasar tiempo con aquellos
que había abandonado en la aldea. Pero esa no era una solución,
era lo que su mamá llamaría escapismo, y lo sabía. El mundo no
mejoraba con gente escondida debajo de sus mantas.

Ese era uno de los pocos consejos de su mamá que aún tenía
en su mente. Ni bien Isaac pronunció las palabras en voz alta que
confirmaban su muerte, era como si todos los preciados recuerdos
se hubieran evaporado en un instante y Ximena no podía aferrarse
a nada.

Carlos apareció por la puerta.

—¿Te fuiste tan rápido?

—Sí, estoy cansada.

—Estás decepcionada. —No estaba equivocado, pero él no sabía
todo lo que abarcaba su decepción, y aún no se lo compartiría.
Sabía que, una vez que Carlos descubriera la verdad, su dolor lo
abrumaría tanto que lo llevaría a un punto de no retorno. No solo
sería tristeza por la muerte de Mariana, sino por la vida que habían
planeado juntos. El bebé. Todo. Sería inconsolable.

Ximena vio un contenedor de agua en el vestidor y se lo
entregó a Carlos.

—Para los tréboles rojos que recogiste. —Sabía que Mariana nunca vería el dulce presente que Carlos le había llevado, pero la esperanza era importante para Carlos.

—Gracias. Ey —dijo con entusiasmo, inclinando el agua hacia ella como en un brindis—. Reparé el dosificador.

No sabía qué era eso y no le importaba.

—Buen trabajo.

—¿Vienes a cenar? —Las palabras le recordaron a su mamá, finalmente, y estaba agradecida por eso.

—¿Ahora le llamas cena al almuerzo? —preguntó—. Trabajas en la Villa un día y ya te cambian. —De repente recordó el cuerpo esquelético de Kletter y pensó que probablemente nunca más volvería a comer.

—Sí, en la Villa se llama cena y en la Villa respetamos la tradición. Ximena le esbozó su mejor sonrisa sarcástica.

—No me importa si es almuerzo, cena, desayuno o merienda. No tengo hambre.

—Está bien, pero no faltas a la dosificación —dijo—. Ya sé que suena tonto, pero es un momento histórico, empezaron a trabajar en esto antes de que tú nacieras.

Ximena asintió. Intentó esbozar una sonrisa más genuina por Carlos y su trabajo, pero conocía muy bien las cosas que habían comenzado antes de que ella naciera. Ninguna era buena.

3

Ximena intentó mostrarle entusiasmo a Carlos cuando le mostró todo el trabajo que había hecho en la cosa hidráulica, incluso aunque ya no creyera tanto en la Villa. Por lo que sabía, trabajar para la Villa era trabajar para el diablo. *La hierba mala nunca muere*, diría su *abuela* en defensa de los aldeanos que hacían eso: el diablo cuida de los suyos. Pero Annie Kletter era peor. No había podido proteger a la gente que estaba bajo su ala.

Pero Carlos sonreía con orgullo.

—Ya verás. Toda la Villa lo verá. Funcionará, estoy seguro de que sí. —Nunca lo había visto tan orgulloso por uno de sus propios logros.

Le respondió sin mucho entusiasmo.

—Me alegra que pudieras repararlo, si eso significa que hay esperanza para el futuro.

—No es solo esperanza para el futuro, Ximena, si esto funciona, reparará los errores del pasado.

No tenía idea qué quería decir. Al marcharse y entrar al laboratorio principal, vio a otra joven de su edad con la profesora Morgan. Le asombró tanto que casi se tropieza. Ximena sintió una conexión instantánea con esta humana que estaba parada delante de ella, casi porque tenían la misma edad. Qué tonto era, aunque también qué emoción más notable.

—Ximena, buenos días —dijo Morgan—. Antes de que hagas tus rondas por el sótano, quiero que lleves a Jackie y la metas en una cápsula de seguridad con los otros. Ha sanado lo suficiente para reunirse con el resto del grupo.

Dios mío . *Era una de los inmunes.*

—Claro —dijo Ximena y sus ojos se posaron sobre el brazalete de pasto de Jackie. Idéntico al que había encontrado cerca de la escena del crimen de Kletter—. ¿Dónde conseguiste eso? —Revisó su bolsillo trasero, esperando que no estuviera allí, que se lo hubieran robado. Pero aún estaba allí.

Jackie tocó el brazalete en su muñeca.

—Yo lo hice. Con mis amigos.

—Ah. —No sabía qué pensar de esa respuesta—. Encontré uno parecido. Cerca del cuerpo de Annie.

—¿Quién? —preguntó Jackie, frunciendo el ceño.

A Morgan no parecían importarle los brazaletes.

—Llévala a la cápsula, en la esquina más alejada. La del frente será para nosotros cuando bajemos más tarde para hacer las pruebas. —La profesora sonrió. Morgan nunca sonreía.

—¿Para hacer las pruebas? —preguntó Ximena. Jamás en todo su tiempo en la Villa había visto a algún técnico del laboratorio *entrar* en una de las cápsulas de seguridad. Tenían gente como ella que entraba y salía con catres y comida y agua, o para limpiarlas, lo que fuera necesario. Era como si los científicos mismos tuvieran miedo de entrar en esas cápsulas—. ¿A qué te refieres? ¿Los técnicos del laboratorio también?

—Todos —dijo y Carlos prácticamente estaba saltando con mucho entusiasmo—. Para ver a la hidráulica en acción.

Estaba demasiado entusiasmado por lo que fuera que estuviera por ocurrir. La ponía nerviosa. Volteó hacia el resto en el laboratorio, todos moviéndose de un lado a otro, muy ocupados. Parecían algo alborotados. *¿Qué estaba pasando?*

—Solo ven conmigo —le dijo Ximena a Jackie y luego la llevó por el corredor hacia la escalera. Con cada paso que daba, su estómago se tensaba. Algo malo estaba a punto de ocurrir. Quizás era porque nunca había visto a una niña de su edad aquí o porque los técnicos del laboratorio y Carlos estaban perdiendo sus mentes de monos con esta prueba que estaban por hacer. Incluso cuando llegaron al último escalón del sótano, no podía deshacerse de esa sensación. Empujó a Jackie hacia una esquina.

—¿Qué estás haciendo? —preguntó Jackie.

—Shh. No nos ve ninguna cámara aquí. —Señaló hacia los visores de seguridad circulares en otros lugares. Cápsulas de seguridad, visores de seguridad, todo era para que los invitados se sintieran seguros, pero Ximena sabía que era todo lo contrario. Todo dentro de la Villa era un riesgo. Los científicos solo intentaban minimizar las bajas involucradas—. Necesito que seas honesta conmigo.

—Está bien —susurró Jackie y luego se encogió de hombros. Los inmunes eran demasiado confiados. Demasiado débiles. Demasiado amables.

—Annie —dijo y se corrigió enseguida—. Kletter. ¿Quién la mató?

—Ah, mmm… —Empezó a rascarse la cabeza de un modo divertido, como si nunca se hubieran conocido—. No recuerdo sus nombres. El gentil gigante y la mujer rara que estaba con él. Secuestraron a Isaac y a Sadina y le cortaron la garganta a Kletter. Fue horrible.

Su historia encajaba con la de los demás y claramente no parecía la clase de persona que matara a alguien. Pero había algo más que Ximena quería saber.

—¿Qué hay de la tripulación del barco de Kletter? —No había conseguido mucha información de los otros inmunes, solo *que su madre no había sufrido, que la habían enterrado en una parcela de tierra con honor*, pero necesitaba saber más, como por qué Annie había matado a ocho personas y cómo.

—Ah, esa Kletter amiga suya era otra cosa. Le dio a toda su tripulación una droga para dormir y luego les disparó en la cabeza. Justo en el centro —dijo Jackie, tocándose la frente.

Ximena intentó calmar su respiración, intentó envolver su mente alrededor de los horribles detalles. Podía escuchar a Morgan en los escalones de arriba.

—Tenemos que irnos —susurró.

Llevó a Jackie hacia el nivel inferior con el resto.

—Este lugar es tan raro —dijo Jackie mientras la seguía—. Quiero decir, ya sé que me salvaron la vida y todo, pero no se siente… —dejó de hablar una vez que vio a sus amigos encerrados dentro de una cápsula de seguridad—. ¿Qué está pasando?

—No te preocupes, están bien. Solo no hagas una escena. —Llevó a Jackie hacia la cápsula de seguridad designada en un rincón y le habló lo más rápido que pudo antes de cerrar la puerta de cristal—. Escucha, los técnicos del laboratorio vendrán para iniciar una prueba —dijo apenas lo suficientemente fuerte para que los demás también la escucharan.

—¿Para poner a prueba nuestra sangre? —preguntó Isaac a través del altoparlante del cristal.

—No, es más que eso. Es algo que no habían hecho antes. —*Mantén la calma*. No sabía si el mensaje para mantener la calma era para ella misma, ya que sus manos temblaban, o si para los demás—. Solo mantengan la calma. Pase lo que pase, mantengan la calma. —Luchó contra la urgencia de no cerrar la cápsula de Jackie, liberar a Isaac, Sartén y Cowan enseguida y decirles que corrieran. Pero incluso si quería ayudarlos, Cowan parecía enfermarse cada día más. Y *hierba mala nunca muere*. Necesitaba tiempo para pensar.

Los trabajadores de la Villa empezaron a llegar. La profesora Morgan fue la primera en entrar a la habitación con un radiotransmisor en la mano. *¿Por qué necesitaba eso?* Carlos se dirigió a la cápsula de cristal más cerca de la puerta y le hizo un gesto a Ximena para que se acercara, pero ella estaba congelada frente a la cápsula de Jackie. Pensando en Annie, disparándole a su mamá, a Mariana, y al resto, justo en la cabeza. *¿Por qué los mataría como si fueran Cranks?* No había manera de que tuvieran la Llamarada. No había manera de que alguien de su aldea pudiera infectarse con una variante de la Llamarada. Debían haber empezado a revelarse en su contra. Ver la verdad detrás de sus mentiras. Había una gran probabilidad de que la tripulación de ocho finalmente hubiera comprendido, allí en medio de la vastedad del océano, lo que Ximena había visto en Annie desde hacía mucho tiempo. Que era un veneno. Un germen. Una enfermedad.

Una luz superior destelló y Ximena parpadeó.

—¿Qué nos van a hacer? —preguntó Jackie.

Ximena sacudió la cabeza; realmente no tenía idea. Los otros técnicos del laboratorio entraron y abarrotaron el interior de la cápsula de cristal más grande. Ximena miró a Isaac a los ojos y él la miró como si hubieran quitado todo el aire de su propia cápsula. Conocía la sensación por todas las veces que la había sentido cuando era solo una niña, pero a diferencia de aquel entonces, la Villa no estaría realizándole pruebas a ella hoy.

Ximena se apartó de la cápsula de Jackie y volteó hacia ella.

—*Lo siento* —gesticuló en silencio.

—No queríamos venir aquí —dijo Jackie sin energía—. Votamos. No queríamos venir.

—No deberían —se dijo Ximena a sí misma mientras se alejaba.

4

ISAAC

Cuando cada técnico y asistente del laboratorio llegó a su piso, Isaac sintió como si se estuviera ahogando en más agua. Sartén se sentó en el suelo de su cápsula, sus brazos relajados sobre sus rodillas, pero Isaac sabía la verdad: ese hombre no estaba relajado. No con tanta gente mirándolos como si fueran sujetos de prueba.

—¡Jackie! —gritó Isaac para llamar su atención, pero más allá de eso no sabía qué decir. Quería decirle que todo estaría bien como una especie de héroe, pero no estaba seguro de eso. No estaba seguro de nada, ya no. Y Cowan apenas parecía viva. *¿Cómo podía deteriorarse tan rápido de la noche a la mañana? ¿Por qué los trabajadores del laboratorio no estaban ayudándola como lo habían hecho con Jackie?*

Isaac volteó para mirar a Morgan en la cápsula más grande a su lado. Tenía una caja negra en su mano, rodeada por trabajadores, que parecían ser todas las personas que eran parte de la Villa. *¿Qué estaba pasando?* Miró a Ximena con ojos inquisitivos, pero ella solo bajó la barbilla. Morgan asintió a aquellos en la cápsula y luego salió al centro de la habitación.

Morgan, con la caja cuadrada en su mano, y lo que parecía ser una antena que salía desde la parte superior, se acercó a la cápsula de Cowan y la abrió.

—Ahora que Kletter ya no está y tu infección se está esparciendo —le dijo la científica rubia a Cowan cuando entró a su cápsula de cristal—, nos quedan pocas opciones para tu tratamiento. —Desconectó suavemente a Cowan de su vía intravenosa, la ayudó a ponerse de pie y la sacó de la cápsula.

¿Qué clase de sinsentido era este?

—Verás, el trabajo de Kletter estaba muy avanzado y podría parecer poco ortodoxo, pero estaba adelantada a su tiempo, como muchos científicos de la antigüedad —dijo Morgan y tocó el hombro de Cowan tres veces, con suavidad, como si le dijera *estarás bien* antes de regresar a la cápsula de seguridad más grande con el resto, y cerró la puerta. Había dejado a la mujer enferma en el medio de la habitación, débil, sola—. Por favor, quédate ahí y espera la prueba.

–¿Qué prueba? –gritó Isaac, pero nadie respondió. La mitad de los científicos y trabajadores del laboratorio observaron a la señora Cowan y la otra mitad observó a la entrada principal, como si estuvieran esperando a un visitante especial.

¿Qué prueba?

5
XIMENA

–**¡Liberen al dosificador!** –gritó **Morgan a su radiotransmisor** y cada músculo del cuerpo de Ximena se tensó. Los técnicos del laboratorio susurraron cosas entre sí con anticipación.

–¿Qué *es* esto? –le preguntó Ximena a Carlos.

–Solo mira. –Sus ojos no abandonaban la puerta, como si fuera a perderse algo si apartaba los ojos por un segundo. Ximena volvió su mirada hacia el centro de la habitación para ver a Cowan aun meciéndose sobre sus pies. Apenas podía mantenerse en pie. Varios ruidos metálicos y en estacato empezaron a llegar desde la escalera con intensidad, pero no sonaban como pisadas. Ximena había subido y bajado por esas escaleras miles de veces, pero no tenía una referencia clara para ese sonido metálico.

Los técnicos se callaron. Silencio.

Los ruidos metálicos se transformaron en chillidos y chasquidos. Chasquidos fuertes y mecánicos. Pero no había nada que preparara a Ximena para lo que estaba a punto de ver. Ni bien las piernas largas, plateadas y puntiagudas aparecieron a la vista, sintió un miedo que Cowan debió sentir unas mil veces más intenso, bombeando a través de sus venas debilitadas.

Se oyó una colección de gritos ahogados en la cápsula de todos los científicos, excepto Carlos, quien solo sonrió. Un Penitente descendió a la habitación principal. Era diferente a los de la antigüedad; esos monstruos carnosos que parecían una babosa gigante según las historias de las pruebas del Laberinto. Esta nueva versión era casi por completo una máquina. En gran parte, ya no estaban los elementos biológicos que alguna vez los habían ralentizado, pero aún se podían ver algunas partes que daban la impresión de una pesadilla viviente.

—Está funcionando… —susurró Carlos, maravillado.

Ximena jamás había visto algo tan aterrador en su vida. Tan feo. Tan grande y espantoso. El Penitente se detuvo frente a su cápsula y siseó a todos los que estaban en su interior, observándolos con su rostro húmedo y viscoso, luego olfateó el aire frente a la cápsula de Isaac. Ximena instintivamente tomó el cuchillo que tenía en el bolsillo trasero, consciente de que no serviría de nada si las cosas se salían de control.

Isaac golpeó el cristal con ambos puños.

Yo no haría eso, pensó Ximena.

—¿Cómo pueden hacerle esto? —le gritó Isaac a Morgan y Ximena podía ver lo traicionado que se sentía. Lo entendía, ya que ella sentía la misma desconfianza por Carlos, quien continuaba mirando al Penitente con un entusiasmo infantil y fanático.

Lo golpeó en el brazo.

—¿En *esto* estaban trabajando? ¡¿Cómo pudiste?! —gritó las palabras, todo lo que había creído que sabía sobre él había quedado desvanecido, como vapor en el aire. El Penitente giró, usando todas sus extremidades, emitiendo chillidos y chasquidos con cada movimiento, un sonido que enviaba a la mente de Ximena a un lugar oscuro.

Cowan se quedó congelada por el terror al principio, pero luego avanzó a los trompicones hacia atrás, pasando frente a la cápsula de Sartén hacia la que estaba en el fondo con Jackie. La adrenalina que la hacía mover era una escena para admirar. Mientras tanto, el Penitente olfateaba el aire y gruñía, mientras avanzaba con sus piernas puntiagudas hacia adelante.

—¡Mantén la calma! —gritó Morgan, como si la historia de horror frente a ellos no estuviera ocurriendo. De los isleños, solo el anciano llamado Sartén era el que más se acercaba a seguir su orden; parecía *inusualmente* calmo.

Ximena no podía escuchar a Jackie sobre los ruidos aterradores del Penitente y la gente que no dejaba de gritar, pero estaba intentando con desesperación abrir la cápsula desde el interior para Cowan. Pero no tenían las llaves, Ximena sí.

Isaac la miró con una súplica.

Las llaves. Ella podía hacer algo.

Buscó en su bolsillo y tocó las llaves de la cápsula y avanzó hacia adelante. Esta se sentía como la primera vez en su vida en la que realmente podía ayudar a alguien que lo necesitaba. Si tan solo pudiera pasar…

—Detente —dijo Carlos, sujetándola del brazo, tal como lo había hecho cientos de veces antes. Siempre a cargo, siempre diciéndole lo que tenía o no tenía que hacer. Ella se soltó, cansada de tener que obedecerle.

—¡No! ¡No esta vez! —Sus manos temblaron cuando sujetó el picaporte de la puerta y tomó las llaves de su bolsillo. Pero entonces Morgan la inmovilizó con nada más que su voz.

Un suave susurro que mantuvo a Ximena en su lugar.

—Funcionará. Sé que lo hará. —No podía moverse—. El *miedo* es una herramienta importante en el proceso de sanación.

Cowan había llegado a la pared y tenía la espalda presionada contra esta, temblando con terror. El Penitente se movió lentamente, como si estuviera programado para extender la agonía. Como si hubiera sido programado...

Ximena volteó hacia Carlos, aún sonriente. No sabía si podía volver a confiar en él. Su esperanza ingenua por el futuro se había oscurecido, se había vuelto una confianza ciega por la Villa. Y la confianza ciega podía matarte.

Morgan habló como si estuviera dándoles una clase a sus estudiantes, incluso mientras el Penitente se acercaba lentamente a Cowan.

—Cuando el cuerpo siente el verdadero miedo, empieza a bombear sangre más rápido y libera químicos y endorfinas especiales por todas partes. Sorprendente, realmente. El *terror* estimula la producción de glóbulos blancos y eso es lo que Cowan necesita ahora mismo. Necesita tener tantos glóbulos blancos como sea posible para ayudarla con la dosis que llegará en un instante.

Los gruñidos mecánicos hicieron vibrar el cristal de la cápsula. Cowan estaba rígida, obviamente conmocionada por el Penitente que se acercaba cada vez más hacia ella. Los científicos de la Villa, los médicos y los técnicos de laboratorio observaron todo con una enfermiza cuota de anticipación que rozaba el placer. Un poder retorcido al ver cómo se desencadenaba su experimento.

—¡¿Van a dejar que la infecte?! —gritó Ximena. Debería haber seguido su intuición cuando llevó a Jackie al sótano. Un profundo arrepentimiento se formó en su estómago.

Morgan respondió con la mayor serenidad.

—El Penitente toma la sangre de la paciente, la analiza con su algoritmo y dosifica la cantidad justa de la Cura. Un algoritmo cuántico que ningún humano puede igualar. Pasar del terror a la dosificación, es parte de una hermosa solución. Salvará la vida de su amiga. —Sonrió como una madre orgullosa.

»Es la única manera.

6
ISAAC

El corazón de Isaac se aceleró hasta el punto de que parecía repiquetear; sus palmas se deslizaron sobre el cristal de la cápsula por el sudor. Cada segundo que pasó desde que la señora Cowan le mostró el sarpullido pasó por su mente a toda velocidad. Si tan solo hubiera sabido de lo que era capaz la Villa, nunca la habría llevado allí.

El Penitente emitió un chasquido. El Penitente giró. El Penitente avanzó lentamente hacia adelante, prolongando la agonía de cada persona que observaba la escena. Isaac no tenía palabras para describir algo así. Mitad criatura, mitad máquina, una pesadilla completa.

—¡Señora Cowan! —Golpeó el cristal para llamar su atención, al recordar lo que Ximena le había dicho hacía un rato—. ¡Solo mantenga la calma! ¡Quédese quieta! —Había pasado de una conmoción paralizante a sacudir sus brazos en un esfuerzo imposible para alejar al Penitente, ahora frente a ella. Su rostro brillante y sin forma se acercó a pocos centímetros de la cara de Cowan. Isaac contuvo el aliento. Cowan gritó. Uno de los brazos del Penitente se movió hacia atrás con una serie de chasquidos más fuertes que todos los otros, extendiendo una larga aguja como un dedo horrible. En un abrir y cerrar de ojos, la lanzó hacia adelante y la clavó justo en el hombro de Cowan.

La señora Cowan dejó salir un sonido de su garganta que parecía como si todos los demonios del infierno hubieran vuelto a la vida. Pero no se movió para resistir y una sección metálica del medio del Penitente empezó a girar con una serie de ruidos metálicos estridentes.

La voz de Morgan finalmente se amplificó artificialmente.

—Está calculando tus necesidades para el suero. Procesa tu ADN a casi una velocidad cuántica.

¿Velocidad cuántica?

El Penitente dejó salir lo que parecieron una serie de gritos de dolor breves y sin aliento. Cowan hizo una mueca de dolor y cerró los ojos. Isaac miró a su alrededor, desamparado. Varias lágrimas se deslizaron por el rostro de Jackie. El viejo Sartén se tomó la cabeza con las manos. Ximena se quedó mirando a la nada.

El monstruo se elevó sobre Cowan, emitiendo sonidos, sin ir a ningún lado.

¿Qué estaba esperando?, se preguntó Isaac. Solo quería que toda esta cosa terminara.

Morgan emitió más órdenes.

—Abre los ojos, Cowan. Necesito que lea tu rostro. —Pero Cowan los cerró aún con más fuerza.

Isaac golpeó el cristal una vez más. La única opción que les quedaba ahora era hacer lo que les decían.

—¡Señora Cowan! ¡Haga lo que le dice! ¡Abra los ojos!

El Penitente repitió varios movimientos con sus brazos, piernas y lo que fueran esas cosas y levantó una a la vez hasta que Cowan finalmente accedió y miró, con los ojos bien abiertos y aterrados, a la criatura. Como si estuviera complacida por su obediencia, apoyó dos de sus extremidades sobre los hombros de Cowan, casi con cariño. Con un último *CLIC, CLIC, CLAC*, varias agujas brotaron y se clavaron en distintos puntos de su piel. Cowan cerró los ojos y cayó de lado. Quedó allí tendida, inmóvil.

¿Qué habían hecho?

El Penitente volteó y se acercó a la cápsula de Sartén, donde presionó su rostro contra el cristal. El anciano ya no estaba tomándose de la cabeza, sino que ahora miraba directo al monstruo. Isaac solo podía imaginar los recuerdos inquietantes del Área que debían estar inundando su mente. Todas las vidas que habían perdido. El tiempo se estiró. Era como si él y la criatura estuvieran recordando juntos, un intercambio silencioso. Hasta que uno de sus brazos de máquina se retrajo y arremetió contra el cristal de la cápsula de seguridad.

Bufó con fuerza y golpeó nuevamente en el mismo lugar que antes, astillando el cristal.

—¡Sartén! —gritó Isaac. Miró hacia la cápsula principal, donde estaban todos los trabajadores de la Villa—. ¡Detengan a esa cosa! ¡Tienen que detenerla! —Lo ignoraron, como si nadie estuviera a cargo de esa máquina Penitente para nada.

El viejo Sartén retrocedió hacia la parte trasera de la cápsula, lo más lejos posible de la criatura, observando en un terror silencioso cómo golpeaba la pared, una y otra vez. El siguiente golpe logró atravesar el cristal, arrojando varias esquirlas sobre el rostro de Sartén.

Isaac, fuera de sí, les imploró que detuvieran al Penitente. Pero los trabajadores del laboratorio ni siquiera estaban mirando. Toda su atención, cada uno de ellos, estaba sobre la señora Cowan que yacía sin vida en el suelo. *¿Qué demonios estaban esperando?* Luego Cowan regresó a la vida con una bocanada inmensa de aire.

Morgan habló en voz alta a la caja negra.

—Terminamos. Inserten el código.

Capítulo veinticuatro

Empantanados

1

SADINA

Los sonidos de la guerra giraron a su alrededor y eran lo peor que alguna vez había escuchado. Explosiones. Disparos. Gritos. Minho los llevó a través del bosque tupido y les siguió asegurando que aún estaban lejos de la batalla, aunque pareciera estar ocurriendo justo sobre sus cabezas. Levantó las manos para señalarle algo a Naranja y el grupo se detuvo.

Por el más breve de los instantes, creyó escuchar al viejo Sartén, enjuagando su sartén de hierro con pequeñas piedritas y agua de un arroyo, limpiándola luego de un rico estofado. Pero la fantasía se desvaneció de inmediato y quedó reemplazada por un sonido metálico áspero que provenía de algún lugar más allá de los árboles de corteza blanca.

–Shhh… –susurró Minho.

El ruido se intensificó, como si una docena de Sartenes hubieran pasado de limpiar sus utensilios a golpearlos entre sí.

–¿Qué *es* eso? –preguntó en voz baja Trish.

El corazón de Sadina latía tan fuerte que lo podía sentir en sus oídos y tomó la pistola de Minho de su bolsillo trasero.

El chirrido de metal sobre metal se detuvo y se vio extrañamente reemplazado por un sonido gutural. Ronco. Balbuceante.

–Hay algo ahí –dijo Dominic, señalando con su cuchillo hacia un lugar por delante, aunque no les sirviera de mucho.

–¿Minho? –preguntó Sadina, queriendo que tomara el control como su mamá lo habría hecho, que les dijera a todos que estarían bien, pero se mantuvo en silencio. El viento sopló entre los árboles a cada lado, pinos tenebrosos que se veían como si no estuvieran dispuestos a abandonar el suelo bajo ninguna circunstancia, fuera un hacha, una tormenta o una avalancha. Eran robustos en la parte inferior, pero delgados en la copa, como si el cielo los hubiera sujetado y los hubiera estirado tanto como pudiera. Árboles que parecían armas largas. Lanzas.

Minho los calló nuevamente. Él y Naranja se quedaron quietos, escuchando atentamente. El resto del grupo hizo lo mismo. Roxy obviamente quería decir algo, pero no lo hizo. Simplemente mantuvo su arma con fuerza entre sus manos.

–Chicos… –Dominic rompió el silencio cuando la fuente del sonido metálico apareció a la vista: Cranks.

Seis… no, *ocho* Cranks encadenados en una fila que se abría paso entre los árboles de corteza blanca adelante. Al igual que el extraño sistema de Cranks que habían visto en el Berg con esos Portadores de las Penas. Se tropezaban sobre las raíces y se golpeaban las cabezas con las ramas más bajas, pero lograban mantenerse en pie y acercarse a Sadina y sus amigos. Se veían como humanos normales, de todos los géneros y edades, pero sus ojos tenían un vacío profundo. Sin alma.

—Ah, mierda. —Sin dudarlo, Minho levantó el arma y empezó a dispararles, uno por uno. Trish sujetó a Sadina del brazo a medida que los Cranks caían solos, pero también juntos por las cadenas que tenían sobre sus muñecas y tobillos, unidos en una única fuerza de combate. Antes de que el último Crank del grupo de ocho cayera a causa de los disparos mortales de Minho, otra fila de Cranks emergió a toda prisa del bosque. Y luego otra. Y otra.

—¡Qué rayos está pasando, en nombre de Iblís! —gritó Roxy, apuntando su arma y empezando a disparar como una veterana Huérfana, obviamente bien enseñada por su hijo adoptado. Sadina se quedó congelada. Con pistola o sin ella, solo podía aferrarse a Trish y retroceder de la pared de Cranks que se acercaba, hundiéndolas cada vez más en las profundidades del bosque tenebroso de pinos. Dominic y Miyoko también retrocedieron. Los isleños no estaban preparados para la guerra y mucho menos para lo que fuera esta cosa de Cranks.

—¡Te lo dije! —le gritó Naranja a Minho mientras derribaba a uno tras otro en una fila. Dos, tres, cuatro cuerpos cayeron. Sadina miró cómo Naranja, Minho y Roxy disparaban sin parar, los estruendos y el humo de los disparos ya impregnaban el aire nebuloso. A pesar de la relativa facilidad con la que los derribaban, más y más hordas de Cranks seguían apareciendo entre los árboles, tropezándose y siendo arrastrados por las cadenas.

La guerra finalmente había llegado a ellos después de todo. *Maldición.*

—¡Te lo dije! —repitió Naranja. Su arma disparó tres veces en una sucesión y cada disparo dio con un objetivo. Seguían apareciendo más.

—¿Qué? —preguntó Minho, evidentemente molesto mientras recargaba su propia arma.

—¿Cuántos Cranks atados y marchando hacia nosotros hacen falta para que admitas que había un Ejército de Cranks subterráneo en la Nación Remanente? —Resopló mientras le disparaba a otro en la cabeza y le arrojaba una roca en la sien a otro.

Minho se negaba a morder el anzuelo o siquiera mirarla, solo mantenía sus ojos en las cabezas de los Cranks que estaba acribillando.

—¡No es un ejército si no tienen armas!

Naranja se permitió un momento para mirar furiosa a Minho.

—Ellos *son* las armas, idiota.

Roxy les disparó con una consistencia implacable, como si tuviera un talento oculto del que nadie sabía nada.

—Es más rápida que ustedes dos… —dijo Dominic.

Tenía razón, pero también se equivocaba. Miyoko apuntó lo obvio.

—No, es porque solo son cuatro o cinco Cranks en su grupo —dijo Miyoko, un poco asustada—. ¿Dónde está el resto? —Era como si hubiera traído a existencia el hecho de que ahora había Cranks sueltos. Aparecieron desde un lodazal cercano, arrastrándose sobre sus brazos que terminaban en muñones ensangrentados y asquerosos, sus manos cortadas o masticadas. De todas formas, se acercaban arrastrándose entre los pinos.

—¡Minho! —gritó Sadina. Había dos Cranks sueltos que se acercaban a los isleños, pero Minho, Naranja y Roxy estaban demasiado ocupados.

—¡No tengo balas! —anunció Roxy y se acercó a la nueva fila de Cranks encadenados con su cuchillo. Sadina miró asombrada semejante acto de valentía.

—¡Minho! —gritó Sadina una vez más, presionando con fuerza la mano de Trish y alejándose de los árboles.

—¡Dominic, encárgate! —gritó Miyoko, señalando al Crank que estaba más cerca de ellos. Sadina no podía procesar lo que estaba mirando, toda esta locura y terror. Por primera vez desde que se habían separado, estaba agradecida de que el viejo Sartén no estuviera allí con ellos para sufrir semejante dolor y angustia—. ¡Dominic! —gritó Miyoko.

—Clávaselo en el cuello. Puedes hacerlo —dijo Minho y le señaló a Dominic dónde exactamente tenía que clavarlo.

Dom se paró firme en su lugar como si estuviera a punto de hacerse pis encima. Sujetó el cuchillo y luego miró directo a Miyoko, luego a Trish y a Sadina y dijo:

—¡Yo voté por volver a casa! —Y entonces cargó hacia el Crank que se arrastraba hacia ellos desde los pinos. Le clavó el cuchillo en el cuello con un grito de guerra que Sadina nunca había escuchado. Fue tan fuerte que hizo que Minho y Naranja dejaran de disparar por un segundo y voltearan—. ¡Lo tengo! —exclamó, levantando su cuchillo en el aire.

—¡Buen trabajo! —dijo Minho y continuó conteniendo a la fila de Cranks encadenados que salía del bosque. Dom tenía una fuerza renovada y salió a encargarse del siguiente Crank que se arrastraba desde el bosque de pinos. Esta vez le tomó dos puñaladas para matarlo. Sadina soltó la mano de Trish con un suspiro de alivio.

Dominic no estaba sonriendo, pero una expresión de orgullo cubría sus ojos con lágrimas. En ese momento de terror y violencia, Sadina entendió dos cosas: en primer lugar, Dom no tenía algo en lo que fuera particularmente bueno como los otros isleños, no tenía algo para aprender o perfeccionar en la isla, y si bien quería regresar a su hogar, era el que menos tenía a lo que regresar.

En segundo lugar, Sadina se percató de que faltaban tres Cranks de la fila de Roxy y Dominic solo había matado a dos.

Entonces, como un alto y tenebroso pino en el pantano, un Crank emergió del suelo y se paró justo por detrás de un Dominic lleno de orgullo. Se quedó parado detrás de él de un modo aterrador.

—¡Dom! —gritó Sadina, pero su voz tembló y era demasiado tarde. Vio cómo la expresión de Dominic cambió cuando vio qué era lo que lo estaba sujetando. Su rostro palideció sus facciones y una lucha empezó a tener lugar. Miyoko gritó con todas sus fuerzas. Trish dio un paso hacia adelante, como si estuviera dispuesta a ayudar a Dom, pero luego dudó y dio un paso hacia atrás con vergüenza sobre su rostro. Y justo cuando el pánico estaba asentándose dentro de Sadina, recordó la pistola. No sabía nada sobre disparar esas malditas cosas, excepto la respiración de francotirador que le habían enseñado Naranja y Minho—. ¡Dom, no te muevas! —Inhaló profundo por la nariz, llenó sus pulmones y agregó cada miedo y terror a esa respiración, y exhaló por la boca.

Miedo a los Cranks.

Miedo a que Dominic muriera. A que Trish muriera. A que todos murieran. A que su mamá…

Miedo a cada cosa del mundo.

Mantuvo la pistola firme en ambas manos y exhaló una bala a través de la cabeza del Crank.

2
ALEXANDRA

Lejos al sur, donde ya no podía sentir el olor al humo, se detuvo para recuperar el aliento. Los pies y pulmones de la Diosa nunca habían estado tan agotados, tan exhaustos. Nunca había corrido tan lejos, tan rápido. Aún podía escuchar las explosiones y los disparos y los gritos de guerra en su mente, repeticiones inquietantes de sonidos que habían destrozado su corazón. Un intenso *BOOM* en la distancia la sorprendió, recordándole que todo era real. Flint, la Guardia Evolucionaria, muertos. Los peregrinos. Las tiendas. Todo sobrepasado.

Sus pies se hundieron en el suave suelo pantanoso mientras intentaba recordar dónde había atracado Mannus el pequeño bote en su viaje de regreso. Estaba cerca de un bosque de abedules, donde ella había arrancado su corteza mientras él juntaba sus cosas. Debería haberlo obligado a abandonar la ciudad con ella, *¿por qué no lo había hecho?*

Nicholas. Se parecía mucho a Nicholas.

Lo resolvería, recuperaría lo que pudiera, quizás incluso viviría en la remota isla con las tres científicas por un tiempo. Una vez que les contara sobre el ataque sorpresa, de seguro entenderían la importancia de la Culminación de la Evolución.

Sus zapatos y pies estaban mojados y sus manos húmedas temblaban. Las metió en los bolsillos de su túnica. *Vaya Diosa.* En su bolsillo derecho sintió las hojas puntiagudas del romero del pantano que había usado para envenenar a esa peregrina deshonesta. Tomó los recortes y los arrojó al suelo. Lo último que necesitaba era envenenarse por accidente. Se sacudió las manos para quitar todo rastro de las hojas y las volvió a guardar en la calidez de su túnica, solo para sentir algo más. La carta de Nicholas que había reservado en un ataque de terquedad y rencor. Evitación, no querer escuchar su *Te lo dije* desde el más allá o lo que fuera que contuviera la carta. Pero ahora la sacó.

Necesitaba saber qué había visto *él* y que ella no podía notar.

¿Cuáles eran sus últimas palabras para ella? ¿Había predicho la guerra? ¿Esto había sido parte de su plan de apagado de emergencia? Respiró profundo y lentamente tomó el sobre que tenía su nombre escrito con la letra de Nicholas. Su letra era más descuidada que un demonio; siempre lo había explicado como que su mente avanzaba mucho más rápido que sus manos. Para ella, eso evidenciaba su falta de control. Su corazón empezó a latir con más fuerza a medida que desdoblaba la carta. Tenía que recordarse que ella no necesitaba controlar sus propios pensamientos, ya no; incluso así, se sentía como si Nicholas estuviera ahí mismo, actuando con prepotencia sobre ella. Escuchó movimiento en el bosque y su corazón se aceleró aún más. Sus palmas presionaron la carta.

Una ardilla. Solo una ardilla.

Alexandra suspiró.

El ataque de los cielos había incrementado sus sentidos de atacar o huir y no había suficiente té en Alaska ahora para calmar su sistema nervioso. Por supuesto que había intentado con la disciplina de la Llamarada. Regresó a la carta y, al desdoblarla, vio lo breve que era. Ni siquiera una página completa. *¿Acaso quería que un hombre muerto dijera más?* Estaba avergonzada por su inapropiada desilusión.

La ardilla, la culpable, corrió hacia ella y desapareció en un roble.

Pero detrás de la ardilla había un hombre.

Caminaba con su ceño fruncido de dolor, peor que cualquier rostro de muerte que Alexandra acababa de presenciar en las calles de Nuevo Petersburgo. Algunos rostros de hecho eran peores que la muerte. Cranks.

El hombre emergió de entre los árboles y levantó los brazos, a los cuales le faltaban una parte de las muñecas y dos dedos.

Alexandra arrugó la carta y la guardó profundo en su bolsillo otra vez. Retrocedió, buscando alguna rama, algo, lo que fuera, para defenderse, pero el terreno era un pantanal. Ni siquiera había una roca para arrojarle. Nicholas de seguro se estaba burlando de ella desde el más allá.

Caminó lo más rápido que pudo entre el laberinto de árboles y los matorrales, sin otra opción más que darle la espalda al Crank y salir de allí. Su pie se torció sobre una raíz sobresaliente, pero logró esquivar un golpe del acechante Crank. Lo empujó y corrió hacia la parte más densa del bosque, a pesar del dolor que trepaba por su pierna.

Gritó los dígitos en voz alta como si fueran a amplificar su poder.

—¡1, 2, 3, 5, 8!

La disciplina de la Llamarada era su única arma.

—13, 21, 34, 55, 89, 144…

3
MINHO

Alguien en la distancia gritó y siguió gritando, casi melódicamente contra el sonido distante de la batalla. Le tomó unos momentos descifrar en su mente que la voz que provenía de los árboles adelante estaba recitando una serie de números. *¿Estaría contando los disparos de los cañones?*

Le hizo un gesto a Naranja para avanzar hacia el oeste. No tenían suficientes municiones para otra emboscada y necesitaban conservar energía.

—¡Trish! —dijo Sadina, quien estaba justo a su lado señalando hacia la extraña voz, casi un cántico ahora.

Trish dejó de caminar y escuchó por un momento.

—Los números. —Tenía una expresión extraña en su rostro. Algo como alivio.

Minho las miró a ambas. Ciertamente no tenían tiempo para juegos de isleños.

—No, iremos en esa otra dirección. —Señaló hacia la derecha, al oeste del sonido, pero Sadina lo ignoró y se acercó en la dirección opuesta.

—El diario de Newt tenía esos números marcados —dijo—. Quienquiera que sea, ¡está recitando los mismos números! ¿Me dices que eso es una coincidencia?

—13, 21, 34, 55… —contó Trish a la par de la voz de la mujer en el fondo.

—¡Son los mismos, lo juro! —dijo Sadina, volteando hacia Miyoko y Roxy en busca de apoyo.

—Entonces vayamos a ver —dijo Miyoko.

Roxy se encogió de hombros.

—La mujer suena bastante inocente.

Minho esperó a oír el disparo de un cañón, pero este nunca llegó.

—Está bien. Pero manténganse detrás de mí con la guardia en alto. —Se puso en modo sigiloso, cuidando cada paso para evitar hacer algún ruido mientras se acercaban a la voz desquiciada que recitaba los números en voz alta. Apareció, corriendo frenéticamente hacia ellos, una mujer de cabello largo y negro, envuelta en una túnica amarilla de lana. La estaba persiguiendo un Crank, probablemente el último de los que se habían soltado del grupo encadenado.

Minho se puso en posición y apuntó su arma.

—¡Arrójate al suelo!

En su lugar, la mujer se resbaló justo entre dos árboles. Servía. Entonces disparó.

La bala encontró su objetivo, justo en medio de la frente. El Crank cayó al suelo, a solo pocos metros de su presa, muerto. Minho revisó los árboles en busca de algún otro Crank suelto.

—¿Ya acabamos con todos? —preguntó Naranja.

—Eso espero. —Ayudó a la mujer a ponerse de pie, la extraña túnica enlodada y desgarrada.

Sadina se acercó a ella.

—Esos números. ¿Qué son?

La mujer solo sacudió la cabeza y enderezó su pesada capa.

Minho apuntó su arma hacia ella.

—Cuéntanos todo lo que sabes sobre la Trinidad y lo que está ocurriendo al norte. —La extraña miró a cada una de las personas del grupo como si fueran fantasmas. Fue a Minho a quien miró por más tiempo y luego a su uniforme.

—Nunca matarás a la Trinidad —habló con una confianza irreal.

—Señora, no queremos matar a la Trinidad —dijo Naranja, arrojando un trozo de corteza a un lado; era la primera vez que Minho la había escuchado confesar que ella no quería matar a sus enemigos de toda la vida.

—Los números —insistió Sadina—. ¿Qué significa 1, 2, 3, 4, 8?

—¡El cuatro *no es* un número sagrado! —espetó la mujer y Sadina dio un paso hacia atrás.

Trish señaló el bolsillo de Sadina.

—Muéstrales las páginas que el viejo Sartén marcó en el diario de Newt.

—¿Newt? —La mujer pareció despertarse como si le hubieran

liberado una descarga eléctrica. Se acercó a Sadina renqueando para ver el libro raído que Sartén le había dado. Minho intercambió
miradas con Roxy y Naranja. Los tres estaban más preocupados
por la bitácora de Kletter que por descifrar una especie de biblia
de la isla.

—Newt era uno de los sujetos del Laberinto —dijo Dominic
con orgullo, pero no había ninguna manera de que esta mujer de
Alaska no supiera quién era Newt.

—Sí, querido Newt. —La mujer pasó los dedos sobre la tapa del
libro. Luego miró a Sadina, Trish y Miyoko con una suerte de
asombro, como si quisiera tocar sus rostros—. Ustedes… ustedes
son de la isla de los inmunes. —Parecía estar soñando, como si una
inmensa batalla no estuviera teniendo lugar en la distancia. Como
si hubiera viajado a la isla con su propia mente.

—Sí, nosotros cuatro —dijo Miyoko—. Ellos son de…

Minho le lanzó una mirada que decía *no importa de dónde veni-
mos*. Aún tenía su arma lista para disparar, aunque la había bajado
un poco.

—Estamos intentando encontrar a la Trinidad —dijo—. Alguna
idea sobre cómo o dónde están resistiendo…

—Yo soy la Trinidad. Diosa Alexandra Romanov. —Se cruzó de
brazos de una manera que se habría visto poderosa de no ser por
su vieja túnica sucia y holgada.

Minho bajó el arma por completo hacia su lado y le hizo un
gesto a Naranja para que hiciera lo mismo. Ella dudó por un
momento, como si le estuviera preguntando *¿Estás seguro?*, pero
accedió.

No creía que esta mujer fuera una Diosa. Tenía una túnica común y sonaba igual de loca que un Crank. También se veía como
uno. Pero parecía bastante inofensiva.

Trish tenía una idea fija.

—Y esos números, 5, 8, 13, 21... ¿qué significan?

—Son parte de la naturaleza, de toda la evolución. La secuencia de la vida misma. La Culminación de la Evolución no puede detenerse, sin importar cuántas veces tu gente nos declare la guerra. —Levantó las cejas hacia Minho.

—Diosa... —empezó a decir Minho, pero se había olvidado su supuesto nombre.

—Romanov.

Ella esperó.

—Diosa *Romanov*... —No se molestó en ocultar la incredulidad de su voz, pero tampoco sabía si podría burlarse directamente de la pobre mujer.

Dominic dio un paso hacia adelante, con su cuchillo asesino de Cranks aún en su mano.

—Si eres un miembro de la Trinidad, ¿por qué estabas escondiéndote en el bosque como una loca? —preguntó y Miyoko le dio un codazo—. ¿Qué?

Pero Minho pensaba lo mismo.

—¿Qué bien hace un Dios en medio de un pantano?

Alexandra se aclaró la garganta.

—Vine al bosque y al pantano del sur por una razón. —Se acercó a Dominic y lo miró fijo hasta que él apartó la mirada—. No siempre conocemos los motivos de nuestra intuición, pero confié lo suficiente en ella y me trajo aquí y *ustedes* me encontraron. La sangre de los Inmunes. —Enderezó su túnica—. La Evolución es tan brillante como eso. —Volteó y le sonrió a Sadina.

Algo sobre ella le recordaba a los Portadores de las Penas a Minho.

—Entonces, ¿dónde están los otros dos miembros de la Trinidad?

—Ya no existen.

—¿Eh? —preguntó Roxy.

—Yo soy la única que queda ahora. La única Diosa —habló en voz alta y con confianza, pero Minho no creía que la Trinidad pudiera... *disolverse* tan fácilmente. Había algo sobre esta persona que no terminaba de convencerlo. Solo un demonio podía destruir a los otros Dioses, al menos según la historia del abuelo de Roxy.

—¿Cuál es tu plan entonces? —preguntó él. No podía quitarse el sonido de las explosiones de la cabeza. Conociendo a la Nación Remanente, sabía que la destrucción sería inmensa—. Tu ciudad está siendo destruida.

—*Ustedes* son parte de mi plan ahora —dijo la Diosa y sonrió a cada uno de ellos, impávida por las reacciones decididamente variadas. Al menos, Trish y Sadina le devolvieron la sonrisa—. Continuaremos con la Culminación y curaremos a todo el mundo de la Llamarada de una vez por todas. Así de sencillo.

Minho quería que la Llamarada desapareciera, claro que sí.

La Llamarada seguía siendo su demonio.

Pero algo en esta mujer no se sentía muy diferente.

Capítulo veinticinco

Los últimos

1

XIMENA

No debería haberle sorprendido que la mujer que había matado a su mamá también hubiera revivido a los antiguos Penitentes, pero más imposible aún, estaba más enojada con Annie luego de la horrible escena con Cowan. Cuando halló el momento indicado, se escabulló por las escaleras del sótano sin que nadie la viera.

Ya estaba cansada de la Villa y todo lo relacionado con ella. Tomó el cuchillo de Annie de su vaina, sobre la cual su mamá había bordado un águila, y tocó los hilos. Ximena había prometido bordar la verdad sobre la tierra y lo haría a su manera. Entró a la pequeña habitación del sótano y avanzó hacia el fondo donde se encontraban todos los componentes electrónicos. Cables. La habitación apestaba a calor, polvo y enfermedad. Se paró en su interior por un largo rato, su cuchillo en la mano.

No había vuelta atrás.

Cortó cada uno de los cables que tenía frente a ella. Cables solares conectados a las cápsulas. Cables de red conectados a los visores de seguridad. Embudos de fluidos conectados a las máquinas hidráulicas. Los cortó todos, consciente de que tendría cerca de ocho minutos hasta que Morgan comprendiera lo que estaba pasando. Un minuto por cada uno de los miembros de la tripulación que Annie había asesinado; y Ximena haría valer cada uno de ellos. Salió del cuarto de servicio y se acercó rápidamente a la cápsula de los isleños.

—¿Dónde está la señora Cowan? ¿Estará bien? —le preguntó Isaac frenéticamente a Ximena mientras ella abría su cápsula. Cowan *estaría* bien siempre y cuando también lo estuviera la energía y las máquinas a las que estaba conectada; tenía su propia unidad y disyuntor en el lado oeste de la propiedad. Pero Ximena no sabía si volvería a *estar bien* por siempre.

—Está en un coma inducido —le explicó Ximena a Isaac antes de pasar a la cápsula de Sartén. Se detuvo por un momento y se estremeció del miedo al ver el cristal agrietado al frente donde el Penitente lo había atacado. Había estado cerca, Morgan finalmente apagó a la criatura en el último minuto. Ximena abrió su cápsula y lo liberó.

—Gracias —susurró el anciano.

—No tenemos mucho tiempo, bajarán en cinco minutos. —Se acercó a toda prisa a la cápsula de Jackie.

Se preguntaba si Morgan y su equipo extrañarían a los isleños más de lo que la extrañaron a ella. Carlos quizás no, pero eso era todo. El resto extrañaría tener su sangre para estudiarla y tenerla cerca si la necesitaban, aunque nunca realmente les había importado.

Ni bien liberó a Jackie, corrió para abrazar a Isaac.

—¿Qué ocurre? Siento que estoy alucinando otra vez.

Isaac tenía los ojos llenos de lágrimas cuando soltó a Jackie. Luego se dirigió a Ximena.

—Gracias por liberarnos, pero no podemos irnos sin la señora Cowan.

—Mira, no me importa lo que hagan o a dónde vayan. Solo salgan de aquí antes de que hagan otra *prueba*, ¿está bien? —Arrojó las llaves de la cápsula hacia un rincón, recordando cómo se sentía cuando la Villa había hecho pruebas sobre ella. Se estaba liberando a sí misma. Volteó hacia la puerta negra de metal que daba hacia afuera.

Isaac la tomó de las manos.

—No podemos irnos sin Cowan. Su hija, Sadina, se suponía...

—Cowan no mejorará —lo interrumpió, olvidándose de lo débiles que podían ser los isleños. Incluso después de haber visto lo que vieron, ¿*aún* tenían esperanza?

—Creo que nos estamos quedando sin tiempo, Isaac —dijo Sartén.

Jackie empezó a tocar su brazalete de pasto, evitando la terrible elección.

Isaac no se detuvo, como si quedarse en la Villa fuera realmente una opción.

—Lo sé, lo sé, pero Sadina... Dijeron que vendrían y... ¿Qué hay de la cura?

Ximena abrió la puerta, dándole la bienvenida a la luz del sol que se vertió dentro. Debatió por un segundo y medio contarles a los isleños toda la verdad. Sostuvo la pesada puerta y miró a los tres de pies a cabeza. Su *abuela* habría preguntado qué sentido tenía la libertad sin la verdad.

—La Cura es solo otra mentira de Annie Kletter. —No podía evitar pensar en el anillo plantado en su mano esquelética. La serpiente que se comía su propia cola. El símbolo perfecto para el mundo cuando la humanidad continuaba destruyéndose a sí misma. Había dicho suficiente, podían descifrar el resto. Se paró afuera y soltó la puerta.

—¡Espera! —exclamó Isaac y los tres la siguieron después de todo. Por supuesto que sí—.Ya sé que no hay que confiar en Kletter, pero ¿qué tal si realmente hay una cura?

Los miró nuevamente. Si quería bordar la verdad en la tierra para honrar a su mamá, sería mejor que empezara aquí. Pero necesitaban salir de este lugar de inmediato.

—Vamos, vayamos al bosque, hablaremos y caminaremos. Kletter llegó a nuestra aldea hace veintinueve años para darnos la Cura.

Los tres inmunes la seguían bien de cerca.

—Entonces, ¿*sí* tienen una Cura? Pero… —se tomó un momento, probablemente para reunir sus pensamientos—. ¿Por qué Kletter nos diría que teníamos que salir de la isla para ayudarla a *encontrar* una cura si ya tenía una y la llevó a tu aldea?

—¿Es una cura real para la Llamarada? —preguntó Jackie—. Quiero decir, ¿funciona?

Ximena asintió mientras aceleraba el paso.

—Nadie en la aldea se infectó en veintinueve años.

—Entonces, ¿cuál es el problema? Son casi tres décadas, dos generaciones, sin enfermedades y Cranks y…

—Ninguna generación —dijo Ximena—. No hay *más* generaciones. —Dejó que eso se asentara cuando llegaron al resguardo de los bosques en las colinas. Ximena imaginó a su mamá y Mariana. Ellas habrían querido contarles la verdad a los isleños desde el principio. Quizás fue su última caída y la razón por la que Annie las había matado. La verdad era un arma que Annie le quitó a cada uno de esos ocho miembros de la tripulación, pero sería el arma que Ximena empuñaría por el resto de su vida—. Kletter fue a su isla para encontrar una cura *de la cura.*

—Ah, cielos —dijo Jackie en voz baja, obviamente entendiéndolo.

—¿La cura necesita una cura? —preguntó Isaac.

—Crea una nueva especie de enfermedad —dijo Ximena y miró hacia atrás para asegurarse de que nadie los estuviera siguiendo. Le sorprendió lo bien que el anciano podía seguirles el ritmo—. En mi aldea, yo soy la única niña que nació en los últimos veintinueve años.

—Maldi… —dijo Sartén, frotándose los ojos—. Y ustedes se preguntan por qué nunca confié en nada de esto.

—Me estudiaron aquí desde que nací hasta que cumplí seis años —continuó Ximena, esquivando una rama baja—. Luego mi mamá aceptó trabajar para la Villa para ayudarlos a decodificar la Cura.

Isaac y Jackie se miraron.

—Eso… —Pero ninguno de ellos pudo terminar su pensamiento. Así como la Cura había borrado a todos los niños de la aldea de Ximena, también había borrado las palabras de su cerebro.

Ximena solo podía imaginar la conmoción de descubrir todo eso a la vez.

—La Cura puede acabar con la Llamarada, pero también puede *acabar con la población*. Obviamente, no querían eso, pero algo sobre la secuenciación que bloquea la Llamarada también bloquea la reproducción. —Una parte de ella deseaba no haber pinchado sus sueños y esperanzas—. Carlos y su esposa se ofrecieron como voluntarios para ayudar en la investigación de Annie porque ellos querían tener hijos. Mi mamá se ofreció porque de algún modo pudo tenerme a *mí*. Nos estudiaron en esas mismas cápsulas.

—La Cura —resopló Sartén—. Suena más como una Maldición. La verdad no siempre es la verdad. —No podía evitar sacudir la cabeza de un lado a otro, como si se castigara por alguna razón.

Ximena quería abrazar al anciano. Pero solo dijo:

—Es una maldición, sí. La Evolución causará la extinción.

2
ISAAC

Mientras avanzaban a toda velocidad por el bosque seco sobre las colinas, intentó procesar lo que Ximena les había contado sobre la Cura. Podía salvar a la población, pero también acabar con su existencia. *¿Cómo podían esas dos realidades ser verdad?* Tenía que ser una de las peores cosas que jamás había escuchado.

Y por supuesto no podía dejarlo ir.

—Okey, si la sangre de Sadina realmente es la cura para la Cura ¿entonces todo estará bien? Kletter debía tener algunos fundamentos para haber ido hasta nuestra isla —dijo, pero Ximena no parecía estar de acuerdo, lo único que su rostro decía era que nada nunca volvería a estar bien. Además, el viejo Sartén parecía distinto desde que el Penitente casi lo apuñala a través del cristal.

Ximena empezó a caminar cada vez más rápido, como si quisiera olvidar para siempre ese tema.

—O quizás solo creará una nueva enfermedad. Quizás todo lo que creíamos que estaba mal estaba bien y todo lo que creíamos que estaba bien, de hecho, estaba mal.

Isaac ya estaba cansado de los acertijos de Ximena. Estaba agradecido de que los hubiera liberado de la celda de cristal, pero no tenía idea qué esperar ahora y odiaba, absolutamente odiaba, haber dejado a la señora Cowan atrás.

—¿Y bien? ¿Cuál es tu plan? ¿Qué hacías allí? —Ella tenía algo en los ojos que le recordaba a Sadina cuando tenía una gran idea en su cabeza que no podía dejar de lado. Un plan se estaba formando.

—Destruí la sala de energía en el sótano de la Villa y haré lo mismo en la próxima.

—¿La próxima? —No sabía dónde terminarían. En gran parte, quería correr hacia la costa lo más rápido posible y esperar a ver a Minho en el lugar que habían designado para su regreso. Lo que más le carcomía la cabeza a Isaac era que Sadina estuviera bien. Letti y Timón tenían razón. La Villa era un lugar malo, malo.

—Y bien, ¿a qué te refieres con "la próxima"? —preguntó Jackie. Ximena tenía algo sobre sus labios que en cierta medida parecía una sonrisa. Luego soltó un comentario punzante.

—De verdad vivieron en una isla desolada, ¿eh? —Estaba respirando con pesadez por las subidas y bajadas de la caminata—. Esta no es la única Villa y no somos las únicas personas con las que trabajaba Kletter. Hay muchas más, desde el desierto del sur hasta el sitio del Laberinto en Alaska.

El viejo Sartén se encrespó al oír eso, pero no dijo nada.

—¿Alaska? —repitió Jackie—. Ahí es donde está la Trinidad.

Isaac se sentía como si prácticamente estuviera corriendo para seguirle el ritmo a Ximena y a los otros. Le agradaba. Sabía mucho y aún estarían atrapados en una prisión de cristal de no ser por ella. Tenía un presentimiento de que la necesitaban y quizás ella los necesitaba a ellos.

Tuvo una idea.

—Ximena, ven a Alaska con nosotros para encontrar a nuestros amigos. Y ver a la Trinidad. —No sabía qué esperaba que dijera, pero su risa abrupta lo sorprendió.

—La *Trinidad* —evisceró la palabra cuando la pronunció—. La Trinidad es solo otra enfermedad.

Epílogo

Una última carta

Querida Alexandra:

Estás leyendo esta nota en el evento de mi muerte y en el evento de que la *Culminación de la Evolución* haya sido desactivada de una vez por todas. La paciencia nunca fue tu cualidad más fuerte, pero debes entender que la mayoría de los experimentos no fueron un éxito. La *Cura* funciona en los *Cranks*, porque no puedes matar a un hombre que ya está muerto por dentro, pero administrársela a humanos sanos implica un riesgo que pocas veces es exitoso. Siempre te he dicho a ti y a *Mikhail* que ambos fueron los primeros sujetos de pruebas: *X1* y *X2*, pero esa fue una pequeña mentira. No quería que me vieran como un monstruo o que se vieran a sí mismos como algo más que un milagro. Pero querida Alexandra...

Hubo miles.

Tú fuiste el primer estudio exitoso de un no *Crank* en la *Villa X*.

He compartido mi trabajo por todo el mundo en los últimos treinta años y la razón por la que me mantuve firme con que la *Culminación de la Evolución* estuviera restringida a ciertos miembros de la sociedad es que he observado lo que ocurre dentro de aquellos que obtuvieron mucho poder a través de sus dones evolutivos. Tuve esperanza por ti hasta el mismísimo final. Tú fuiste mi mayor prueba. Pero la deidad de una persona es el demonio de otra.

Alguna vez me consideraste un dios.

Ahora me consideras un diablo.

Pero, querida Alex, tú no has visto el mundo como yo. Hay muchas más Villas de las que sabes. En la superficie, como cualquiera sabe, las pruebas del Laberinto terminaron hace mucho tiempo.

Pero la verdad es que solo han evolucionado.

Tuyo en la vida y ahora en la muerte,

Nicholas

¡QUEREMOS SABER QUÉ TE PARECIÓ LA NOVELA!

Nos puedes escribir a vrya@vreditoras.com
con el título de este libro en el asunto.

Encuéntranos en

tiktok.com/vryamexico

f facebook.com/VRYA México

X twitter.com/vreditorasya

instagram.com/vryamexico

COMPARTE
tu experiencia con
este libro con el hashtag

#MazeCutter